JUPHILAURIUM

Suzanne Michalk

JUPHILAURIUM

Tome 2

VICTIME

CARTE **BLANCHE**

Cette histoire est une fiction.
Toute similitude avec des gens ou des situations
que vous connaissez n'est que le fruit du hasard
ou de l'imagination.

En couverture : Ariane L'Espérance photographiée par l'auteure.
Conception graphique : Julien Del Busso – Carte blanche

Les Éditions Carte blanche
Téléphone ; 514 276-1298
carteblanche@vl.videotron.ca
www.carteblanche.qc.ca

Distribution au Canada ; Édipresse

Dépôt légal ; 3e trimestre 2015
Bibliothèque et Archives nationales du Québec
Bibliothèque et Archives Canada

ISBN 978-2-89590-274-4

À Julien, Philippe, Laurent

Le destin peut faire de nous une victime, à nouveau
et différemment, si on lui prête flanc...

1

Aujourd'hui, je suis dans la salle de chirurgie vasculaire. Je viens tout juste de terminer une installation passablement laborieuse, parce que mon patient a plusieurs facteurs de risque et, comme toujours, je veux que mon travail soit impeccable. Je trouve dommage que l'on coupe en morceaux séquentiels les membres inférieurs des patients qui n'ont pas compris que le tabagisme est néfaste pour la circulation.

Comme je m'assois pour remplir mon dossier anesthésique, on me demande au secrétariat. Je réponds que je ne peux y aller pour le moment. On me revient en disant que c'est important. L'infirmière-chef vient dans ma salle, l'air affolé mais aussi excité.

— Il y a un monsieur qui veut vous voir en avant. Il doit être important puisqu'il a deux gardes du corps avec lui et, si j'ai bien vu, ils sont armés.

Mince alors! Un ministre, un chef de compagnie pharmaceutique? Non, ils ne se promènent pas avec des gardes du corps armés, du moins je le pense.

Je demande à mon voisin de salle de jeter un coup d'œil à mon patient, que je laisse sans inquiétude aux bons soins d'Estelle, mon indispensable assistante. J'arrive au poste et j'entrevois l'homme qui m'a demandée. Sa tête me dit quelque chose. Je me présente.

— D^re Johnson. Vous êtes ?

Comme il se tourne vers moi, je le reconnais. Je revois la photo que j'ai *googlée* durant mes recherches dans les journaux. Il s'agit du sergent-détective disparu de la carte depuis 2011. Celui qui a dissimulé l'élément de preuve-clé à la défense, le second ADN, lors du procès d'Albert De-Viller. Il me tend une main que je ne saisis pas.

— David Lemay, services secrets internationaux.

Sa main reste tendue, mais je ne la saisis toujours pas. Ce n'est pas par répugnance envers une main dont les doigts ne seraient pas propres à mon goût, pour avoir exploré un nez ou autre chose. Non, il s'agit d'une répugnance plus profonde, un interdit bizarre, que je sens dans mes tripes. Son nom résonne dans ma tête, comme un marteau-piqueur en pleine action.

Un thermomètre vivant, voilà comment je me sens ! Une longue silhouette humaine, vêtue de vert-de-gris – cet habit de salle d'opération dont la couleur est dégueulasse, à bien y penser – au visage écarlate, ce qui survient exactement quand ce n'est pas le bon moment ! Je me demande ce qu'il peut bien me vouloir, monsieur la superstar de la preuve cachée. Cet homme qui aurait dû se conduire comme un professionnel dans son travail, mais qui a plutôt choisi de désigner un coupable aisé, afin de se faire bien voir.

Durant la fraction de seconde que dure ma réflexion, période juste assez longue pour faire 360 degrés autour de la question, j'ai la naïveté d'espérer qu'il s'agit d'une coïncidence. Que sa présence dans mon lieu de travail n'a rien à voir avec un passé que je tente encore d'oublier.

— Que puis-je pour vous ?

— Notre discussion doit demeurer strictement confidentielle, D^{re} Johnson, me dit-il, tout en regardant ses sbires par la vitre, à côté de l'entrée du bloc opératoire. Ce serait d'abord à votre avantage, si vous voyez ce que je veux dire.

— Ah oui! Ah bon!

Restons polis, tout de même! Et non, je ne vois pas ce qu'il veut dire. Non, je ne sais pas ce qui peut bien être à mon avantage dans cette visite inattendue. Je le toise: il n'est pas très grand, mais quelque chose dans sa prestance fait rapetisser tout ce qui se trouve autour, moi d'abord.

— Nous voudrions vous entretenir d'un incident survenu il y a quelques semaines, à Saint-Claude, et ici même, à quelques heures d'intervalle.

— Ah oui! Ah bon!

Je n'ose compléter mon expression sauf-conduit, lui dire «Va chier, mange de la marde!», ces mots qui m'apparaissent inconvenants, mais qui me brûlent les lèvres. En cet instant précis, je remercie Josée, ma mère adoptive, d'avoir mis ces petits mots-clés dans mon vocabulaire de sauvetage, au lieu de ceux que j'utilisais et qui étaient loin d'être chics ou polis. Ces «Ah oui! Ah bon!» et ces «Tout à fait» m'ont épargné de nombreux conflits. Ce Lemay, il n'y va décidément pas par quatre chemins! Assez directe comme approche. Il ne doit pas être du genre à observer par le trou d'une serrure, il doit entrer directement, même sans être invité! Je dois penser vite, son regard sur moi est des plus insistants, déstabilisant, même. Penser à Josée me fait du bien; elle me manque de façon cuisante et je la voudrais à mes côtés, maintenant, là, tout de suite. Ses dernières paroles me reviennent en mémoire: «Tu trouveras la paix dans ton cœur.» Seulement, cette paix, que j'ai effectivement réussi à trouver, on dirait que quelqu'un veut me la voler. Pendant les quelques secondes où je frise la déconfiture, je m'absorbe dans la contemplation du va-et-vient de l'autre côté, là où je devrais être, auprès de mon patient.

— Cet accident vous dit quelque chose?

Comme par magie, une vague d'énergie inonde mon cerveau.

— Absolument pas. Voyez-vous, je ne lis pas les journaux et je n'écoute pas la télévision. J'ai un patient en salle, alors veuillez m'excuser.

— Pourrions-nous prendre rendez-vous jeudi pour en discuter? Selon votre liste de gardes, vous êtes libre ce jour-là. Durant l'après-midi, ça serait un bon moment pour vous?

Merde alors! Il en sait plus que moi-même sur mon emploi du temps! Pendant un tout petit instant, je m'affole à l'intérieur, un pincement dans mon estomac me rappelle à l'ordre. Inspiration profonde, expiration… reprendre le contrôle de la situation. Je le regarde sans mot dire, le détaillant de la tête aux pieds, discrètement. Il est plutôt bel homme, même mieux que sur ses photos trouvées sur le Net: yeux brun clair, dans un visage de prime abord sympathique, cheveux poivre et sel, habillement on ne peut plus classe, sûrement un costume taillé sur mesure, dans une étoffe fort coûteuse. Mais des yeux froids, au regard perçant, tel celui d'un rapace.

— Et la raison de cet entretien?

Tout en lui posant cette question stupide, puisqu'il vient tout juste d'y répondre, je constate que ses deux gorilles armés, bien que dos à nous, nous écoutent attentivement par les petites oreillettes dont j'entrevois le fil derrière l'oreille gauche de celui qui se trouve le plus près de la porte vitrée. Je me demande où monsieur l'inspecteur cache son microphone...

— Nous parlerons de la vie.

— De la vie?

— Oui, de la vôtre d'abord, et de la mienne, par le fait même.

Son sourire narquois ne me revient pas; sa voix non plus. Entre nasillarde et fuyarde, je ne saurais dire, sans doute en raison d'un trou dans sa cloison nasale. C'est ça... oui, sûrement à cause de l' utilisation chronique de cocaïne. Il devrait voir un bon oto-rhino-laryngologiste et faire arranger ça.

Une voix féminine plutôt autoritaire retentit à l'appel général, me réclamant dans ma salle. Ouf! Cet appel m'est bienvenu.

— On me demande en salle.

— Vous recevrez des instructions pour notre rencontre de jeudi.

Il termine sa phrase avec un étirement des lèvres qui pourrait ressembler à une sorte de sourire. Je me retourne alors pour partir par la porte qui mène au bloc opératoire lorsqu'un bref pincement, intense et subit, me brûle la nuque, presque comme une décharge électrique. Tout en portant ma main sur le site douloureux, je me retourne juste assez pour voir les trois hommes partir par l'autre porte, celle qui mène au corridor central de l'hôpital. Tout en marchant, je sens que j'ai chaud, très chaud, comme si j'avais dépassé le temps permis dans un sauna.

Plaçons les priorités dans le bon ordre : premièrement, mon patient en salle, deuxièmement, la pause de l'inhalo-thérapeute, troisièmement, David Lemay. Ce n'est pas que cette visite imprévue ne fait pas mon affaire ; elle me dérange profondément ! Mon confort des dernières semaines, physique et surtout psychologique, rebâti difficilement, me semble tout d'un coup complètement désta-bilisé, en équilibre précaire, près du point de chute. Vive-ment, je retrouve Estelle auprès de mon patient.

— Tout va bien. Mais je voudrais faire un appel à la garderie ; mon fils était fiévreux ce matin.

— Pas de problème. J'espère que ce n'est pas trop grave. Profites-en pour prendre ta pause en même temps.

Mon patient est stable ; la chirurgie sera longue. J'aurai tout le temps pour penser à cet idiot de détective, qui gravite maintenant autour des services secrets. Je ne connais rien à ces choses-là, sauf ce que j'ai vu dans des films ou lu dans des romans. C'est bien loin de mon champ d'expertise. Je retiens seulement qu'il n'a pas l'air d'un enfant de chœur. Il faudra que je me méfie de lui. Pourquoi me parle-t-il des Brousseau ? S'il a mentionné des incidents qui ont eu lieu à la fois ici et à Saint-Claude à quelques heures d'intervalles, impossible qu'il fasse allusion à autre chose qu'à la mort de ces per-sonnes. Peut-être est-il lié au commerce humain de ces pauvres filles de l'Est, exploitées par le clan Brousseau ? Poli-cier, détective, agent spécial, y a-t-il un lien avec Me Brous-seau ? Services secrets internationaux, avocat d'immigration : un lien ? Peut-être que ci ou que ça… Mon hamster, qui était enfin tombé de sa roue depuis les deux derniers mois, s'est décidé à y retourner, et vite en plus ! Toutes sortes de pensées me passent par la tête, c'en est étourdissant. Ma douleur à la nuque a disparu aussi soudainement qu'elle est venue.

Cette visite me remue. Sans que je puisse le contrôler, un drôle de sentiment s'insinue en moi, comme la naissance d'une culpabilité. Il est entendu qu'il n'est pas acceptable de se faire justice soi-même. Ni de disposer de la vie des gens. Mais je n'ai pu faire autrement, non. Je ne veux pas retourner devant cet infranchissable précipice. J'ai bel et bien fini de fouiller les méandres de ces songes qui anéantissaient mon existence. Mon thérapeute avait été on ne peut plus clair : il fallait trouver la source du trouble et la détruire. C'est ce que j'ai fait.

Mais que peut-il me vouloir ? M'accuser de la mort de ces gens ? Je suis certaine maintenant que les Brousseau sont la raison de sa visite… Mais il ne peut savoir, c'est impossible ! Je passe en revue les faits que j'ai enfouis au fond de ma mémoire, tout au fond, dans un tiroir dont je croyais avoir jeté la clé. C'est étrange comme tout peut nous rattraper un jour ou l'autre ! Encore là, je me dis qu'il n'y a aucune preuve de mon rôle dans le décès de ces trois personnes, puisqu'il n'y avait aucune trace, non aucune. Le Juphilaurium ne laisse aucune trace dans le sang ou les tissus après la mort ; ça, j'en suis absolument certaine, puisque j'en ai fait le dosage à de multiples reprises. La science l'a prouvé. J'ai lu les journaux : « … intoxication alimentaire ou virus inconnu ayant dévasté trois membres d'une même famille qui assistaient aux obsèques de leur père. » Quel lien peut-il voir avec moi, Élaine Johnson ?

Je me mets à douter de moi, à douter de ce que j'aurais pu ne pas contrôler à la perfection. La Jolie ? Non, elle ne m'a jamais vue, même ce dimanche matin là. Cette pauvre fille attirée ici pour une vie meilleure et condamnée à la prostitution ; non, elle ne sait rien de moi. Elle était dans la pièce voisine. Certes, elle m'a entendue parler, mais c'est tout. En fait, elle a entendu parler une Cindy, pas moi. Je ne l'ai pas vue et elle non plus ; ça, j'en suis certaine, mais pas à 100 %... Ah non ! C'est vrai ! Je l'ai vue, je l'ai même trouvée plutôt jolie et ma réflexion a été qu'elle portait bien son nom ! Si je l'ai vue, elle m'a vue aussi… Nul quotidien ou bulletin de nouvelles n'a fait mention d'un possible suspect dans la mort de ces trois personnes. Non, j'arrête ma pensée là, elle ne peut me reconnaître ni même faire un lien avec la mort d'Alexandre Brousseau, avec qui elle se trouvait.

Le mode d'action du condom, la carte de remerciement ou le mémo laissé au centre de conditionnement physique ?

Seul le nom *Rose* y était mentionné. Les filles de l'Est ont dû faire le ménage avant l'arrivée des secours ; enfin, j'ose l'espérer maintenant. La bague de France Brousseau a dû lui être retirée sur place. Elle valait beaucoup d'argent ; c'était une vraie pierre précieuse. Je souhaite ardemment que l'une des filles l'ait gardée pour elle.

Faudrait être particulièrement futé pour faire le lien. Mais ce David Lemay me semble plutôt ce genre de futé là : malhonnête, mais futé pour son propre chef. Mais je trouve que ça ne colle pas. Je ne vois pas comment il aurait pu associer les Brousseau à Rose Flint, en l'occurrence, par moi. Hormis le fait que nous soyons originaires du même village, personne ne peut établir de relation entre nous. Rose… Peut-être que je n'aurais pas dû laisser de mot d'adieu…

Comment a-t-il pu me retrouver ?

Je repense à la preuve absolue de la culpabilité d'Alexandre Brousseau dans mon agression : l'ADN, la preuve que David Lemay a masquée à l'époque du procès d'Albert DeViller. Il avait certainement reçu les deux résultats d'analyse, puisque je les ai moi-même eus, mais il ne savait certainement pas à qui appartenait la seconde ni pourquoi il y en avait deux. Il a préféré bâcler l'affaire pour obtenir des avantages politiques. Mais, en plus d'avoir la preuve de sa supercherie lors du procès, je possède quelque chose que Lemay n'a pas : l'enregistrement des révélations d'Alexandre le soir où je l'ai drogué. Je connais, sans l'ombre d'un doute, la vérité, la vraie. Et je l'ai condamné pour cette vérité. Il m'apparaît impossible que l'inspecteur de l'époque, devenu *persona non grata* dans ma vie actuelle, ait pu établir un lien entre Alexandre, son ADN et Rose. Non, ce n'est pas possible ! Pas vingt-trois ans plus tard. Mais… j'ai pu le faire moi, alors ? D'accord, je me dis finalement que rien n'est impossible. Et, au fond de moi, je ressens un sentiment étrange : la peur.

Le retour d'Estelle me tire de mes pensées.

— Mon fils est vraiment malade, il fait 39° de fièvre. Je dois aller le récupérer à la garderie. Julie me remplacera, mais elle devra couvrir deux salles. Je m'excuse vraiment.

— Mais non, la famille passe avant tout. Bon courage !

Estelle quitte la salle. Je sais qu'elle est inquiète ; son petit est souvent malade depuis qu'il fréquente la garderie. Mon patient anesthésié est stable, sauf que les pertes sanguines augmentent et la limite de pertes calculées et à ne pas dépasser sera atteinte sous peu si ça continue comme ça.

Le chirurgien vasculaire m'indique que ça saigne un peu plus que d'habitude et que la chirurgie est plus laborieuse qu'il avait prévu initialement. La médecine est souvent pleine de surprises. Mais nous sommes formés pour y faire face.

Nous avions tout préparé en début d'installation, au cas où nous devrions transfuser, ce que nous évitons de faire, dans la mesure du possible. Je regarde de l'autre côté des champs stériles et constate que l'anastomose vasculaire – le pontage artificiel en fait – coule et fuit au niveau de la suture. Le chirurgien fera ce qu'il faut ; j'ai confiance en ses talents. Je regarde mon patient, un gentil monsieur de soixante-huit ans, diabétique de longue date, fumeur en plus, ce qui envenime son problème de vaisseaux sanguins ; il ressemble à un mort. En fait, couché comme cela avec un tas d'appareils de surveillance, il est évident qu'on le garde en état de coma contrôlé, antidouleur, antisouvenir, anti-tout-ce-dont-on-peut-le-protéger-de-néfaste. C'est mon rôle. Mais tout de même, il ressemble à un mort.

Pendant un laps de temps très court, je ferme les yeux et revois ma vie, semblable aux deux lignes parallèles d'une voie ferrée. Ma pensée tergiverse et décide de s'asseoir sur cette ligne que je regardais de loin, enfin jusqu'à récemment. Cette voie, parallèle à ma vie professionnelle, celle que j'ai gardée pour moi, celle de ma vie d'avant et de tout ce qui en a découlé, cette vie que j'ai tenté de me cacher à moi-même, mais qu'il a fallu que j'affronte pour obtenir la paix dans mon cœur, j'espérais qu'elle ne me ferait plus jamais signe… Moi qui croyais que ces deux voies ne se rencontreraient jamais plus… En fait, elles n'auraient jamais dû se rencontrer : l'hospitalisation de cette pauvre immigrante de l'Est, illégalement installée ici pour y pratiquer le plus vieux métier du monde, a d'abord fait en sorte que je rencontre Paul Brousseau ici, dans un corridor, à la sortie du bloc opératoire. Sans cela, jamais mon passé de Rose Flint n'aurait croisé le présent du docteur Élaine Johnson, ici même, dans mon milieu de travail, dans l'exercice de ma profession. J'aurais tellement souhaité qu'un tel hasard ne se reproduise pas ! Mais ce type, ce Lemay, resurgit dans ma vie, ici à l'hôpital, par-dessus le marché. Il ne faut pas que je déraille ; je vais tenter de remettre mes voies comme elles étaient, bien parallèles. La question me tourmente cependant sans cesse : que me veut-il ? Cette brève rencontre m'a laissé un arrière-goût désagréable.

Je repense à l'ADN d'Alexandre Brousseau, la preuve dont il a délibérément caché l'existence aux procureurs. Je passe en mode défensif : je dois retenir cet élément. Je pourrais m'en servir contre lui, contre sa notoriété, s'il tente de me faire avouer mes gestes. Oui, je me réserve le droit de menacer de détruire sa carrière. De plus, bien que je tente de ne plus aller de ce côté de ma mémoire, je me rappelle vaguement cette soirée-là, les squelettes noirs des arbres, j'avais si froid et si peur, jusqu'à ce que survienne un blanc total. Et ma vie a basculé.

Mais lui, David Lemay, il ne peut savoir à qui appartenait ce second ADN. Même si je sais de façon rationnelle que rien n'est impossible, j'espère encore que ce ne soit pas possible. Parce que c'est ma vie qui deviendra à son tour et, à nouveau, impossible. Je préfère me dire qu'il l'a seulement dissimulée pour avoir la gloire du procès DeViller, qu'il ne

peut l'avoir conservée, ou encore pire, identifiée… L'or-
dure! Faire condamner un homme coupable d'un crime,
certes, mais pas celui pour lequel il a été emprisonné. Pas
complètement en tout cas. Je ne lui ai pas pardonné à
l'oncle Albert, loin de là, mais il était malade. Et parce
qu'on m'a appris à comprendre les maladies, j'ai mis mon
ressentiment de côté pour arriver à survivre et vivre ma vie.

— Le saignement est contrôlé.

— Parfait. Tout est stable de mon côté.

Je m'ordonne d'arrêter de penser à la visite de ce matin.
Après tout, ça ne sert à rien de me torturer les méninges et
d'imaginer un tas de scénarios. Je vais laisser venir jeudi et
on verra bien ce qui arrivera. Je ne vais certainement pas le
laisser m'empoisonner l'existence.

2

J'ai passé la soirée d'hier à faire du sport. Pour me détendre. Pour m'occuper l'esprit. Guillaume, mon surveillant d'apnée, est devenu très bon; il se rapproche grandement de mon temps d'apnée actuel. Je ne pense pas arriver un jour à surpasser le record que j'ai établi il y a plusieurs années et rejoint à quelques reprises ces derniers mois : six minutes et dix secondes. Je suis tout de même satisfaite de l'effet d'apaisement que cela a sur moi. Avoir l'esprit dans un ailleurs que l'on ne connaît pas vraiment, dans un de ces vides qui me sont bienvenus et où gravitent des idées trop imprécises pour que l'on arrive à les définir.

J'ai joint le club d'escrime régional récemment. En raison des gardes, je ne peux m'engager à être toujours présente, c'est pourquoi je ne peux m'inscrire aux compétitions. J'ai tenté de cacher le fait que j'avais gagné un championnat prestigieux à l'adolescence, sans succès. Tout finit par se savoir un jour ou l'autre dans ces milieux.

Mon fleuret demeure à la hauteur, mais je songe à le troquer pour l'épée. Je repense, avec un certain vague à l'âme, à ces vieux films de cape et d'épée que j'aimais regarder avec Hugues qui se plaisait à devenir mon Zorro et suis ravie que Mélodie, la fille de Simon, manifeste un intérêt pour l'escrime depuis qu'elle m'a accompagnée à un entraînement. Si les démarches entreprises pour obtenir l'assentiment de sa maman s'avèrent positives, elle pourrait commencer cette année, dans la catégorie «poussin». Mignon.

Je suis nostalgique en ce matin de Saint-Valentin. Je me sens seule. Mes parents me manquent. Mon adolescence me manque. Mon état de dépendance insouciante me manque. Cette période où j'étais en apprentissage, où je faisais des sports, où je n'avais pas à me préoccuper de faire à manger, où je n'avais pas à penser au lendemain ou encore moins au passé, comme aujourd'hui, avec ce vilain passé qui vient à nouveau me torturer. Je suis extrêmement affectée par cette froide solitude dans laquelle le décès de Josée m'a laissée, tel un invraisemblable bout du monde.

C'est un matin où j'aimerais avoir la possibilité de me faire un cocon pour me protéger, me cacher, m'immobiliser, m'oublier moi-même. Disparaître. Mais je dois aller travailler, offrir des soins professionnels à des patients qui me font confiance. Je ne veux pas m'apitoyer sur mon sort, alors je pense à mon chéri qui m'attendra ce soir, en amoureux. Cette pensée met un baume sur ma douleur du jour : Simon, cet homme extraordinaire qui m'aime pour ce que je suis et qui meuble cette solitude omniprésente, ce vide intérieur, cette détresse, qui me poursuivent à nouveau.

J'ai le vague à l'âme. Un malaise s'est emparé de moi depuis hier : le doute. La peur, aussi. Je ne veux pas ressasser mes actes libérateurs de l'automne dernier, mais mes démons reviennent me troubler. Je ne me sens pas vraiment bien, à vrai dire. C'est comme si j'étais entraînée par un torrent de boue visqueuse dont l'origine demeure mystérieuse et qui tente de tout apporter sur son passage.

C'est un mauvais jour, un mardi, pour fêter la Saint-Valentin. Que puis-je y changer? Fête de calendrier. Mais ce n'est tout de même pas le meilleur jour de la semaine pour un souper d'amoureux. Simon m'invite chez lui; les filles seront chez leur mère. Il cuisinera pour nous, comme il sait si bien le faire.

C'est étrange d'entendre les conversations dans le vestiaire de la salle d'opération, ce matin, pendant que je me change et que je constate qu'à nouveau j'ai enfilé des chaussettes orphelines, l'une bleue, l'autre rose pâle. Peut-être cela deviendra-t-il une nouvelle tendance, qui sait? Bref, c'est comme si la Saint-Valentin était devenue une fête de famille, une fête pour les enfants. Une telle aura des ballons rouges pour ses enfants, une autre a acheté des chocolats, encore pour ses enfants. Personnellement, j'ai Simon; notre Saint-Valentin sera traditionnelle, pour les amoureux, pas une fête modifiée pour la famille.

J'ai tout juste terminé l'installation de ma patiente qui subira une réduction de fracture du tibia. Alors qu'elle se rendait voir sa mère, elle-même hospitalisée, elle a malencontreusement été heurtée par une voiture qui a grillé un feu rouge. Au moyen du haut-parleur mural, on me demande au poste des infirmières, exactement comme hier à la même heure, et cela me fait un serrement dans la poitrine, une crampe à l'estomac et une contorsion de l'intestin. Ma patiente est sous anesthésie régionale rachidienne – elle est «gelée», comme disent les patients –, et a refusé toute sédation. Elle m'a dit vouloir garder le contrôle. C'est étrange, parce que moi aussi, je veux garder le contrôle sur ma vie, qui semble prendre un malin plaisir à se foutre de ma gueule.

Je confie la patiente à Julie, qui travaille avec moi aujourd'hui, et me dirige vers le poste des infirmières, où un livreur attend avec un énorme paquet. Ça ne peut être que des fleurs. Youpi! Merci Simon pour ta pensée qui vient égayer cette journée qui a débuté dans la morosité. Ça me met du baume au cœur, vraiment. Je me sens comme un enfant qui reçoit le plus beau cadeau de sa vie.

Tout sourire, j'apporte le paquet dans le bureau des anesthésiologistes. En ouvrant la carte, je déduis immédiatement que ce cadeau n'a pas été envoyé par Simon, qu'il s'agit d'un cadeau empoisonné : «À votre image. D.L.» Je défais tout de même le papier et découvre dix-huit magnifiques roses blanches. Des roses. À votre image… D.L. Non! Les paroles de l'inspecteur David Lemay, prononcées à son départ hier, me reviennent en mémoire : «Vous recevrez des instructions pour notre rencontre de jeudi.» Ces paroles résonnent dans ma tête. Rose. David Lemay. Des roses blanches. Il sait donc que j'étais Rose Flint, c'est on ne peut plus évident. Encore pire début de journée que je ne le croyais! Le nombre dix-huit, ma date de naissance. Merde! Il y a une signification pour la couleur choisie, le blanc, j'en suis plus que persuadée. Des roses blanches – j'en chercherai plus tard la signification – mais ça me rappelle vaguement un livre sur le régime nazi et la Gestapo que nous devions lire dans mon cours sur la Seconde Guerre mondiale. Charmant!

De retour dans ma salle, je dois dégager une énergie négative puisque Julie me dit : «Ça ne va pas?» Pourtant, avec le bonnet sur la tête, le masque sur le visage, on ne voit pas grand-chose de l'expression des autres. Je respire par le nez, profondément, et je me surprends à lui répondre: «Rien de grave.»

Sur ces mots, elle se met à pleurer! Je me demande pendant un moment si j'ai fait ou omis de faire quelque chose d'important, ou dit quelque chose de déplacé. Je la prends par les épaules et l'entraîne dans un coin de la salle. Elle arrive à me dire que son conjoint a décidé de la laisser. Oups! Mauvaise nouvelle et journée plus que mal choisie, c'est la Saint-Valentin! Je ne sais quoi lui dire d'autre que des banalités toutes faites d'avance, mais cela a l'effet escompté, puisqu'elle s'apaise. Je ne veux pas m'immiscer dans la vie personnelle, très personnelle de mes collègues et compagnons de travail, mais il arrive assez souvent qu'on y soit mêlé, indirectement. C'est un petit monde clos, la salle d'opération. Mais j'essaie de conserver un certain détachement, il vaut mieux.

Le cas s'éternise. Cette chirurgie devrait déjà être terminée, pourtant.

— Quelque chose ne va pas?

— J'ai cassé la tête d'une vis. Je dois donc la sortir et recommencer cette étape. Nous en aurons pour encore une heure au moins.

Ce chirurgien orthopédiste est un gars que j'apprécie énormément pour ses compétences et son intégrité.

— Parfait.

Je fais ce qu'il faut pour ma patiente: explications, réassurance. J'avais, de toute façon, prévu une marge de manœuvre supplémentaire sur le temps grâce au médicament que j'ai sélectionné pour faire l'anesthésie de ma patiente. Sauf que la journée finira plus tard que prévu et ça ne me tente pas du tout, pas aujourd'hui. Bien qu'on essaie de ne pas annuler de chirurgie, je vois mal comment on pourrait rattraper les heures supplémentaires requises pour ce cas-ci. Un cas à la fois, et on verra bien.

Ça s'éternise côté chirurgie ; de mon côté, tout va bien. Je me dis que ça va finir par finir ! Mes pensées dérivent vers les dix-huit roses blanches déposées dans notre bureau collectif. La venue du Dr Lati me tire de mon embarras psychologique.

— Ça va, Élaine ? Tu as quelques minutes ?

— Oui, c'est d'une stabilité déconcertante, alors aucun problème.

— Écoute, comme tu le sais déjà, je devais partir ce vendredi pour présenter le Juphilaurium au congrès annuel de la Pacific Anesthetists Society en Australie. Ma femme devait accoucher vers la fin avril, mais elle a des contractions depuis hier et je me sens incapable de la laisser durant cette période. Je m'en voudrais de manquer la naissance de notre dernier enfant, qui risque en plus d'être prématuré ! Accoucher à quarante-deux ans, c'est toujours plus risqué qu'à vingt ans. D'autant plus que j'ai manqué la naissance des trois garçons...

— Est-ce un message sous-entendu pour moi ?

Il rigole sous son masque, je le vois au coin de ses yeux, mais je le sens préoccupé. Depuis le temps que je le connais, cela ne peut m'échapper. Je reprends :

— Faudra bien que j'y songe un jour, mais ce n'est pas une nécessité de la vie, les enfants. Du moins pas maintenant.

— J'ai pensé que tu aimerais faire cette présentation à Sydney, à ma place.

— Wow! L'Australie, Sydney, moi qui ne suis sortie qu'une seule fois de l'Amérique du Nord! C'était pour aller dans les Caraïbes avec Félix. Mais comment feront-ils ici, s'il manque quelqu'un? Avec un temps si court de préavis, il n'y aura personne pour me remplacer.

— La D^{re} Cartier s'en occupera: les questions administratives lui appartiennent. La notoriété de notre département est aussi importante pour elle que pour nous. La commercialisation du Juphilaurium a fait connaître notre laboratoire et, en tant que chef, elle en retire une gloire certaine, alors ne soit pas inquiète de ce qui se passera durant ton absence.

— Donnez-moi deux secondes.

Mon attention est attirée par le ton qui monte dans la salle d'opération; le chirurgien est très, très mécontent, l'infirmière en externe est sur le bord des larmes, l'infirmière-chef vient de faire son apparition: ça doit être sérieux pour la tirer de son bureau... En effet, c'est le chaos et ma patiente ne dort pas, elle n'a pas reçu de sédatif: elle entend tout. Mais elle va bien. De mon côté, ça ne va pas. Mais avec la proposition du docteur Lati, je me sens quelque peu ragaillardie.

Je crois comprendre qu'il y a un problème de matériel, que le chirurgien n'arrive pas à retirer la vis brisée. Merde! Encore plus long que prévu et, si ça continue comme ça, au lieu d'une chirurgie d'un jour, la patiente aura eu une chirurgie d'une durée d'un jour! Bref, ça va mal de l'autre côté du drap stérile! Vaut toujours mieux que ce ne soit pas de notre côté… Le chirurgien informera la patiente du problème, il n'aura pas le choix. Mais là, à ce moment précis, je dois envisager une solution au cas où elle commence à ressentir de la douleur ou à être stressée par ce qu'elle entend. Mais elle me dit qu'elle n'a aucune douleur et que, même si l'issue de la chirurgie l'inquiète, elle nous fait confiance. Bonne attitude. Ça ne pourra que bien finir. Il faut se dire que tout dans la vie peut prendre du temps.

Julie me remplace quelques minutes et le docteur Lati m'entraîne dans le bureau pour me montrer le programme du congrès et l'itinéraire des vols. C'est long comme trajet : départ vendredi matin, arrivée à Sydney dimanche matin, en raison du décalage horaire et après un arrêt de quelques heures à Los Angeles ; vingt-deux heures dans des avions, sans compter l'escale, j'aurai le popotin en compote ! Un moindre mal. Conférence lundi matin et retour le samedi suivant, avec un départ et un retour le même jour, les fuseaux horaires nous permettant de vivre deux fois la même journée. Étrange cet espace-temps, quand on y pense sérieusement…

— Pourquoi pas ?

— Il faudrait donner une réponse définitive aujourd'hui en raison des modifications pour les billets d'avion et les réservations. Tu n'es pas obligée d'assister à toutes les conférences ; tu pourrais faire un peu de tourisme.

— Je ne vois pas de raison valable pour ne pas vous rendre ce service, c'est même à mon avantage ! Je pourrais profiter de l'occasion pour aller faire un tour en Nouvelle-Zélande, visiter notre précédent stagiaire étranger, Liam Tucker. Il s'est installé à Invercargill, tout à fait au sud de l'île du sud. Je l'aimais bien, ce médecin ; nous étions devenus de bons amis et ce n'est pas tous les jours qu'on a l'opportunité d'aller dans cette région du globe.

— Bonne idée. Alors, c'est un oui ?

— C'est un oui.

— Votre amoureux vous a envoyé de très jolies roses.

— En fait, je ne sais pas qui les a envoyées : il n'y a que des initiales sur la carte.

Je lui tends cette carte qui me brûle les doigts et que je répugne à regarder. Cela me fait tout bizarre à l'intérieur de laisser le Dr Lati, mon mentor, mettre un pied sur la voie réservée, la voie secrète de ma voie ferrée. Ces choses de ma vie passée qui devraient cheminer côte à côte, sans jamais se toucher, ont malheureusement subi une contorsion sévère.

— Probablement un admirateur secret. Méfiez-vous !

À qui le dites-vous ! S'il savait vraiment ce qui se passe dans ma vie… En fait, personne ne sait. Il ne se sait pas non plus que je fréquente Simon, le frère de notre collègue Anne, mon amie depuis l'école de médecine. Même si notre relation se consolide à un rythme effarant, je ne veux pas apporter ma vie privée au travail. En fait, je ne veux rien trimballer qui vienne de l'extérieur au milieu.

Mais ce David Lemay vient foutre en l'air cette résolution. Je suis tellement fière d'avoir placé tous les documents relatifs à cette affaire en sécurité dans mon coffre-fort dissimulé derrière le miroir de ma salle de bain. Pourquoi me poursuit-il ici, à mon travail ? Pour me déstabiliser ? Il y est arrivé. Mais je suis bien plus organisée qu'il ne peut le soupçonner. N'empêche que je suis vraiment troublée par cette apparition dans ma vie; cet homme connaît mon passé. Parce qu'il m'apparaît de plus en plus certain qu'il a fait le lien entre Rose Flint et Élaine Johnson. Et ça m'emmerde.

De retour dans ma salle, je constate que ça ne va pas vraiment mieux du côté chirurgical. L'orthopédiste a dû faire un trajet dans l'os pour arriver à extraire la vis brisée et l'os, fragilisé par cette manœuvre, s'est fracturé au site de la vis. Ouf! Ça va mal! On apprend tous, durant notre formation, que ces complications peuvent arriver. On ne le souhaite pas, évidemment, mais elles sont possibles et heureusement réparables la plupart de temps. Je ne me sens pas l'âme, le cœur ou l'esprit à réconforter qui que ce soit en ce moment, donc je choisis l'option de la fermer.

Cette option s'avère la meilleure en ce moment, d'autant plus que je perçois un soupçon de colère entre les gens de l'autre côté du champ stérile qui nous sépare. Une nouvelle infirmière assiste le chirurgien. Celle qui pleurait n'est plus dans la salle. Je déteste ce genre de conflit. Je le place mentalement dans une boule de papier, que je jette au panier. Pas question de me laisser déranger par les sautes d'humeur des gens avec qui je travaille. Les écouter et en être témoin me semble suffisant. Pas facile cependant: la proximité est si grande entre nous. Mais j'ai mes propres problèmes. Surtout en ce moment.

Malgré moi, les roses reviennent envahir ma tête. Il ne faut pas que cela vienne gâcher ma soirée avec Simon. J'essaie de penser à autre chose.

L'anesthésie de ma patiente se déroule toujours à merveille, sauf que c'est drôlement long. Je la réchauffe avec des couvertures chaudes, parce qu'il fait froid dans la salle d'opération et sa température corporelle risque de baisser, et cela peut être néfaste.

Ma pensée dérape sur cette période de mon adolescence durant laquelle j'avais décidé de lire tout le dictionnaire. Quel projet! Je me suis arrêtée à la lettre B; mon vocabulaire débutant par la lettre A n'est cependant pas plus élaboré aujourd'hui! Y penser me fait sourire. On m'avise qu'il n'y aura pas de temps pour les deux dernières opérations sur ma liste de la journée. J'enregistre. Dommage pour ces patients qui restent à jeun, préparent tous les éléments de leur vie, travail, famille et tout le tralala pour subir une chirurgie pour laquelle ils ont parfois déjà attendu longtemps...

Comme toute bonne chose a une fin, la chirurgie se termine, sans avoir besoin de compléter par une anesthésie générale. Tant mieux pour la patiente; je déteste avoir à procéder à une anesthésie générale complémentaire à la régionale parce que des pépins chirurgicaux surviennent. Je la laisse en salle de réveil aux bons soins des infirmières et passe au grand salon prendre un chaï latte; un bon moment de relaxation.

Les deux chirurgies suivantes se déroulent sans anicroche: deux patients sous anesthésie générale, pour lesquels je n'ai pas pu utiliser le Juphilaurium, question de durée. J'ai choisi le Rocuronium, une formulation plus vieille, mais plus appropriée à ces deux cas faciles.

Ma journée est terminée. Je passe par le bureau prendre mon sac et l'odeur des roses embaume la pièce. Elles resteront ici. Pas question de les avoir sous le nez à la maison.

Je quitte l'hôpital, toujours aussi perplexe quant à la visite de David Lemay. La lancinante question de son retour dans ma vie tourne sans cesse dans mon esprit, telle une atroce charade.

3

Il fallait que je quitte cette pièce au plus vite, même si au fond, ces roses, j'aurais pu les foutre à la poubelle ou les donner à quelqu'un. J'ai choisi de les laisser là, sur la table commune dans le bureau des anesthésiologistes. Elles agrémenteront la soirée de mon collègue de garde qui ne connaît rien à leur propos.

Il neige à plein ciel, et ce, depuis le matin. La circulation est au ralenti ; c'est certain que j'arriverai en retard à la piscine. J'aurais quasiment envie de ne pas y aller, mais je me dis que si je commence à me trouver des excuses pour me défiler de mes entraînements, il m'arrivera ce qui arrive à plusieurs personnes pleines de bonne volonté : je laisserai tomber. Et ça, je ne veux pas. Il y a eu cette période durant laquelle je devais étudier de longues heures, préparer des présentations, faire des gardes, continuer mon protocole de recherche, ce qui ne laissait évidemment pas de place à l'entraînement. Je favorisais plutôt les quelques heures de sommeil que j'arrivais à m'offrir, pour récupérer. Parce que ce n'était pas une vie facile, l'entraînement en spécialité.

Alors, j'y vais, quoi qu'il arrive.

Avec du retard, je m'installe dans mon couloir et je nage. À plein. Je repense à cet ex-sergent-détective devenu agent des services secrets internationaux. Étrange, cette façon qu'ont les événements de la vie de nous rattraper… Jamais je n'aurais pensé une seule seconde revoir ce type un jour. Je l'ai vu sur Google ; j'ai lu ses prouesses. J'ai, à tort, tenté d'oublier. J'intensifie la cadence de mon crawl. Je dois me défoncer dans cet exutoire à la peur qu'il a fait naître en moi. Que sait-il de moi ?

Avec tous les moyens informatiques qui existent aujourd'hui, très difficile de n'être personne ou de passer inaperçu. La quantité de renseignements qu'une personne allumée arrive à obtenir peut être effarante. Assez, sûrement, pour voler l'identité de quelqu'un. Cette pensée me fait sourire, moi qui ai déjà deux identités différentes, légales du moins !

Ce voyage-surprise me fera le plus grand bien. J'utiliserai l'argent de la police d'assurance-vie de Josée pour voyager et me gâter un peu ; c'est pour cela qu'elle me l'a laissée, en fait. Dommage que le départ soit vendredi ; j'aurais souhaité partir jeudi et m'esquiver de la rencontre avec ce Lemay. Il occupe une position sociale que je ne peux ignorer.

Guillaume me rejoint pour notre petit exercice commun ; sa venue me tire complètement de mes pensées. Vachement bienvenue. Il faut que j'arrive à faire le vide, sinon ma séance d'apnée ne servira à rien. C'est plus difficile aujourd'hui ; cela n'est pas arrivé depuis plusieurs semaines. Faire le vide. Concentration. Respiration.

Ç'a finalement été correct : pas un record, mais un temps respectable, 5 minutes et 20 secondes. Satisfaisant pour moi, étant donné mon état d'esprit qui a un je-ne-sais-quoi de similaire à celui que j'ai enduré l'automne dernier. Cet état pitoyable dans lequel j'étais à ce moment-là, je ne veux pas le revivre. Non, cela m'a trop coûté. Je dois fuir ces pensées morbides, quasi suicidaires, m'admonester.

En arrivant chez moi, un colis m'attend devant la porte. Une longue forme effilée, enveloppée d'un papier rouge vif. Mon cœur fait trois tours, mes mains deviennent moites. Pas encore ce débile d'inspecteur qui vient chambouler ma vie ! Je croyais qu'il s'en tiendrait à mon lieu de travail pour me contacter. L'écriture manuscrite sur l'étiquette d'envoi m'est familière. Une fois au salon, je défais l'emballage : un étui en cuir épais beige sable avec une très large fermeture éclair. Je l'ouvre et trouve une magnifique épée à la poignée richement décorée. Une petite carte est collée sur la lame, une pièce de monnaie dessus : « Pour toi, pleine de secrets, et que j'aime toujours, Félix. » Je reste estomaquée, à la fois par la note sur la carte et par le cadeau lui-même. Il a donc été fasciné par mes prouesses passées lorsqu'il a vu pour la première fois mes trophées d'escrime jalousement cachés durant des années. Et la pièce de monnaie : ne serait-il pas un peu trop superstitieux ? On m'a expliqué un jour que lorsque l'on offre un objet tranchant, un couteau, un canif ou, comme aujourd'hui, cette épée, il faut donner une pièce de monnaie pour protéger celui qui le donne. Protéger de quoi ?

Pauvre Félix, il s'accroche. J'en suis parfois étonnée. Je ne l'ai pas revu en tête-à-tête depuis décembre, bien avant la fête de Noël. Nous nous croisons au travail, occasionnel-lement, mais sans plus. Il ne doit plus fréquenter l'infir-mière de l'urgence. Je le reconnais bien, là : attendre la Saint-Valentin pour me relancer. Ça fait un peu cliché, mais c'est bien son genre. Je croyais pourtant qu'il avait compris que notre relation était définitivement terminée.

Je me demande si je dois le remercier maintenant ou attendre à demain. La bienséance me dicterait de le faire maintenant, mais je crains qu'il ne m'invite à sortir ce soir. Je ne veux surtout pas tourner le couteau dans la plaie en lui disant que je passerai la soirée avec Simon. Très bizarre comme pensée en ce moment même, lui qui m'a donné une épée, objet qui peut blesser gravement… Comme je ne sais pas vraiment mentir, je ne vois pas ce que je pourrais bien inventer de crédible. J'opte pour un texto : « Merci pour le cadeau magnifique ; tu n'aurais pas dû. On se voit dans quelques jours. » Message clair. Dans quelques jours, je serai dans les îles du Pacifique ; ce sera donc à mon retour de voyage. J'aurai tout plein d'aventures à lui raconter.

Je dois me préparer pour mon souper d'amoureux. Le miroir de ma salle de bain me rend l'image de quelqu'un qui a l'air fatigué et, zut !, j'ai un bouton sur le menton. Pas chic. Il me semble ne voir que ça maintenant que je l'ai découvert. Étrange, mais il m'embête un peu trop, ce début de bourgeon qui se décide à sortir juste à ce moment-ci. Je décide de m'occuper de lui : une compresse ultrachaude et je le presse avec mes doigts, fort. Plus fort. Voilà, la peau se fissure et le contenu sort : probablement un point noir devenu adulte. Je passe une solution désinfectante sur la plaie que je me suis infligée. Maintenant, c'est dix fois plus visible que le petit bouton innocent du début ! C'est comme si j'avais tenté de tuer une mouche avec un canon ! Je ne suis pas contente de moi.

Je saute dans la douche, dont j'ouvre les deux jets, question d'avoir un quasi-bain de vapeur. Appuyée sur les parois en pierre blanche, je laisse le jet d'eau très chaude couler sur mon cou, mes épaules et mon dos. Je repasse dans ma tête les événements survenus depuis hier matin. Quand même incroyable que ce David Lemay m'ait retrouvée ! Plus incroyable encore qu'il sache que je suis Rose Flint, vingt-trois ans plus tard. Il doit disposer de tous les moyens possibles pour retrouver quelqu'un. Mais encore là, pourquoi ? Et que me veut-il ? Mon esprit est en ébullition, tellement que je n'arrive tout simplement pas à mettre en ordre les possibilités qui l'ont mené à moi. Impossible qu'il m'accuse de quoi que ce soit. Il n'a pas de preuve. Pas de trace. Il veut quelque chose que je possède, j'en suis persuadée. Je suis même galvanisée par ce sentiment niché au creux de moi. Bon, c'est assez ! Ça fait dix fois que je me fais cette remarque. Terminé pour aujourd'hui. Je mets mon commutateur cérébral à *off*. Du moins, j'essaie.

Décidément, ce bouton me tue ! Je m'enduis le corps de crème parfumée Coco Chanel et enfile un nouvel ensemble de sous-vêtements rouges, pour l'occasion. Vendredi dernier, j'ai acheté pour la première fois un sous-vêtement pour homme ; j'ai bien rigolé. D'autant plus qu'il fallait quelque chose de spécial pour la Saint-Valentin. Après plusieurs minutes de tergiversations, j'ai choisi un boxer rouge, moulant. J'avais le choix entre un string rouge trop criard, un caleçon style grand-père ample des cuisses avec une ouverture que j'imaginais trop béante pour être jolie ou sexy, et celui que j'ai finalement pris.

J'ai aussi acheté un exfoliant corporel au chocolat. Grâce à mes recherches sur les timbres cutanés de Juphilaurium, j'ai acquis pas mal d'expérience sur l'effet enivrant ou thérapeutique des produits qu'on met sur la peau ! Mon esquisse de ce que pourrait être notre soirée de Saint-Valentin m'émoustillait déjà vendredi dernier. J'apporte de plus une petite bouteille de porto et du chocolat noir. Je pense que ça ira.

Mon soutien-gorge rouge se voit sous mon chemisier blanc : mauvais choix. Je serai en noir. Pas compliqué, chemisier noir à rayures tissu sur tissu et ton sur ton avec une jupe noire, des bas noirs avec élastique à la cuisse, en dentelle. Ce soir sera rouge et noir plutôt que mon blanc et noir habituel. C'est fou, avec mes cheveux très roux, je trouve que le rouge ne convient pas du tout, ça jure. Pas grave, c'est pour l'occasion. Maquillage ou pas ? Très léger : un trait de crayon vert sur la paupière supérieure avec du mascara noir, un gloss orangé sur les lèvres, et un bandeau noir dans mes cheveux encore humides complète le tout. Mon bouton me paraît moins visible maintenant.

Je dois faire un détour par l'hôpital pour rencontrer une famille pour le protocole Juphilaurium. Sanjay Patel a étudié trente-cinq patients jusqu'à ce jour et tous les résultats obtenus sont superposables. Un patient a dû être retranché de l'étude en raison d'un trouble de température cutanée trop basse, ce qui modifiait l'absorption du médicament à partir du timbre appliqué sur la peau. Nous avions ciblé cinquante patients pour obtenir des conclusions valables ; ça se passe donc très bien et l'étude devrait être complétée selon le plan de travail préalablement établi. Un patient a été admis aujourd'hui en *status asthmaticus*, une manifestation très sévère de l'asthme. Le médecin des soins intensifs a prescrit une curarisation temporaire, soit une paralysie des muscles respiratoires, afin de pouvoir le traiter adéquatement. Comme les intensivistes sont tous satisfaits des effets cliniques du Juphilaurium en application transdermique, nous placerons ce patient sous protocole. Âgé de 17 ans, il serait le plus jeune patient de notre étude.

Les autres patients qui ont été traités au Juphilaurium étaient tous dans un état clinique très précaire. Jusqu'à maintenant, sept sont décédés, parce que leur pathologie de base n'a pu être contrôlée ou en raison de complications médicales diverses. J'ai pu effectuer une recherche de métabolites du Juphilaurium *post mortem* en plus des dosages habituels sur cinq patients : toujours pas de trace après la mort de l'utilisation de ce curare. Ces résultats reposent dans mon coffre-fort à la maison. J'ai bien vérifié tous les dossiers des patients, il n'y est pas fait mention de cette analyse et Sanjay Patel a eu connaissance d'un seul cas, qu'il avait inclus à l'étude par erreur. Cette analyse a été retirée des données enregistrées et exclue du dossier du patient. Je ne lui ai pas expliqué le pourquoi de ces analyses supplémentaires, c'était mieux ainsi.

— Bonsoir, je suis D^{re} Élaine Johnson, anesthésiologiste et chercheur. Nous effectuons un protocole de recherche sur un agent paralysant, un curare. Il s'agit d'une classe de médicaments dont votre fils bénéficie actuellement. Il reçoit la forme injectable, alors que nous étudions une forme transdermique, comme ce grand timbre que vous voyez. Il est remplacé toutes les quatre heures par l'infirmière. Si vous acceptez de lire ce petit document qui contient toutes les informations au sujet de notre étude et de le signer, nous pourrions débuter dès ce soir.

Des parents intelligents et intéressés, qui me posent des questions pertinentes, auxquelles je prends un plaisir professionnel à répondre. Ces gens m'apportent un apaisement bienvenu.

4

J'arrive chez Simon, la bouteille de porto dans une main, les petits cadeaux dans l'autre. Une Saint-Valentin d'adultes, qui contrastera avec les propos que j'ai entendus durant la journée, à l'hôpital. D'autant plus que je me sens un peu les hormones au plafond !

Mon amoureux ouvre la porte avant que j'aie le temps de sonner. Comme c'est agréable de se réfugier dans ses bras qui me couvrent et m'emprisonnent complètement, ma tête appuyée sur son thorax. Ses yeux sont d'un bleu plus clair qu'habituellement ; sans doute l'effet de sa chemise d'un gris métallique. Après un long baiser savoureux, durant lequel je caresse ses cheveux blond clair, trop courts à mon avis, il m'installe dans un fauteuil, devant le feu de foyer. La réverbération de la lumière sur la neige cotonneuse qui continue à tomber lentement et paisiblement dehors crée une image féérique. Simon me tend un verre de vin rouge.

— Merci ! Santé à toi et joyeuse Saint-Valentin.

— À toi aussi, ma belle Élaine.

Un vin divin ; ce sera l'unique verre de la soirée. Je suis de garde demain, donc une longue journée en vue. Pas question de me laisser abrutir par une quantité d'alcool déraisonnable.

— La piscine, c'était bien ?

— Comment sais-tu que j'y suis allée ?

— Ta montre GPS ; je sais, à quelques secondes près, ton temps d'apnée et où tu es lorsque l'alarme de ton moniteur de surveillance se met en marche. Nous l'avions réglé sur un délai de trente secondes et le système sophistiqué de localisation de l'origine de l'événement déclencheur fait en sorte que je suis averti de chaque événement sur mon téléphone portable.

— Une façon de me surveiller, quoi.

Je regrette de lui avoir répondu aussi bêtement. J'aurais dû faire attention ; cette tension de la journée me mine encore.

— Comment a été ta journée ?

— Correcte, mais difficile.

Je souris de ma réponse un peu sotte, lui relate ma journée en salle d'orthopédie et surtout l'invitation du Dr Lati à le remplacer pour la conférence à Sydney. J'omets délibérément de lui parler des roses blanches, mais cette pensée me fait tout de même un pincement au cœur.

— Fantastique, que tu ailles en Australie !

— Le séjour en Australie sera très court parce que je pensais plutôt faire un saut en Nouvelle-Zélande pour visiter Liam Tucker, un ancien stagiaire que j'ai beaucoup apprécié.

— Un ami ?

— T'inquiète pas. Serais-tu un petit peu jaloux ?

— Ce n'est habituellement pas mon genre, mais un petit frisson au cœur m'indique que je dois veiller à mes affaires.

— *Affaires*, voulant dire moi ?

Il se penche et m'embrasse à nouveau, intensément, chaleureusement, prélude à une chaude soirée.

— Je visiterai donc Liam et son conjoint Hayden. S'ils sont disponibles, évidemment.

— Ah…

— Je t'ai eu!

Je l'enserre par la taille très fort et constate que, ho! il est déjà prêt pour la Saint-Valentin!

— Allons à la cuisine, je dois ajouter de la crème au potage à la courge.

— Miam! Et la suite?

— Filet de saumon à l'érable, riz sauvage et choux de Bruxelles. Et le dessert sera?

— Toi!

— Oups! J'avais prévu l'inverse. Il me vole à nouveau un rapide bisou. Tiens, voici ton cadeau de Saint-Valentin.

Il me tend une grande enveloppe avec l'en-tête d'une agence de voyages. Je l'ouvre et y trouve un magazine de voile: les îles Vierges britanniques sous les voiles. Je feuillette quelques pages et une enveloppe blanche glisse et tombe sur la moquette; Simon s'empresse de la prendre et me la tend. Deux billets d'avion et une confirmation de location d'un voilier de douze mètres, du 2 au 9 avril prochain. Je suis perplexe, regardant tour à tour les billets d'avion, le magazine et Simon.

— Heu… C'est pour nous?

— Qu'en penses-tu?

— Heu…

— Tout est arrangé avec ton travail; vacances d'une semaine, Anne, son mec, toi et moi dans les îles Vierges britanniques. Tiens, passe le magazine, j'y ai tracé notre itinéraire.

— Excuse-moi, je suis tellement surprise! Je n'ai jamais rien reçu de la sorte et personne avant toi n'a réussi à organiser mes vacances. C'est génial! Je savais qu'Anne était une super capitaine de voilier, mais j'ignorais que tu faisais de la voile toi aussi.

— Madame Johnson, vous avez devant vous le matelot première classe Simon, qui vient d'apprendre à nager à trente-deux ans.

Il me prend à nouveau dans ses bras et caresse mon dos d'une main pendant que de l'autre il verse la crème sur la purée de courges. J'ai faim, mais je suis aussi troublée par le fait que Simon ait manigancé avec sa sœur dans mon dos. Merde alors! Je suis contrariée, oui, vraiment!

Mais pourquoi est-ce que je dois tout contrôler? Une surprise, c'est permis dans la vie, non? Pendant les quelques secondes durant lesquelles je tente de me raisonner, mon trouble est franchement manifeste et je n'arrive pas à le cacher. Simon le sent. Après une profonde inspiration accompagnée d'un plissement de nez voisin d'une grimace de mécontentement, j'essaie de trouver quelque chose d'intelligent à dire et je pense soudainement au cadeau que j'ai oublié de lui donner, et je m'en sers comme alibi pour mon désarroi.

— Je sens que mon cadeau ne sera pas à la hauteur.

Je lui tends le petit sac rouge sur lequel un Cupidon est assis sur un rocher surplombant la mer… Drôle de coïncidence tout de même, cette mer et un cadeau de voyage en mer! Simon ouvre le sac et y trouve d'abord le boxer rouge.

— Waouh! Ça me changera du blanc et du gris. Mais pas question que je le porte au travail par contre.

— Rouge pompier? Hi, hi, hi!

— Non, rouge amour pour toi. Et ceci?

Il saisit le tube d'exfoliant corporel au chocolat.

— Surprise, pour le dessert.

Nous passons à table. Mon angoisse a baissé d'un cran, mais elle ne s'est pas tout à fait dissipée. La crème de courges est délicieuse et le saumon, sublime. Le vin aidant, mes mauvaises pensées finissent par tomber aux oubliettes, d'autant plus que Simon me raconte à quel point il a été difficile de circonscrire l'incendie sur lequel il a été appelé en renfort hier. Je suis suspendue à ses lèvres: il a réussi à extirper un bambin des flammes, de justesse, puisqu'une fois arrivé dehors, le plafond s'est écroulé juste à l'endroit où le petit dormait. Quel métier dangereux!

Nous repassons au salon; Simon a mis un CD de musique de film. *Dirty Dancing,* un classique, commence, et j'ai le goût de danser. Pourquoi pas? J'attire Simon à moi et nous dansons, comme ça, tout simplement, tout doucement devant le feu de foyer. Très collés l'un à l'autre. Des sensations agréables dans mon corps font en sorte que j'oublie absolument tout de la journée qui vient de se terminer. Simon se penche sur moi et sa bouche cherche la mienne; nous nous embrassons comme des adolescents, longtemps. Il explore ma bouche dans tous les coins accessibles et je sens une chaleur envahir mon ventre, un pincement fort agréable.

— Je vais prendre une douche. Tu viens?

— Bien sûr, mais avant la douche, je vais me faire un petit plaisir.

Il lève un sourcil interrogateur et il me suis dans la salle de bain. J'apporte le tube d'exfoliant corporel, le chocolat noir et la bouteille de porto. Il sera maintenant inutile de lui parler du menu que j'ai imaginé pour souligner notre amour ; je pense que ça se fera tout seul. Il est déjà bien en forme, mon Simon ! Mais je pense que le faire attendre, avec mon petit traitement corporel, sera encore mieux, pour tous les deux.

Je me rappelle notre première fois : c'était aussi une séance de salle de bain. Il faut dire que l'aménagement des miroirs et des lavabos rend la chose encore plus excitante ! Après l'avoir dévêtu, je l'invite à enfiler son nouveau boxer : il est ravissant. Le contact de son caleçon bien ajusté à ses formes me procure une agréable sensation qui se répercute dans tout mon être. Je l'invite à le retirer et à s'étendre sur le drap de bain que j'ai préalablement placé par terre, sur le carrelage chauffant. Il est bien docile. Maintenant, je vais me faire plaisir, à moi. Je lui glisse un coussin sous la tête, je verse de l'exfoliant au chocolat dans la paume de ma main et commence à enduire ses orteils ; je masse chacun religieusement, puis la plante du pied, le dessus, le talon. Il me regarde et tente de me toucher. Je refuse. Là, c'est son moment à lui ; il ne sait pas à quel point j'aime le toucher ; le dire ne servirait à rien, je préfère le lui démontrer. J'observe sa peau, ses poils plutôt pâles se dressant avec des frissons de satisfaction. Il ferme les yeux et semble apprécier ce moment.

Telle une professionnelle du massage, je poursuis l'application de cette substance chocolatée dont l'arôme commence à m'enivrer. J'applique, je masse, je rince avec une serviette humide et chaude. Je m'attarde à chaque partie de son corps, repassant dans ma tête le nom de chacun des muscles que je touche... c'est plus fort que moi! Son corps est splendide: un modèle d'anatomie parfaite.

Je traite le haut de son corps, son thorax, ses épaules musclées: deltoïdes, grand dorsal, biceps. Hum! Chacun de ses doigts a droit à une attention individuelle et insistante: la paume de ses mains, ses poignets, ses bras. Je l'invite à se placer à plat ventre pour que je puisse faire le derrière de ses cuisses et ses fesses: ischio-jambiers, adducteurs, grand fessier. Comme je ne m'y connais aucunement en encre tatoué, je ne veux pas utiliser le produit sur son dos, craignant d'atténuer les couleurs de son magnifique tatouage des tours jumelles, alors j'utilise le savon, tout simplement. J'en profite pour repasser sur ses fesses, alors que je m'installe à califourchon sur son dos, l'empêchant pour un moment d'intervenir dans mon traitement.

Empêchement bien temporaire, puisqu'il se relève et m'entraîne avec lui pour que je m'assoie à mon tour sur le banc de pierre. Mais j'avais conçu un autre plan; je n'ai pas terminé. Je place un doigt sur ses lèvres, pour l'inciter au silence et l'invite à prendre ma place sur le banc. Le chocolat noir est maintenant assez mou dans son emballage plastique pour que je puisse m'en servir pour terminer mon massage. Je ne pense pas que l'exfoliant sur les parties intimes de Simon soit particulièrement agréable; un peu trop irritant... Alors j'enduis son membre, déjà fort intéressé à l'action en cours, de chocolat. Hum! Le chocolat a des bienfaits incroyables sur la peau; et ce qui peut s'absorber par la peau, c'est un peu ma vie, ma passion professionnelle. Vitamines, minéraux, médicaments.

La respiration de Simon s'accélère, et si je m'aventurais à prendre son pouls – mais ça ne me paraît pas être le moment approprié… – je constaterais qu'il va sans doute à plus de cent battements par minute. Il est vraiment excité, alors je décide de ralentir le tout. Faire durer cette période de bien-être avant l'extase.

Il me caresse les seins; je sais qu'il aime particulièrement ça et moi aussi. Comme une gamine, je tente de me sauver de son emprise. Nous rions. C'est suave comme moment. Ce serait un drôle de cliché si on le prenait à l'instant même; Simon assis, son membre bien enduit de chocolat, au maximum de son érection, ma petite culotte rouge encore sur moi, complètement trempée, à nous tirailler comme des gamins. Je lui caresse les cheveux; nous nous embrassons. Je goûte ce chocolat; il est extrêmement bon, cacao à 70%. J'interromps mes caresses, me relève pour qu'il le déguste à son tour; mon baiser est chargé de tout l'amour que je ressens pour lui en cet instant. Nous avons tous les deux la langue bien chocolatée. Divin. Il se lève et verse un peu de porto dans le verre à pied, il m'en donne une gorgée que je m'empresse de partager avec lui à travers un autre long baiser des plus agréables, le nectar réchauffé par nos haleines.

J'ai terriblement envie de lui, là, tout de suite. C'est drôlement excitant, tout ce chocolat. Mais il en a décidé autrement. Alors, je le laisse me guider là où il décidé de m'entraîner. Je m'impose une panne de contrôle, ce qui finit toujours par m'arriver quand je suis avec lui.

5

La journée a mal commencé : ma rencontre avec un policier un peu trop zélé me laisse encore perplexe. Je venais tout juste de quitter le stationnement de la maison familiale, où je m'étais arrêtée en toute hâte afin de m'assurer que tout y était en ordre pour d'éventuels acheteurs. Alors que je m'engageais sur le grand boulevard, des gyrophares ont surgi derrière ma voiture et m'ont incitée à me ranger sur la voie d'accotement. Le véhicule était si proche de ma Mini Cooper que je me suis demandé s'il ne se prenait pas pour un suppositoire de petites voitures ! Impossible que j'aie commis une infraction au Code de la Route, puisque je venais tout juste de toucher l'asphalte du boulevard lorsqu'il m'a interceptée.

Zut ! C'est quoi l'affaire ?

Le policier était seul dans son véhicule ; j'ai stationné ma voiture, mes feux de détresse en marche, et je l'ai regardé dans mon rétroviseur alors qu'il s'extirpait de son auto. Mes documents étaient prêts pour l'inspection : enregistrement du véhicule, permis de conduire. L'adresse qui y figure est celle de la maison de mes parents. Merde ! J'ai oublié de faire le changement depuis que j'ai acheté l'appartement. Comme la maison de mes parents n'est pas encore vendue, j'ai sur-le-champ, décidé de ne pas en parler. Ce serait certainement mieux pour moi.

— Alors, ma petite dame, votre phare de freinage arrière droit ne fonctionne pas.

Ce n'est pas possible! Je n'ai même pas freiné! Comment a-t-il pu voir ça?

— Ah oui! Ah bon!

Je sais qu'il s'agit d'un avertissement. J'aurai quarante-huit heures pour réparer.

— Vos papiers, s'il vous plaît.

— Vous ne me donnez pas quarante-huit heures?

— Non. Je dois d'abord vérifier que vous n'avez pas déjà eu un avertissement.

— Ah! Tout à fait. Mais je n'en ai pas eu.

Cela me fait un plaisir fou de lui servir mes petits mots pour l'envoyer se faire foutre.

— C'est la bonne adresse?

Comme s'il avait lu dans mes pensées.

— Oui.

Je n'ai pas osé ajouter: «... pour le moment». J'espérais seulement qu'il fasse vite, parce que je ne voulais pas être en retard. J'ai horreur des retards, les miens et ceux des autres. Et oui, il a fait vite.

— Quarante-huit heures.

Il est retourné à son véhicule, l'a reculé et est parti, me laissant avec une impression bizarre.

En arrivant au stationnement des médecins de l'hôpital, une collègue interniste garait sa voiture derrière la mienne. Je lui ai demandé si mes feux arrière fonctionnaient: oui, des deux côtés. J'ai eu juste assez de temps pour acheter un muffin et un café au casse-croûte de l'hôpital et rejoindre la salle de conférence. Nous avons une réunion départementale ce matin, comme tous les mercredis matin ; pas question de manquer quoi que ce soit de ce qui sera dit, d'autant plus que je dois présenter le premier cas à être discuté. Quatre thèmes différents alimentent nos réunions, un différent chaque semaine. Mercredi dernier, un de mes collègues masculins, en poste depuis près de vingt ans, nous a fait un exposé des plus intéressants sur les dangers associés à la position des patients lors de procédures chirurgicales diverses. Personnellement, je déteste les chirurgies en position assise, particulièrement lorsque le patient fait plus de cent kilos et mesure moins d'un mètre cinquante ; pas facile d'asseoir une boule endormie ! Sans compter tout ce qui doit être installé pour ne pas que le patient glisse ou qu'il subisse un traumatisme durant l'intervention. La semaine prochaine, ce sera une revue de la littérature sur un sujet précis en anesthésiologie ; je n'y prête pas vraiment attention, puisque je serai absente et que mes pensées seront bien loin de mon milieu de travail. La dernière semaine du mois, nous tenons une réunion administrative au cours de laquelle se discutent l'horaire des vacances, les gardes, les règlements, enfin tout pour que l'harmonie règne dans notre département, ce qui n'est pas toujours évident, compte tenu du nombre de fortes têtes… Je n'ai fait cette constatation que tout récemment, je ne voyais pas vraiment ces difficultés de la profession lorsque j'étais étudiante en médecine, puis résidente dans le programme. Aujourd'hui, c'est différent, je suis en plein dedans, sans compter tous les changements de lois apportés par le gouvernement, ces derniers temps.

Bref, ce matin, mon amie et collègue de travail, Anne, anime la réunion morbidité-mortalité au cours de laquelle nous étudierons les dossiers de patients qui ont présenté des complications ou un décès dans les quarante-huit heures suivant leur anesthésie. En discutant en groupe d'un problème survenu, les méninges et l'expérience de chacun aidant, nous arrivons à établir certaines règles de conduite à adopter si une situation similaire se présentait à nouveau. Chaque membre du groupe présente un dossier. Le mien est celui d'un patient âgé de soixante-deux ans que nous avions initialement anesthésié pour un cancer digestif, une tumeur du gros intestin, que nous avons dû réopérer en urgence pour une hémorragie interne, après à peine une heure passée en salle de réveil, mais une heure des plus orageuses. L'infirmière m'avait prévenue qu'une instabilité des signes vitaux s'installait progressivement, c'est-à-dire qu'elle avait noté une baisse progressive de la tension artérielle et une augmentation du rythme cardiaque, et qu'elle avait cessé la perfusion épidurale que j'avais installée avant la chirurgie afin que le patient ne souffre pas dans les premiers jours suivant son opération. J'avais tout d'abord trouvé cela étrange, puisque j'avais utilisé cette perfusion durant toute la durée de la chirurgie, sans aucun problème hémodynamique. L'infirmière n'avait fait qu'appliquer le protocole de surveillance ; mais quelque chose me chicotait. Tout peut arriver en médecine, vu que nous sommes confrontés aux réactions d'un être humain avec ses propres réponses au stress, ses maladies, ses handicaps, ses limites et tout ce qu'il est possible d'imaginer. Les médecins doivent examiner les anomalies et poser un diagnostic. J'avais donc fait de moi un Sherlock Holmes moderne et passé en revue toutes les données du patient. Sa tension artérielle ne cessait de baisser et son rythme cardiaque d'augmenter depuis la dernière heure ; il était recouvert d'une tonne de couvertures pour le réchauffer et n'avait effectivement pas l'air d'aller bien. Pourtant, à la fin de l'intervention chirurgicale, nous l'avons fait émerger de son anesthésie sans aucun problème, et il allait bien. J'avais rapidement, après mon analyse globale de l'état de ce patient, envisagé un problème d'hémorragie interne et ordonné une analyse sanguine qui nous indique instantanément le taux d'hémoglobine et apporte une partie de réponse à nos questions. Alors que l'infirmière piquait le doigt du patient pour procéder au prélèvement prescrit, j'ai soulevé les nombreuses couvertures pour constater que l'abdomen du patient était devenu nettement plus volumineux que lorsque nous l'avions déplacé de la table d'opération à son lit, en fin de chirurgie. Il avait donc du sang dans l'abdomen, c'était plus qu'évident, et probablement une grande quantité, d'où cette instabilité hémodynamique. Nous avons rapidement rappelé la chirurgienne au chevet du patient pendant que l'infirmière nous confirmait que le taux d'hémoglobine avait effectivement chuté à un taux très bas, mettant la vie de ce patient en grand danger si une intervention immédiate n'avait pas lieu. J'avais donc ordonné des transfusions sanguines immédiates afin de le stabiliser et de le préparer à une révision chirurgicale, afin de contrôler le saignement délétère dans son abdomen. Tout avait été fait dans l'ordre de mon côté. Une discussion du dossier par mes pairs s'est ensuivie. Conclusion : un cas de morbidité, soit une complication postopératoire, pris en charge selon les règles de l'art. Un collègue présente par la suite un dossier tout à fait similaire au mien, chez un autre patient et dont le médecin traitant était la même chirurgienne que dans le cas que nous venions tout juste de discuter. Tout cela à une semaine d'intervalle. Puis un troisième dossier d'une complication un peu différente cette fois, une fuite d'une anastomose digestive, c'est-à-dire que les bouts d'intestins reliés et cousus ensemble après avoir retiré la partie malade, se sont disjoints et que des selles inondaient l'abdomen du patient…

— … encore avec D^{re} Marcotte, je suppose?

— Quand nous parlons des patients de la D^{re} Marcotte, nous devrions plutôt dire «ses victimes»!

Les gens murmurent. Des commentaires fusent autour de moi. Je me sens prise dans un match de ping-pong, mes idées suivent les histoires racontées à ma droite, à ma gauche et tout autour. Ça devient étourdissant, jusqu'à ce que mon amie Anne fasse un sévère rappel à l'ordre.

Victimes… Un mot que je n'aime pas. Je reconnais bien là le style de commentaires habituels de mon collègue, le docteur Legris. N'empêche qu'il n'a pas vraiment tort. Les gens murmurent encore, moins fort. Mais moi, je n'ai pas envie de me prêter à ces élucubrations ce matin. Il s'en faudrait de très peu pour que je m'emmure dans la zone de mon cerveau qui abrite cette partie de ma vie dont tous ignorent l'existence. J'arrive cependant à reporter mon attention sur Anne, qui doit user d'autorité, à nouveau, pour ramener l'ordre dans la salle de conférence. N'y parvenant pas, notre chef de département, la D^{re} Louise Cartier, prend la parole et résume le constat que tous sont en train de faire.

— Nous ne sommes pas ici pour régler le cas des médecins qui ont peut-être un problème de conduite médicale
ou de qualité chirurgicale, tel que certains d'entre vous
tentent de le faire ce matin. Je vais donc prendre tous ces
dossiers… oups, je vois qu'il y en a plus que trois maintenant. Qui avait un dossier où la D^{re} Marcotte a été le
médecin traitant?

— J'en ai deux, deux cas qui ont eu lieu dans la même
nuit de garde. Sensiblement les mêmes problèmes que ceux
énoncés par mes collègues. Je dois cependant ajouter que
l'indication chirurgicale de l'un d'entre eux était, selon mes
connaissances, fort discutable.

— Continuez, Dr Tang.

Celui-ci ouvre le dossier à la page où les désirs de vie du
patient sont inscrits, c'est-à-dire s'il veut des soins complets,
être réanimé si son cœur arrête, avoir uniquement des soins
de confort et ainsi de suite, et qui est signée, soit par le
patient lui-même, s'il en mesure de le faire, soit par sa
famille, soit par la personne qui a charge du patient, son
mandataire en quelque sorte. Il poursuit:

— Cette patiente âgée de quatre-vingt-seize ans, complètement moribonde, a été opérée et a eu la totale, alors
que les désirs de sa famille, qui répondait pour elle, étaient
de ne pas procéder à la chirurgie, étant donné son manque
de contact avec la réalité depuis plus de dix ans, de même
que de ses multiples problèmes de santé. Ils désiraient
plutôt des soins de confort pour une fin de vie sans souffrance, comme tout être humain est en droit de réclamer.
Elle avait donc été opérée une première fois, de jour,
pour un cancer obstructif de l'estomac. Nous l'avons

réopérée le lendemain dans la nuit, alors qu'elle présentait un choc hémorragique. Je me sens un peu coupable, puisque je n'ai pas vérifié le document au dossier, croyant que s'il y avait eu une première chirurgie, il fallait procéder à pallier la complication. C'est un peu embêtant tout cela.

— Ces dossiers seront donc transmis au comité qui se charge de revoir la qualité des actes médicaux.

— Le problème, c'est qu'elle siège à ce comité, notre chère bouchère…

— Un peu de retenue dans vos propos, Dr Legris. C'est le parcours que doit suivre l'étude des dossiers. J'ose espérer que le président du comité prendra un membre *ad hoc* pour remplacer la D^{re} Marcotte dans l'étude des dossiers qui la concernent. Nous ne pouvons rien faire de plus.

Je surveillais du coin de l'œil ma collègue la D^{re} Lespérance, dont le conjoint est chirurgien orthopédiste dans notre hôpital. Elle ne disait rien, et je la sentais embarrassée ; les dossiers de mortalité à réviser maintenant étaient, pour la plupart, des dossiers d'orthopédie. Toutes ces histoires m'horripilent, me ramènent à des choses dont je n'ai pas envie de parler, pas aujourd'hui.

Ce fut donc le tour des dossiers de mortalité. Je n'en avais pas. Huit dossiers de chirurgie orthopédique furent révisés. Un second constat absolument troublant : ces patients, femmes et hommes âgés de plus de 85 ans, tous souffrant de diverses maladies débilitantes, la plupart n'ayant aucun contact avec la réalité, ont été opérés pour des fractures, surtout de la hanche, et sont décédés moins de 48 heures après leur chirurgie. Une vive discussion s'est alors engagée, à laquelle j'ai préféré ne pas me joindre, mais que mon amie Anne a agrémentée de ses expressions colorées, encouragée par le Dr Legris et aiguillonnée par sa frustration à devoir traiter ces patients.

— On a l'obligation de pratiquer une médecine de la plus grande qualité auprès des patients « pas de son, pas de lumière » depuis des années, sans aucun espoir de réhabilitation future. L'état de ces patients se complique et ils décèdent dans les heures qui suivent leur chirurgie.

Se levant de son siège, le Dr Legris poursuit :

— Je suis d'accord avec toi, Anne. D'autant plus que nous faisons ces cas le soir ou la nuit et que mon niveau de frustration augmente de plus en plus. Sacrifier mes heures de sommeil pour ça, me dérange vachement !

Notre chef tente de reprendre la parole ; un brouhaha monstre s'est installé, chacun racontant ses petites anecdotes personnelles sur le sujet. Le match de ping-pong, qui était en pause, a repris dans ma tête : mon café me remonte dans la gorge, comme une grande régurgitation. Un coup à droite, un coup à gauche, un coup à droite et...

— Vous savez fort bien que le permis opératoire est signé par un répondant.

— Ou par quelqu'un qui s'est laissé convaincre que la chirurgie était indispensable.

— Ou par quelqu'un qui n'ose pas prendre la décision « de ne pas procéder » par crainte des véhémences d'autres membres de la famille, ou encore d'avoir mauvaise conscience d'avoir empêché quelqu'un de souffrir inutilement.

— Ou simplement quelqu'un qui ne comprend pas que la morphine existe et que mourir sans souffrir est nettement mieux que de subir les souffrances d'une chirurgie dont l'issue mortuaire est immuable, à court terme.

Le Dr Legris tourne son regard vers notre collègue D^{re} Lespérance et en rajoute.

— *Sleeping with the ennemy** ?*

Un instant de silence s'abat sur les paroles du Dr Legris. La D^{re} Lespérance a l'air de plus en plus mal à l'aise sur sa chaise ; elle garde les yeux baissés et joue avec de fictives cuticules sur le pourtour de ses ongles parfaitement entretenus. C'est que la plupart des dossiers révisés ce matin concernent son conjoint, le père de ses enfants. Le match de ping-pong reprend, un coup à gauche, un coup à droite et puis, venant du Dr Legris, un coup vicieux…

— En tout cas, j'en ai marre d'anesthésier des morts-vivants, je n'ai pas étudié toutes ces années pour faire ça !

Depuis un certain moment, le D^r Le Roy demande la parole. Anne le désigne d'un signe de la main.

— Après toutes mes années de pratique – car, comme vous le savez tous, je suis le doyen du groupe –, je constate moi aussi qu'un curieux et problématique phénomène est en train de s'installer. Rien ne sert de mentionner que la population vieillit, que la pyramide d'âge est inversée ; les patients que nous traitons sont, de ce fait, plus âgés que lorsque j'ai commencé ma pratique. Mais est-il nécessaire de procéder à des interventions chirurgicales coûteuses en matériel médical, en temps humain, en ressources médicales spécialisées et surtout en deniers publics, chez des patients qui ne savent même pas qu'ils sont sur terre, encore moins

---

* « Vous dormez avec l'ennemi ? »

ce qui leur arrive? Je pense que c'est la société qui a un problème! Il faut souligner, à mon grand soulagement, que ce n'est pas toujours comme ça…

— Et le problème, c'est que nous perdons notre temps à les traiter, nos discussions de ce matin tournent en rond!

— Vous m'avez interrompu, Dr Legris. J'allais en effet mentionner que nous discutons de dossiers pour lesquels la qualité du travail anesthésique n'est nullement en cause, ce qui nous fait, en quelque sorte, perdre notre temps. J'ai moi-même, pas plus tard qu'hier, eu une discussion animée avec un autre chirurgien au sujet des indications opératoires chez un patient qui, comme le dit si bien Anne, n'avait «pas de son, pas de lumière» depuis des lustres. Je savais que le patient ne passerait pas au travers des premières heures suivant son opération, sans compter qu'il a ensuite été admis aux soins intensifs! Nous discuterons de ce dossier en réunion dans quelques mois. J'aimerais simplement terminer en ajoutant une piste de réflexion qui découle de toutes ces discussions: vos enfants et probablement vous-mêmes ne pourrez bénéficier du système de santé tel qu'il est actuellement. Nous n'avons aucun pouvoir sur ça, mais je vous le dis, tout ce que nous sommes en train de faire en ce moment avec nos discussions, c'est de regarder l'arbre et d'en oublier la forêt. Bonne journée à tous.

— Merci, D^r Le Roy, pour cette belle pensée philosophique. C'est l'heure de lever la réunion.

Le D^re Cartier s'anime à nouveau, elle veut avoir le dernier mot, comme toujours.

— Je compte sur la discrétion de toutes et de tous ici présents ce matin: nos propos ne doivent pas faire le tour des différents services médicaux de l'hôpital, ni même de vos proches. Nous ne réglerons pas le sort de la médecine ce matin, mais une bribe de réflexion a certainement émergé dans l'esprit de chacun. Allons travailler.

Anne s'assoit à mon côté sur le siège laissé vacant par le Dr Legris, parti continuer la discussion avec notre collègue philosophe. N'empêche que je trouve qu'il a entièrement raison, le D^r Le Roy.

— Comment vas-tu ?

— Bien. Et toi ?

— On ne peut mieux. Je pense que j'ai enfin trouvé le compagnon idéal. Mais je t'ai trouvée taciturne, ce matin... mon frère t'aurait-il empêché de dormir ?

Elle me lance cela avec un petit sourire narquois.

— C'est quoi, cette histoire de voilier dans les îles Vierges britanniques ?

Elle m'entraîne vers le vestiaire, où nous enfilons nos habits de salle d'opération, tout en me racontant qu'elle s'est mise en couple avec l'infirmier de la salle d'urologie, qui, à l'instar de ma grande amie, est un grand amateur de voile. D'où la planification de ce voyage, en avril prochain. Je n'ose lui demander ce qu'il est advenu des trois enfants et de la conjointe de sa nouvelle flamme...

6

Plus je pense à cet avis de 48 heures concernant le feu arrière de ma voiture, plus je suis perplexe. Je ne comprends toujours pas ce qui est arrivé. Peut-être un problème intermittent ; j'irai au garage demain matin.

Ma journée de garde commence mal aussi : le chirurgien de ma salle est en retard d'une heure ; il avait une réunion dans un autre hôpital et a oublié de nous prévenir. Total manque de respect, d'abord envers son patient, qui s'est levé très tôt pour venir à l'hôpital, ensuite envers les membres du personnel, et finalement, envers moi, qui ai horreur des retards.

Mon patient est anxieux : une fracture du coude d'abord traitée de façon conservatrice avec un plâtre, mais qui a mal guérie et nécessite aujourd'hui une intervention chirurgicale. L'attente devant le poste des infirmières avec tout le brouhaha habituel l'a énervé de façon alarmante. Je tente de le calmer avec des paroles apaisantes, mais sans succès.

Une fois installé en salle, lorsque toutes les vérifications de routine ont été faites, je tente d'installer l'intraveineuse sur le bras sain, en vain ! Absence de veine, et moi, je n'ai décidément pas de veine depuis que je suis levée…

— Avez-vous laissé vos veines à la maison ?

Je dis des stupidités, question d'alléger l'atmosphère de la salle, trop tendue. Peut-être est-ce moi qui m'énerve pour rien ?

— On va devoir téléphoner et les faire venir en taxi.

Le patient rigole, il est lui-même chauffeur de taxi. Il se détend, un peu, juste assez pour que j'arrive à trouver une veine à son poignet. Un sédatif est injecté et je procède au bloc nerveux pour diminuer sa douleur après la chirurgie. Il désire tout de même dormir, alors nous procédons à l'anesthésie générale et j'utilise du Juphilaurium injectable au moment de l'induction ; ce curare est parfaitement approprié pour ce cas. Il est 10 h et la chirurgie de ce patient n'est toujours pas commencée ; la journée sera longue.

Le haut-parleur interne s'agite : « D^{re} Johnson, on vous demande au poste. »

Un regard sur tous mes outils de surveillance me confirme que tout est stable. Pour la troisième journée d'affilée, on me demande à la même heure. J'ai la trouille. J'ai les mains moites et mon cœur cogne fort dans ma poitrine. Je confie mon patient à l'inhalothérapeute et je me dirige vers le poste.

— Ça n'a pas l'air d'aller, Élaine.

Pas elle ! La personne que j'ai le moins envie de croiser : la D^{re} Maynard, celle qui reluque le poste des autres.

— Ah oui ! Ah bon ! Non, pourtant, tout va bien.

Et je passe outre. Au poste, une enveloppe plutôt grisâtre m'attend. Un courrier arrivé par livraison exprès, sans signature cependant. L'adresse est manuscrite ; il n'y a pas d'adresse ou de nom d'expéditeur. Instinctivement, je me dirige vers le bureau des anesthésiologistes.

L'odeur des roses blanches me saisit à la gorge dès le pas de la porte et me rappelle ce type dont je préférerais oublier l'existence. Assise à mon bureau, j'ouvre l'enveloppe. Elle contient deux photographies, jaunies par le temps : sur la première, portant au dos la mention « Pièce à conviction 32 », on voit un petit corps à moitié nu, la tête couverte de sang, dans une position similaire à un pantin désarticulé ; la seconde, portant la mention « Pièce à conviction 47 », montre un homme dont on ne distingue qu'un profil sombre, attaché à des câbles, à un mètre du sol et d'un petit corps d'enfant, tout au fond d'un trou.

Je me sens mal, une espèce de chaleur m'envahit la poitrine, un serrement s'installe dans mes entrailles, je me sens faible. L'odeur des roses m'écœure soudainement à un point tel que je sens que je vais vomir. Mes intestins se contractent, et on dirait que je vais devoir aller de toute urgence aux toilettes. Une note accompagne les photographies : « Je vous ai sauvé la vie, jadis. D.L. »

Merde ! C'est le cas de le dire !

Heureusement qu'il n'y a personne, puisque j'ai juste le temps de gagner la salle de bain, de baisser mon pantalon vert de gris à toute vitesse et de m'asseoir sur les toilettes pendant que je saisis la poubelle pour y vomir mon petit-déjeuner. C'est l'enfer ! C'est le chaos dans tout mon corps, comme si mon intérieur se liquéfiait. Je reste ainsi, à me vider de mes émotions, pendant un temps qui me semble infini. Puis, je replace la poubelle sur le carrelage et je me maintiens assise en appuyant mes mains sur chacun des murs latéraux de cette minuscule pièce. Respire. Respire. Reprends le contrôle. Inspiration. Expiration. Je me lève, mais un vertige me déséquilibre. Je m'assois de nouveau sur la cuvette, dont j'ai fermé le couvercle, cette fois. Ça va mieux.

Je transpire de partout. Mon cœur, dont je ne pourrais évaluer le nombre de battements tant il va vite, se calme doucement. Ma tête tourne encore un peu.

C'est quoi, ça ? Pourquoi ce type me harcèle-t-il ? J'arrive à reprendre le dessus, petit à petit, et mes esprits par le fait même, suffisamment pour comprendre qu'il s'agit des photos d'il y a 23 ans, celles prises après mon agression. Pourquoi ne pas me foutre la paix ? Ma vie était simple avant ce stupide accident de la route, bien remplie, mais simple et, pour la majeure partie du temps, agréable. J'avais réussi à la retrouver cette vie d'avant, plus normale, après les événements de novembre dernier.

Ces photographies que ce David Lemay m'a expédiées constituent le seul témoignage visuel que je possède maintenant de Rose en victime. Mais je ne voulais pas les voir, je ne veux rien savoir ou voir de plus !

Il faut que je me ressaisisse au plus vite. J'extirpe mon grand corps épuisé des toilettes, je me lave vigoureusement les mains – comme si ce geste allait réussir à annuler le contact des photographies –, je m'asperge la figure d'eau froide. Le miroir me renvoie le reflet de quelqu'un qui a vu un revenant, tant je suis pâle. En fait, j'ai la peau plutôt blanche, mais là, ça frise la couleur de mon habit de travail.

Je replace les photographies dans l'enveloppe ; mes mains tremblent d'énervement, de colère, de mécontentement, de faiblesse, de tout ça à la fois. Je regagne ma salle : tout va bien de ce côté, au moins. J'offre une pause à Lucie, je n'ai envie de parler avec personne.

La chirurgie est difficile : un fragment osseux récalcitrant refuse de rejoindre ses collègues et complique la vie de l'orthopédiste. Il y arrivera, question de temps. J'ai la tête qui tourne légèrement, pas assez pour devoir m'abstenir de rester auprès de mon patient qui, plus tôt ce matin, m'a accordé toute sa confiance afin que je prenne bien soin de lui durant sa chirurgie. Cette pensée me fouette d'aplomb : la vie de ce patient dépend de moi, en cet instant précis. D'accord. Je m'empare de ce qui vient d'arriver, je le ficelle et le range dans un tiroir de mon cerveau, avec la date de demain inscrite en gros caractères. Puisque c'est demain que je dois rencontrer ce David Lemay.

Je repense à Simon, à notre soirée d'hier ; cela m'apaise et m'excite à la fois. J'aime cet homme, son cœur, son corps, son épithélium. Son rire me revient dans la tête, aussi réel que si je l'avais enregistré, ce rire de gorge, franc, naïf et spontané comme celui d'un enfant.

— On peut demander le prochain cas.

— Parfait.

J'appuie sur le bouton de l'interphone et demande la prochaine patiente, qui subira un remplacement du genou. Une fois l'immobilisation du bras de mon patient en place, je renverse l'effet des médicaments devenus inutiles et mon patient émerge tout doucement de ce pseudo coma médical dans lequel je l'ai plongé afin qu'il puisse subir sa chirurgie sans douleur et sans conscience. Il ne ressent aucune douleur ; c'était le but du bloc fait avant sa chirurgie. Je l'accompagne en salle de réveil et le laisse aux soins de l'infirmier.

Je consulte le dossier de la patiente suivante, celle qui vient pour une prothèse totale du genou. Indice de masse corporelle: 56. Ouf! Très, très obèse, *morbide*, selon les nouvelles classifications. Diabète, hypertension artérielle, syndrome d'apnée du sommeil: interrelations médicales évidentes. Dis donc, qu'ai-je fait pour mériter une journée pareille?

— Bonjour, madame Brisebois. Je suis D^{re} Johnson, anesthésiologiste. Comment allez-vous ce matin?

— Vous allez pas me piquer sur la main, hein? Si vous faites ça...

— Holà, vous allez trop vite. On recommence. Comment allez-vous ce matin?

— Mal. Je veux pas de piqûre sur la main.

Rien à faire avec quelqu'un comme ça. Je reprends le dossier; elle avait choisi une anesthésie régionale et a eu l'enseignement clinique préopératoire. Je serais étonnée qu'elle en ait retenu quoi que ce soit! Bien que je comprenne le niveau de stress que doit vivre le patient avant sa chirurgie, je trouve toujours difficile de traiter ce genre de patient, qui se concentre sur le mauvais élément. Bonne chance au chirurgien et aux membres du personnel soignant pour le postopératoire! Je l'aurai moins de deux heures sous mes soins; cette pensée me réconforte. Nous entrons en salle, installons la patiente sur la table d'opération – déjà une épopée! – et installons les outils de surveillance habituels.

— C'est trop serré! Arrêtez ça tout de suite!

— Madame Brisebois, nous devons prendre votre tension artérielle et elle sera prise par cet appareil à intervalles réguliers, durant toute la durée de l'intervention chirurgicale.

— Ha! Ça m'étrangle le bras!

À mon tour de me concentrer pour respirer par le nez. Si son bras était moins gros, le tout serait moins douloureux. Je me mords la langue pour ne pas lui dire ce que je pense.

— Mettez pas ça sur mon doigt, saloperie!

La moutarde me monte au nez. Je me sens très irritable depuis que j'ai vomi; mon œsophage, ma gorge et mon nez portent encore les stigmates des émotions provoquées par ce Lemay. Mauvais. Je me fâche rarement, contrairement à lorsque j'étais enfant, où je pouvais tout casser autour de moi. Cette impulsivité est maintenant maîtrisée, mais là, j'éprouve un besoin malsain de laisser s'échapper ma rage. Afin de contrer les effets d'une éruption volcanique intérieure en puissance, j'aspire une longue goulée d'air à travers ce masque qui fait partie de ma vie.

— Pardon? M'avez-vous appelée *saloperie*?

— Hum…

— Madame Brisebois, vous avez 65 ans, il n'est pas mentionné à votre dossier que vous soyez débile mentale ou quelque chose du genre. Alors, écoutez-moi bien: vous devenez polie, très polie même, immédiatement, et vous collaborez, sinon vous retournerez à votre chambre.

— Je veux pas être piquée sur la main…

— D'accord, je vois ce que je peux faire. Donnez-moi votre bras.

Zut! Elle est tellement obèse que les seules veines que j'arrive à deviner se trouvent effectivement sur la main. Elle a dû être toujours piquée là, faute d'en trouver ailleurs. Elle doit en garder un mauvais souvenir. J'utilise tout le tact dont je suis capable pour arriver à donner des soins médicaux appropriés. Ce n'est pas toujours facile, et aujourd'hui, c'est vraiment une mauvaise journée. Je pense que le malheur doit avoir de très nombreux amis, puisqu'il n'est pas arrivé tout seul ce matin ! Je ne dois pas perdre mon sang-froid.

— Votre élastique est trop serré !

— Madame Brisebois, nous devons mettre le garrot pour arriver à voir une veine. Dites-vous que je fais du mieux possible.

Je lui passe sous silence que *le mieux possible*, je le fais ici dans des circonstances difficiles et avec ce qu'elle m'offre pour travailler, c'est-à-dire pas grand-chose. Sans parler de son absence totale de collaboration.

— Alors, ça avance cette installation ? me demande le chirurgien.

Je retire le garrot du bras de madame Brisebois et je sors de la salle, suivie du chirurgien. Je lui tends de la monnaie.

— Écoutez, c'est une patiente très difficile à tous points de vue. Alors, prenez ceci et allez prendre un café. Et bonne chance pour votre garrot de cuisse ! Et aussi pour le suivi postopératoire !

Je le laisse planté là, penaud, et je retourne dans la salle.

— Ça pue ici ! dit madame Brisebois.

— C'est parfois les gens de la salle qui dégagent…

J'opte pour laisser le reste de ma phrase en suspens. Je dois rester polie, même si la langue me démange de lui dire ma façon de penser. Ce n'est tout de même pas possible d'être aussi chipie ! Je refoule l'idée révoltante qui germe dans ma tête : lui mettre le garrot élastique autour du cou !

Ou encore, lui placer un sparadrap des plus étanches sur la bouche.

— C'est trop serré, là…

Je regarde Julie, l'inhalothérapeute, qui me fait des yeux qui en disent long, mais je choisis l'option «Silence, on tourne!»

— Vous allez pas mettre votre pieu sur ma main?

Avec l'aide indispensable de Julie, de l'infirmière et du préposé, qui tous tiennent le bras de madame Brisebois, j'introduis l'intraveineuse dans une minuscule veine du dos de la main. Yé! J'ai réussi! Le hasard ou la chance?

— Arrêtez de me serrer! Lâchez-moi!

Le tout étant sécurisé à l'épreuve d'un ouragan, nous la regardons tous sans mot dire.

— Ben là! Arrêtez de me regarder et faites-la votre piqûre!

— Madame Brisebois, s'il vous plaît, taisez-vous. Regardez: c'est fait. Maintenant, nous allons vous aider à vous asseoir. Nous allons tenter de vous «geler», tel que vous l'avez choisi.

— Vous êtes ben mieux de réussir.

C'est fou comme j'ai le goût de sortir de la salle, de la laisser plantée là! Mais je respire par le nez, encore, et me tais. Je constate que j'ai un appui inconditionnel des membres du personnel de la salle. Bref, ce n'est pas moi qui suis dérangée dans mon jugement ou mon humeur, c'est la patiente. Mais pourquoi doit-on endurer ça? Je me réconforte en me disant que je vais faire du mieux possible et que, justement, à l'impossible, nul n'est tenu, même en médecine. J'ai besoin d'un moment pour contrôler cette impulsivité qui me ronge depuis quelques minutes et je m'efforce à maintenir la garde haute, afin que personne ne puisse connaître ce quelque chose qui se cache au fond de moi et dont l'existence a toujours été bien cachée.

J'observe intensément le préposé aux bénéficiaires : il a une vocation pour ce qu'il fait. Il aide madame Brisebois à s'asseoir sur la table d'opération, les jambes dans le vide. « Les pieds pendant au bout du quai », comme il lui dit. La patiente se tient toute raide et, encore, collabore peu.

— Tentez de faire le dos rond comme un chat qui voit un chien.

Aucun effet.

— Comme une crevette.

Néant.

— Comme un bébé dans le ventre de sa mère.

Encore rien.

— Comme un adolescent nonchalant.

Enfin, elle comprend et se fait molle, le dos courbé vers le préposé, qui transpire et peine à la soutenir.

— Vous auriez pu me dire ça en premier !

— Vous avez raison. C'est parfait, là. Je nettoie la peau avec une solution désinfectante.

— Ça coule…

— Oui, un peu. Je suis généreuse sur le désinfectant, mais vous verrez, ça ne fera rien de mal.

— Julie, je vais prendre une 25, longue.

— C'est quoi une 25 longue ?

— Juste un terme technique entre nous. Je place un champ stérile, ça peut être froid. Voilà. Je vous fais une toute petite piqûre pour geler la peau.

J'injecte un anesthésique local puis place un introducteur pour l'aiguille à ponction lombaire. Nos aiguilles sont dessinées pour être atraumatiques et, avec le médicament que je viens d'injecter, elle ne devrait pas vraiment sentir de douleur, à moins que la technique soit difficile en raison de son obésité morbide et que je touche l'os. Je cherche un peu, mais je parviens à compléter la technique beaucoup plus facilement que je ne l'avais prévu. Nous la recouchons sur la table d'opération.

— Ma tête est trop basse.

— Donnez-moi quelques secondes. Nous allons vous rendre confortable.

Une dose de sédatifs, un oreiller sous la tête, et le tour est joué! Ouf! Ouf! Ouf! Une chance que tous les patients ne sont pas comme cela, parce que je démissionnerais! Julie me regarde dans les yeux.

— Vous êtes plus patiente que moi.

— Imagine seulement le calvaire du chirurgien qui va la suivre. Nous, au moins, nous l'avons pour une très brève période. Tu verras, ça va aller.

Je m'entends lui dire cela et je me demande si, pour moi, ça va aller. Parce que cette journée a très mal commencé et on dirait que la guigne me suit. Je dois donner l'exemple, être en contrôle, faire sentir que j'ai la situation en main.

Je complète mon dossier et un effluve de chocolat me ramène à ma soirée d'hier. Je remercie la vie d'avoir placé Simon sur ma route. En fait, c'est mon amie Anne qui a orchestré notre rencontre. Elle doit me connaître mieux que je ne le croyais, au fond.

Les heures filent, l'heure du lunch est largement dépassée. Je n'ai pas faim : je n'ai plus du tout la nausée, mais je n'ai pas envie de manger. La chirurgie est laborieuse, mais ça avance. Madame Brisebois a somnolé durant presque toute l'opération : vive la sédation ! Je la laisse en salle de réveil et l'entends demander à l'infirmière :

— Je n'ai pas été trop malcommode ?

Je soupire et préfère m'éloigner tout en entendant l'infirmier mentir avec une aisance stupéfiante. Je passe au laboratoire, question de changer d'air. Sanjay Patel est au poste, avec ce sourire que je trouve encore trop blanc pour la couleur de sa peau. Tout va bien sur le plan du protocole, dans sa vie amoureuse aussi ; Élise partage maintenant officiellement son existence. Une certaine angoisse me saisit et je ne sais pas trop pourquoi, la présence des timbres transdermiques de Juphilarium dans ce local me trouble. Ils sont pourtant sous clé, dans le réfrigérateur dissimulé sous le lavabo. Sanjay et moi sommes les seuls à savoir où se trouve la clé, et le double est dans mon coffre-fort à la maison. C'est avec cet intense sentiment que je retourne au bloc opératoire.

7

David Lemay n'est plus ce jeune policier, ce jeune enquêteur ou encore cet agent des Services secrets internationaux
comme il lui plaît tant à se présenter, question d'impressionner la galerie, d'imposer un certain respect et d'éviter
des questions qui pourraient devenir embarrassantes. Non,
il est devenu quelqu'un qui dispose de la vie des gens de
diverses façons, dont, évidemment, en leur donnant la
mort. Il s'agit de personnes ciblées, sur la commande d'un
tiers qu'il ne connaît pas, mais qui lui assure un cachet
impressionnant. Alors, il reste de marbre, impassible. C'est
son travail après tout, de mener à bien un contrat, donc il
ne se laisse pas impressionner. Il ne juge pas, ne condamne
pas, il exécute une sentence demandée par son employeur
du moment. Il est l'instrument d'une justice décidée par
d'autres. Pas toujours aisé, ce travail ; il peut parfois être
difficile émotionnellement, particulièrement lorsque des
innocents périssent pour rien, mais c'est parfois inévitable.
C'est comme être à la mauvaise place, au mauvais moment.
Alors on reste flegmatique, indifférent à la peur ou à la
souffrance de l'autre.

L'organisation pour laquelle il travaille est internationale ; il ne ment pas totalement en disant travailler pour
les Services secrets. Il revoit rarement les personnes qui

l'accompagnent dans une mission : la diversité des collaborateurs, c'est idéal pour ne pas être repéré. Il faut de
plus être rusé pour éviter les pièges.

Il n'a pas hésité lorsqu'on est venu le recruter. Sa notoriété, alors qu'il était au service du Renseignement, a fait
en sorte qu'il était la personne toute désignée pour occuper
le poste devenu vacant, après le décès de son prédécesseur :
une mission qui a mal tourné. Ça peut arriver. C'était, de
toute façon, ce qu'il avait toujours visé, être en haut de cette
pyramide du pouvoir apporté par des missions secrètes,
prendre des risques, les calculer, mais surtout, ne pas être
identifié, passer inaperçu.

Il a toujours voulu dominer, être le meilleur, la grosse
pointure dans son milieu. Probablement pour effacer l'humiliation qu'il a dû endurer lors de ses tests de qualification
pour devenir policier, quand il avait 18 ans. Le long chemin
parcouru depuis n'a pas été facile et il est extrêmement fier
d'être là où il est enfin arrivé. Il ne repense que très rarement
à ses parents et à sa sœur vivant encore au Québec, malgré
l'enfance magnifique qu'il a vécue auprès d'eux. Jamais il
n'avait manqué de rien, même d'amour, mais ce n'était
jamais assez pour lui.

Et voilà qu'il espère que cette femme médecin lui donne
l'opportunité d'accomplir ses futures missions plus facilement, sans avoir à se préoccuper de pièces à conviction, ou
de traces pouvant être découvertes, après qu'il se soit débar-
rassé de quelqu'un. Parce qu'il n'est pas un meurtrier dégé-
néré, quelqu'un qui assassine par plaisir. Non, il fait un
travail, ne décide ni de la mort ni du supplice à exécuter.
Cela fait une mèche qu'il cherche une arme d'utilisation

facile afin d'obéir aux ordres reçus. Si ce qu'il pressent se confirme, il deviendra l'as des as.

Mais, depuis quelque temps, il ressent une espèce de culpabilité enfouie, relent du procès qui a lancé sa carrière, durant lequel il a découvert la puissance de la dissimulation, cet art dans lequel il excelle, mais qui pourrait tout aussi bien le mener à sa perte.

La D^re Élaine Johnson est son antithèse : elle doit maintenir les gens en vie, les réanimer. Il sait peu de choses sur cette spécialité médicale dans laquelle elle travaille, mais un médecin doit garder ses patients en santé, les soigner et les aider à rester en vie dans la mesure du possible. Il a maintenant devant lui des preuves indiquant qu'elle a probablement fait une encoche au serment d'Hippocrate : *Primum, non nocere* (« D'abord, ne pas nuire »). Il croit qu'elle a tué des gens, des gens de son passé. Un passé qu'il connaît peu, mais auquel il a participé : il lui a en quelque sorte sauvé la vie.

Il est certain qu'il s'apprête à mettre la main sur une arme incroyable, un moyen de mettre fin à la vie de quelqu'un sans laisser de trace, tout comme la D^re Johnson l'aurait fait, l'automne dernier. Une arme sans doute médicale, dont elle se serait servi pour éliminer les gens de son passé, des gens qui lui auraient fait du mal. Un mal qu'il ne comprend pas vraiment, mais les preuves récentes des recherches faites sous sa gouverne, sur les corps des Brousseau, lui indiquent qu'il est sur la bonne voie.

Pendant quelques minutes, il voit sa vie se dérouler : échec dans sa vie personnelle au détriment d'un succès sans pareil dans sa vie professionnelle. Au fond, il se dit qu'il est bien heureux ainsi. Dommage cependant qu'il n'ait pu rester en contact avec son fils, qui doit avoir aujourd'hui quinze ans : Julio. La mère est retournée vivre en Colombie, là où il l'avait rencontrée, à la suite de sa nomination au service du Renseignement. Elle ne pouvait plus supporter les absences de son mari, ses tromperies, ses abus de cocaïne. Elle l'accompagnait, certes, au début de leur relation, dans cette consommation destinée initialement à demeurer plus alerte, à travailler plus d'heures sans repos, à performer, à exceller. Sauf que la venue de l'enfant l'a raisonnée. Elle a arrêté de consommer ; pas lui, cependant. Ses escapades avec d'autres femmes, bien que toujours sous le couvert de déplacements occasionnés par son travail, ont mis fin à leur histoire d'amour. Il est allé visiter son fils à quelques reprises, puis les visites se sont espacées, puis il n'est plus retourné. Julio n'a jamais tenté de le contacter.

Il se revoit aussi très clairement, assis à la table d'un café en Irlande du Nord. C'était en novembre dernier, alors qu'il préparait une mission. Il parcourait les principaux journaux, à l'heure du lunch, comme il le fait régulièrement, et fut frappé par la nouvelle des décès simultanés de trois membres d'une même famille, tous originaires de Saint-Claude. C'est ce détail qui l'avait d'abord remué, Saint-Claude, fantôme de son passé. Oui, cela avait soudainement ressuscité des souvenirs de l'époque qui avait lancé sa carrière d'inspecteur : une histoire d'agression sur une fillette âgée de six ans dans ce petit bled. Ses excellents débuts dans l'art de la dissimulation de preuves.

Un frisson lui avait parcouru l'échine et fait se dresser les poils de sa nuque. Il avait ressenti un certain stress, il doit bien l'admettre. Car il ne fallait pas trop remuer les événements qui l'avaient amené à cacher des preuves pour gagner la notoriété. Oui, c'était la première fois où il avait menti à la société. Cette petite Rose Flint a peut-être aussi été victime de son mensonge, qui sait?

Cet encart mortuaire inséré dans le journal l'avait laissé un peu inquiet, bien qu'il ne comprenait pas trop pourquoi. C'était pourtant une situation fort simple, comparativement aux mandats qu'il devait exécuter depuis des années. Des gens meurent, des accidents arrivent, par sa faute. Même s'il est dénué de scrupules, il ressent une gêne, juste là, au creux de son estomac, en ce moment précis.

C'est après avoir lu la nouvelle qu'il s'était décidé à faire des recherches sur le destin de Rose Flint et sur le décès de ces inconnus originaires de Saint-Claude, village où s'est déroulée la tragédie de Rose. Une intuition, un instinct; il se devait d'élucider finalement cette affaire classée depuis longtemps.

Tout d'abord, le journal faisait état d'un fait bizarre et inquiétant: un père de famille meurt dans un hôpital universitaire lors d'une procédure médicale et, le lendemain de ses funérailles, ses deux fils et sa fille meurent de cause encore indéterminée, selon l'article. Il ne pouvait passer à côté de cette nouvelle; quelque chose le tarabustait.

Il s'était tout d'abord demandé ce qu'était devenue cette fillette. Tout ce qu'il avait retenu de cette époque, c'est qu'elle avait été adoptée par un couple dont la mère était infirmière à l'unité des soins intensifs de l'hôpital pour enfants où la petite victime avait été transférée. La petite était demeurée amnésique à la suite de son agression. Pour ce qui est du reste, il avait tenté d'oublier.

À la mi-janvier, il se décida enfin et déclencha un grand branle-bas de combat : il entreprit les recherches en bonne et due forme.

* * *

Nous étions à la fin janvier lorsque les nouvelles arrivèrent. David Lemay terminait un contrat en Amérique du Sud : une histoire de politiques internes dans une multinationale, une femme à dissuader de poursuivre ses activités qui mèneraient la compagnie à la ruine.

Quelques appels téléphoniques à ses contacts du Québec avaient suffi à confirmer ses doutes ; il y avait un lien entre les deux histoires. Le père de famille était décédé à l'hôpital où Rose Flint, devenue Élaine Johnson, travaillait comme médecin spécialiste en anesthésiologie. Lemay était abasourdi : une pause, un silence dans ses idées. C'était un peu comme si le vif agacement qu'il ressentait le freinait dans la poursuite de son plan.

Pire, Élaine Johnson était présente lorsque le père, Billy Brousseau, était décédé : son nom figure au dossier médical, de même que sa signature. Une arythmie, soit un trouble cardiaque grave, un rythme anormalement fatal, selon les notes consignées sur le rapport. Son cœur avait été par la suite prélevé pour des examens médicaux particuliers, à la demande de l'un des fils : conduction nerveuse, structure musculaire, génétique médicale.

De prime abord, David Lemay se dit que la petite Rose a eu un bel avenir ; tout de même chanceuse dans toute sa malchance, d'être devenue la D^re Élaine Johnson. Il ne sait rien d'autre de sa vie, pour le moment.

Mais il se dit aussi qu'il ne peut s'agir de coïncidences : les décès des trois enfants, du père, les funérailles et la présence de la D^re Élaine Johnson dans le tableau.

Ses idées s'emmêlent, tourbillonnent dans sa tête comme un jeu de roulette, et la bille s'arrête sur… l'ADN. Le rapport caché ; celui-là même qu'il a conservé dans la pochette de sa mallette depuis 23 ans. Son talisman, son porte-bonheur, le moteur de son ascension professionnelle.

Un autre appel téléphonique lui indique que les corps des défunts n'ont pas été ensevelis, en raison de l'inaccessibilité des fosses en cette saison : le sol est trop gelé. La durée des analyses exigées par le coroner a entraîné un délai et les corps ont été libérés tardivement. Aucun diagnostic n'a pu être posé pour établir la cause des décès : intoxication alimentaire, probablement. Ils avaient partagé un repas après les obsèques de leur père ; seul point commun.

Voilà que le rapport d'ADN, jauni par le temps, attire son attention : il faut qu'il obtienne une identification d'ADN de ces trois personnes. L'étude génétique faite sur le cœur du père Brousseau contient un fichier ADN pour identification de possible maladie cardiaque génétique, qu'il recevra sous peu par courrier électronique protégé.

Il se sent obnubilé par cet ADN ; comme si le passé lui faisait un petit signe, le narguant, lui signifiant qu'il le rattraperait dans le détour. Il n'aime pas ça.

Comme il terminait sa présente mission à Lima et qu'il devait s'envoler le soir même pour mener à bien la mission commencée en novembre dernier en Irlande du Nord, il ne pouvait s'acquitter lui-même de faire les prélèvements sur les corps conservés dans un endroit réfrigéré et protégé. Il avait donc joint son contact dans la région : oui, ce dernier pourrait jouer de subterfuges et arriver à prélever des spécimens à des fins d'analyses et il noterait tout ce qui pouvait avoir une certaine importance dans un dossier d'identification judiciaire.

Ce serait nettement plus simple comme cela ; faire affaire avec les services officiels de la région l'aurait exposé à des questions, c'est certain. Des questions auxquelles il ne voulait pas penser. Pourquoi ? Dans quel but ? Que recherchez-vous ? Il cherche quelque chose, bien qu'il ne sait pas encore quoi au juste. L'utilisation d'un enquêteur privé, lié à son propre travail, demeurait la meilleure option, surtout dans un dossier clos par un coroner. Mieux valait n'alerter personne, comme toujours.

* * *

C'est ainsi qu'un matin glacial du début février, à des milliers de kilomètres d'où il avait établi ses quartiers généraux pour compléter sa mission, son contact, Jean Gélinas, revêt l'uniforme des gens de l'entretien du charnier sis sur les terres adjacentes au cimetière de la métropole. C'est dans ce bâtiment que sont entreposés les corps embaumés qui n'ont pu être enterrés avant les grands gels au sol. Tout en béton, sans isolation afin de permettre au froid de faire son œuvre de préservation des corps, ce tombeau peut contenir jusqu'à cinq cents corps. La plupart proviennent de la morgue judiciaire, cet établissement où les médecins légistes étudient, analysent, scrutent les corps des défunts afin de découvrir la cause de leur décès.

Personne ne fait attention à Gélinas, puisqu'il est seul au vestiaire ; l'uniforme qu'il récupère dans un casier est ample et couvre toutes les parties du corps afin de le protéger du froid qui sévit dans le caveau. Tous les vêtements disponibles sont similaires ; il ne fait pas de façon et l'enfile par-dessus ses propres vêtements. Il saisit un balai et se dirige vers une salle où sont conservés les corps. Lors de la préparation de son plan de travail, il lui avait été impossible d'obtenir copie de la maquette intérieure de cette bâtisse ni la localisation exacte des cercueils qu'il recherche. Il les trouvera bien.

Il suit les indications sur les murs, tout en balayant le plancher froid et lisse. Il doit passer pour un travailleur de l'entretien, au cas où quelqu'un d'autre viendrait. Il repère la section B. Les macchabées sont classés par ordre alphabétique, dans des cercueils temporaires, au nombre de quatre par tablette, glissés dans de grands tiroirs.

Il devra attendre, puisqu'une employée s'affaire à quelque chose qui ressemble au contrôle de la température ou de l'humidité. Il ne saurait dire lequel, puisqu'il ne discerne pas clairement l'instrument qu'elle a en main. Il fait drôlement froid ici : probablement la même température qu'à l'extérieur, moins 25 degrés Celsius ce matin. Par chance, puisque l'odeur serait épouvantable, avec tous ces corps. L'atmosphère est nettement moins désagréable qu'il ne l'avait anticipé, lui qui ne peut supporter l'odeur de la mort, particulièrement celle d'une vieille mort. La cagoule qui lui couvre complètement la tête et une bonne partie du visage aide aussi à amoindrir la désagréable odeur. Cette cagoule lui semble aussi un excellent moyen de camouflage. Alors il balaie. Et il balaie. Encore.

La petite dame semble prendre son emploi beaucoup plus au sérieux qu'il ne le faudrait. Enfin, c'est ce qu'en pense Gélinas, stressé par l'endroit. Plus il sera là longtemps, plus il risque de se faire remarquer. Enfin, elle se dirige vers l'autre mausolée.

Il règne un calme inquiétant dans la pièce : aucun bruit, même pas le souffle d'un ventilateur. Il s'approche prudemment du tiroir à examiner ; il est tout en bas. Il le tire et le fait glisser vers lui : quatre corps alignés, tête-bêche. Une étiquette d'identification est apposée sur une cordelette au premier orteil de chacun. Il identifie les corps pour lesquels il est là, dans cet endroit d'où il espère sortir au plus tôt. Avec d'infinies précautions, il prélève quelques cheveux de la tête de chacun des trois Brousseau et les glisse dans les sachets préidentifiés. Alors qu'il termine avec le dernier sachet, un bruit mat le fait sursauter, il trébuche et s'affale de tout son long sur les corps alignés. Lui qui déteste les morts…

Imbécile! se dit-il. Vivement, il se relève et constate que l'œil du cadavre de Paul est ouvert. Un frisson le saisit, bien qu'il sait pertinemment qu'il est impossible qu'il y ait le moindre signe de vie ici. Une fois debout, il s'assure que son butin est complet et croise à nouveau le regard impassible du cadavre de Paul. La couleur est troublante : un vert turquoise, frappant. Il se rappelle alors que son employeur lui avait demandé de noter tous les détails possibles pour une identification judiciaire. Il se penche à la hâte sur les deux autres cadavres, relève une paupière et constate que la femme a les yeux de la même couleur. L'autre homme a les yeux plutôt brun-vert. Il referme le tiroir.

Toutes ces manœuvres n'auront duré que quelques secondes et, au moment où il range les sachets dans la poche intérieure de sa veste, se maudissant pour sa stupidité d'être si trouillard, il aperçoit ce qui a provoqué le bruit qui l'a fait sursauter : l'homme du ménage !

Ce dernier le regarde de haut, même s'il est plus petit que lui d'une bonne tête, le toisant d'un regard haineux.

— Tu fais quoi, là ?

Rapidement, Jean Gélinas, formé pour ce genre d'altercations, évalue l'angle depuis l'entrée et conclut que le nouveau venu ne peut l'avoir vu alors qu'il s'affairait à prendre les échantillons.

— On m'a assigné ici.

— Impossible, c'est toujours moi qui travaille ici.

Gélinas songe à la femme qui prenait des données avec sa machine : elle doit toujours travailler avec ce type et elle n'a rien dit. Elle a sûrement cru que c'était son collègue habituel, l'uniforme ne permettant pas de reconnaître facilement les gens.

— T'es le nouveau ? Ton secteur est de l'autre côté ; pareil, mais de l'autre bord.

— C'est bon.

Gélinas part enfin, empruntant la porte par laquelle ce type est entré. Il se retourne à demi pour jauger à nouveau de ce que l'autre aurait pu voir : rien.

Il passe par le vestiaire, où un homme attend, assis sur un banc. Il se lève.

— Je suis le nouveau.

— Parfait. Attendez, je vous donne la combinaison.

Gélinas a envie de sourire : ce type a exactement sa corpulence. Parfait pour leurrer l'autre travailleur.

— Voilà, votre secteur est de l'autre côté...

* * *

De retour à sa voiture, qu'il avait pris soin de laisser sur l'aire de stationnement du centre commercial, il soupire et préfère ne pas penser à ce qui aurait pu arriver si le gars l'avait pris sur le fait. Il passe en revue le scénario qui vient tout juste de se dérouler et conclut qu'il a manqué de prudence. Il avait omis de considérer que, même si très peu de personnes travaillent dans ces endroits, le risque de croiser quelqu'un existe bel et bien. Il se sent épuisé : il doit vieillir... Ce travail devient de plus en plus risqué avec les années.

Il contacte David Lemay, son patron, sur son portable.

— Les échantillons sont disponibles.

— Parfait. Notre laboratoire d'identification judiciaire les attend. Vous avez simplement inscrit les numéros un, deux et trois, et les initiales de chacun sur les sachets ?

— Absolument. Si cela peut vous aider, Paul Brousseau et la femme ont les yeux vert turquoise, une couleur assez spéciale en fait, troublante même, et l'autre, a les yeux brun vert. J'envoie les échantillons par messager dans les minutes qui viennent.

— Merci, c'est noté. Il est possible que nous ayons besoin de vous à nouveau. Restez branché.

David Lemay est satisfait du travail de Gélinas. Il ignore cependant qu'il a failli se faire prendre la main dans le sac…

Les résultats des analyses des trois enfants Brousseau devraient sortir le lendemain ; la méthode utilisant une réaction en chaîne par polymérase sera utilisée, plus rapide, plus précise et nécessitant un tout petit échantillon seulement. Le rapport complet des analyses du cœur du père Brousseau, Billy, lui sera transmis sous pli séparé. Il ne sait trop à quoi s'attendre. Au moins pourra-t-il comparer le résultat d'ADN conservé dans son sac avec les résultats qui lui seront transmis. Il flaire que quelque chose du passé relie la D^{re} Johnson aux Brousseau. Mais quoi ?

Jusqu'à maintenant, deux éléments sont certains : Saint-Claude, d'où tous sont originaires, et l'hôpital universitaire où travaille Élaine Johnson, lieu où est décédé Billy Brousseau, le père.

Si son instinct est bon, il lui restera à trouver ce qu'il cherche : la manière de tuer sans laisser de trace.

8

De retour au bloc opératoire, j'écoute discrètement l'infirmière de la salle procéder au questionnaire d'usage auprès de mon prochain patient: pas d'allergie, pas de prothèse dentaire, pas de piercing, à jeun, site opératoire confirmé. J'ai vérifié le dossier et les analyses obligatoires; reste à confirmer le type d'anesthésie souhaitée.

Je me présente et lui expose les possibilités techniques pour procéder à son anesthésie. Il n'y a pas toujours plusieurs choix, puisque l'état de santé de certains patients contre-indique certaines techniques. Ce patient peut avoir une anesthésie générale tout comme une anesthésie régionale, c'est-à-dire uniquement une anesthésie de la région à opérer. Il ne veut rien voir, rien entendre, rien savoir, il veut dormir. Il aura donc une anesthésie générale.

L'installation en salle se passe très bien jusqu'au moment où je procède à une deuxième vérification des voies aériennes et constate que deux prothèses dentaires se trouvent en place. Je déteste ce genre de situation! Nous posons les mêmes questions de multiples fois, ce qui agace parfois les patients. Comment se fait-il qu'il ait passé tous les contrôles et que ses prothèses n'aient pas été retirées et placées en sécurité pour éviter de les endommager ou, carrément, de les égarer? Je l'ai bien entendu répondre à l'infirmière qu'il n'avait pas de prothèses dentaires… J'en profite pour taquiner l'infirmière qui a procédé à l'interrogatoire, en lui disant qu'elle aurait dû lui demander s'il avait des dentiers tout simplement, question de sémantique!

Le patient dort, sous anesthésie générale. La tension du cas précédent est maintenant disparue, tout est stable.

— D^{re} Johnson, vous me pardonnez d'être arrivé en retard ce matin?

Je déteste les conflits, alors je l'excuse. À la condition que, s'il y a une prochaine fois, il prévienne. C'est la moindre des choses. Je me sens lasse, en manque d'énergie. Je me rappelle que j'ai vomi mon petit-déjeuner et que je n'ai rien pris au lunch. Après ce cas, je mangerai. Il faut que je sois d'attaque, il y a de nombreux cas d'urgence affichés au babillard.

Il est déjà 16 h 30; nous sommes au réveil du patient. Mon portable sonne; c'est le numéro général de l'hôpital. Le chirurgien vasculaire annonce une rupture d'anévrisme de l'aorte abdominale. Opération, *stat*. Les équipes de jour sont maintenant parties, leur journée est terminée. J'informe les membres de l'équipe du soir du cas pour lequel le chirurgien vient de me contacter. Tout le monde court préparer la salle et le matériel. C'est une urgence immédiate.

Ouf! Le patient arrive déjà; il est en état de choc, par perte de sang, énorme. Des transfusions sanguines sont inévitables: on a déjà commencé à lui en faire à la salle d'urgence; son abdomen est très ballonné. Vite, on entre en salle. Il y a beaucoup de bruits autour, beaucoup d'activité, beaucoup de mains à la pâte pour tenter de sauver la vie de ce patient.

Je me dis qu'au moins, lui, il ne chiale pas, n'est pas une deuxième madame Brisebois. Mon niveau de stress doit être plutôt bas pour me faire ce genre de réflexion dans un moment pareil !

L'efficacité de tous est au rendez-vous : tout va rondement. Les voies respiratoires sont sécurisées par un tube et le patient est ventilé mécaniquement. Plusieurs indices m'indiquent que le niveau de choc est important. Nous administrons les liquides par les nombreuses voies veineuses installées et des médicaments pour stabiliser la tension artérielle, dont j'obtiens enfin une lecture. Je m'assure que le patient n'a conscience de rien, grâce aux agents médicamenteux choisis. J'installe une canule directement dans l'artère du poignet afin de lire la tension artérielle sur le moniteur, en continu.

Pendant que nous nous affairons de notre côté à garder ce patient en vie, le chirurgien et son équipe s'activent d'abord à contrôler l'origine du saignement.

Mon portable sonne à nouveau : c'est le département d'urgence. Je ne peux être à deux endroits en même temps ! Mais il le faudra bien, puisque je ne dispose pas de suffisamment de temps pour demander à un collègue de venir en renfort : un enfant risque d'étouffer incessamment à cause de ce qui semble être une épiglottite. Le temps joue carrément contre nous. J'avise le chirurgien vasculaire de l'appel que je viens tout juste de recevoir de l'urgence.

— Docteur, j'ai une urgence vitale chez un enfant en bas âge. Votre patient est maintenant plus stable, alors si vous pouvez laisser le clamp vasculaire sur l'aorte le temps que j'intervienne auprès de l'enfant. Je ferai le plus vite possible.

— Nous allons essayer.

— Claude, pouvez-vous joindre votre collègue qui est à son repas ? J'ai besoin qu'il prépare une autre salle pour une épiglottite. Je m'occupe de joindre l'ORL de garde.

Statistiquement, il est presque improbable d'avoir ces deux types de cas simultanément… Vraiment une mauvaise journée. Mais bon ! Faut faire avec.

Je laisse mon patient aux soins de Claude, mon assistant ; toutes les perfusions médicamenteuses nécessaires sont en cours. Il lui faudra ajuster les différents débits pour maintenir les signes vitaux correctement. Le clamp sur l'aorte a contrôlé l'hémorragie.

Je quitte la salle pour me diriger vers la salle d'urgence et j'aperçois un infirmier qui arrive en trombe avec l'enfant en détresse dans les bras, encore à moitié vêtue de son habit de neige. Ça va mal, c'est évident. Une puce d'environ deux ans, le teint gris, les lèvres bleutées malgré l'oxygène qu'on lui donne au masque, la salive lui coule sur le menton. Le médecin suit avec l'inhalothérapeute, Mohamed, qui a vu son temps de repas écourté pour venir en renfort. Pas le temps de rejoindre un collègue de ma spécialité pour me prêter main-forte.

Tous s'affairent autour de cette toute petite personne. Très rapidement, nous l'installons en salle d'opération. Les moniteurs de surveillance nécessaires sont placés avec grande minutie. Je la garde assise sur moi et doucement commence l'anesthésie au masque. Je veille à conserver sa propre respiration, qui est déjà très affaiblie. Je soulève une paupière et constate un regard vitreux sur une grande pupille brune. Pour un instant, la terre arrête de tourner : toute mon attention est concentrée sur ce petit thorax qui peine à faire entrer de l'air, mouvement pourtant si naturellement vital, tant l'obstacle à vaincre, cette épiglotte infectée, est gros et obstructif.

Mais ça va bien : nous avons atteint un niveau de sommeil anesthésique suffisamment profond pour procéder à l'examen de son minuscule larynx. Mon collègue ORL n'est pas encore arrivé, mais nous ne pouvons attendre : c'est une question de vie ou de mort.

L'épiglotte de l'enfant, cette structure qui protège les voies respiratoires supérieures de l'étouffement lors de la déglutition, est tellement énorme, presque comme une grosse cerise, que je distingue à peine l'entrée de la trachée. Ha, voilà, une bulle de salive encouragée par la respiration spontanée m'indique la voie. Avec d'infinies précautions, j'introduis un tube entre les cordes vocales, que je ne vois malheureusement pas, mais que je devine. Ça y est ! Ouf ! Ouf ! Ouf !

— C'est tout bon. Quelle affaire ! Je pensais que je ne reverrais plus ce type d'infection depuis que la vaccination existe. Tenez ceci, je vais fixer le tout solidement.

Comme la plupart des fois où je vis des situations d'urgence extrême, mes mains commencent à trembler après coup, pendant que je badigeonne de colle les petites joues, maintenant rosies par le support respiratoire, afin de sécuriser la fixation du tube. J'ai retiré mes gants pour finaliser la mise en place du diachylon élastique adhésif.

— Donnez, je vais terminer la fixation. Il y a du latex dans ce produit et vous êtes allergique.

Zut! Je n'ai pas pensé qu'il y avait du latex dans ce dia-chylon et mon allergie est sévère. Déjà, juste après cette manipulation, mes doigts sont rouges et des cloques se forment sur le bout de mon index. Rapidement, je me lave les mains tout en pensant au médecin de l'urgence dont la vivacité d'esprit et la rapidité à poser le diagnostic ont per-mis de nous amener l'enfant ici avant qu'il ne soit trop tard. C'est dans des cas comme celui-là que se confirme mon idée que la vie ne tient qu'à un fil. Oui, la vie de mon autre patient aussi est en péril et je dois retourner dans l'autre salle. La suite du traitement de cette enfant sera assurée par l'équipe des soins intensifs, qui maintiendra la ventilation mécanique par le tube protecteur, pendant les quelques jours où l'antibiotique fera son travail pour arrêter l'infec-tion. Je jette un dernier regard sur les moniteurs placés sur la petite.

— Tout va bien, Mohamed?

— Oui, sa saturation en oxygène est normale. Elle est calme.

— Super! Gardez-la ici en attendant la relève de l'équipe des soins intensifs; je vais les contacter dans les minutes qui viennent. Étant donné son état d'épuisement dû à l'infec-tion de base, je préfère ne pas lui donner de sédatif pour le moment. Elle tolère très bien l'aide respiratoire, alors nous la maintiendrons telle qu'elle est, et nous conserverons la même perfusion intraveineuse.

Vivement, je retourne dans l'autre salle où on m'attend, tout en appelant les soins intensifs sur mon portable afin de les aviser de l'état de la petite. J'irai compléter la pape-rasse plus tard; l'important, c'est ce qui a été accompli, mais il demeure que les documents médicaux doivent être complétés de façon adéquate et dans les délais les plus brefs. Mais là, je ne peux faire plus ou mieux.

Le chirurgien a clampé l'aorte, cette artère majeure de l'abdomen, responsable de l'hémorragie du patient et de son état de choc. Parce que ça saigne, une aorte rompue, assez pour provoquer la mort en quelques minutes.

— Bon merci, c'est fait : la petite est sauvée. Comment ça va, ici ?

Tout en survolant les signes vitaux affichés sur les différents moniteurs de surveillance, je constate qu'il y a de l'espoir.

— J'ai terminé la quatrième transfusion de sang. La perfusion de vasopresseurs a été diminuée ; c'est plus stable. J'ai prélevé un gaz artériel ; le résultat devrait arriver sous peu.

Je pense à Mohamed, l'inhalothérapeute venu en renfort. Il était infirmier anesthésiste dans son pays, l'Algérie. Il est venu ici dans la foulée du recrutement de travailleurs de la santé qui cherchaient de meilleures conditions de travail et de vie pour leur famille. Il est très bien ; je lui fais entièrement confiance pour le transfert sécuritaire de la petite fille.

Si le saignement est en partie contrôlé, les chances de sauver ce patient-ci sont assez bonnes. Encore faut-il que le chirurgien répare le vaisseau rompu. De plus, les premiers jours postopératoires seront précaires : risques d'infarctus, d'infection, de caillot. Je me réconforte en pensant que son étiquette sous le pied n'indiquait pas la date d'aujourd'hui. Avec tout ce que je vois dans ma profession depuis quelques années, je pense souvent à la théorie de l'étiquette : des gens meurent de problèmes plutôt banals, alors que d'autres survivent les pires traumatismes ou maladies. Je fabule sur la présence d'instructions sur la fin de notre vie, mais j'aime penser qu'une horloge biologique interne décide du moment de notre mort. Ça me réconforte, pour une raison obscure. Un certain folklore pour alléger l'impact de la fatalité, probablement. Je condamne cependant les mauvaises habitudes de vie qui font que les gens écourtent sciemment leur longévité, comme le tabagisme, les abus de toutes sortes et la consommation de drogues.

Les heures ont passé rapidement; ç'a été laborieux de tous les côtés. Tous ces cas instables nous ont demandé un travail de titans. Je laisse le patient aux soins de mon collègue intensiviste, après lui avoir donné toutes les informations pertinentes.

— D^{re} Johnson, croyez-vous avoir d'autres patients à nous envoyer ce soir?

— Je n'ai même pas commencé les urgences qui étaient au babillard. Je ne peux vous répondre pour le moment.

— Ne soyez pas à cran, je vous taquine. Deux cas pas faciles en même temps avec, jusqu'à maintenant, une issue favorable.

— J'espère que la saga est terminée pour aujourd'hui.

— Jamais deux sans trois! Avez-vous le temps de compléter le dossier de la petite patiente avec l'épiglottite?

— J'allais oublier, merci.

Il est 21 h. Je complète le dossier et je me dis que je dois absolument aller manger quelque chose. La soirée et la nuit risquent d'être longues. Mon index m'élance au niveau de la pulpe; je verrai cela plus tard.

J'espère que D^{re} Cartier, notre chef de département, a établi l'ordre des cas d'urgence. À ma connaissance, rien n'était super urgent. On m'en aurait avisée.

J'achète un sandwich aux œufs dans la machine distributrice et un jus de légumes. J'aperçois Félix, qui sort des toilettes ; je le trouve amaigri et ses cheveux sont très longs, ce qui n'est pas dans ses habitudes.

— Hé ! Salut ! Tu travailles à l'urgence ce soir ?

— Hé, toi ! Comme je suis content de te voir !

Il me fait la bise, comme un frère, un ami.

— Nous devons nous voir pour un petit souper. Que deviens-tu ?

— Une âme en peine qui se morfond sur sa perte.

— Ha… Ça t'a fait un grand chagrin, ta rupture avec l'infirmière ?

— Non, Élaine, c'est toujours à toi que je pense. Je ne veux pas m'immiscer dans ta nouvelle vie, mais je pense que tu devrais me donner une deuxième chance. Nous donner une deuxième chance.

Je ne sais quoi lui répondre. C'est quand même déchirant cette situation, puisque je n'ai rien à lui reprocher. Mais doit-on nécessairement être en rogne envers quelqu'un pour mettre fin à une relation ?

— Écoute, nous pourrions en discuter à mon retour du congrès. En passant, merci pour l'épée, elle est magnifique ; je vais maintenant pratiquer l'escrime à l'épée plutôt qu'au fleuret.

— Je suis sérieux. Tu me manques vraiment ; je me sens déprimé sans toi. Alors, pour compenser, je travaille plus.

— Tu devrais faire autre chose, du sport, de la lecture, je ne sais pas, moi.

— Je peux te demander quelque chose?

— Vas-y.

— Est-ce que quelque chose a changé dans ta vie? Je veux dire en dehors de Simon?

— Je ne te suis pas.

— Tu as changé; je sens que quelque chose en toi n'est plus pareil. Tiens, l'autre soir après ton accident, tu as bu un lait chaud; jamais tu n'as pris de lait chaud depuis que l'on se connaît, ce qui fait plusieurs années. Je ne sais pas trop ce que c'est, mais je devine qu'il y a quelque chose qui cloche et cela m'inquiète.

Je me sens mal à l'aise sous son regard déstabilisant, un peu comme si mon habit ne couvrait pas correctement mon corps. Je sens qu'il scrute mon âme de ses yeux verts qui me semblent humides tout à coup. Je ne sais pourquoi les paroles suivantes ont passé mes lèvres, mais il était déjà trop tard.

— Pourrais-tu voir à arroser mes plantes pendant ma semaine d'absence? Tu es le seul sur qui je puisse compter.

J'aurais plutôt dû lui dire qu'il était le seul à avoir le double de ma clé ou qu'il habitait à proximité ou je ne sais pas quoi encore. Mes paroles l'ont surpris, je crois. Il arbore ce sourire qui me faisait craquer, jadis.

— Certainement, avec plaisir. Tu pars quand et pour où?

— Je pars vendredi matin pour un congrès scientifique en Australie.

— Ce sera super pour toi. Allez, je dois y aller. On se fera notre souper retrouvailles à ton retour, alors.

— Oui, parfait. Il faudra qu'on parle. Merci pour tout.

— Merci à toi. Tu viens de faire ma journée, ma semaine, mon mois.

Il dépose un baiser sur mon front et repart en direction de la salle d'urgence. En tournant le coin du corridor, il se retourne et me fait un signe de la main. Je n'ai pas bougé d'un millimètre. Je me sens penaude, là, dans ce corridor au plancher lustré, aux murs aseptisés.

Repenser à la petite tasse de lait chaud me rend soudainement mal à l'aise ; un serrement s'installe au creux de mon abdomen, juste là où se termine mon sternum, et me donne l'impression que j'ai soit très faim soit qu'une nausée s'installe. Sensation étrange et ambivalente, comme mes pensées en ce moment. Un mal-être m'envahit. Félix a raison, je n'ai jamais bu de lait chaud, d'aussi loin que je me souvienne, sauf depuis cet accident de l'automne dernier. Cette Rose Flint s'est installée en moi et ses habitudes aussi ! Ne sachant plus où je devrais m'installer pour manger, je me dirige comme un automate à l'unité de soins intensifs, pour voir ma petite patiente.

Elle va mieux : on lui a administré des antibiotiques, elle a reçu une médication contre la fièvre et elle repose paisiblement. Je n'avais pas vraiment remarqué qu'elle était plutôt rondelette, avec des cheveux carotte – non, pas roux comme les miens, vraiment carotte –, je la trouve mignonne. Ses parents sont à son chevet. Les deux ont les yeux rougis, par les larmes et l'inquiétude, sans doute. Je me présente brièvement et je leur explique mon rôle et le travail médical que nous avons accompli pour lui permettre de rester en vie. Étrangement, ils sont d'une froideur désarmante. Je ne

suis pas là pour juger de leur état d'âme. Un couple dys-
fonctionnel, un sentiment de culpabilité, un reproche
mutuel pour une consultation tardive, qui sait ? Bref, moi,
je ressens un immense sentiment d'accomplissement. Sauf
que j'irais bien me reposer. Je termine mon sandwich tout
en retournant au bloc opératoire : nous devons commencer
les urgences affichées au babillard. Je ne me suis même pas
enquis de ce que serait le prochain cas. Au moment où je
franchis la porte qui mène au bloc opératoire, mon portable
sonne : c'est la salle d'urgence. Je me dis que c'est Félix qui
rapplique.

— Élaine, c'est Martin. Je viens tout juste d'évaluer un
jeune homme de 18 ans pour une douleur testiculaire qui
dure depuis plus de 24 heures. Il faudrait l'explorer chirur-
gicalement : je pense à une torsion du testicule.

— Parfait. J'arrive au bloc opératoire et j'avise l'équipe.

Vingt-quatre heures, c'est long si le cordon spermatique
est tordu ; peu de chance de sauver le testicule, parce que
les vaisseaux sanguins ne lui envoient plus de sang. Ces
histoires se ressemblent assez souvent : les adolescents
n'osent pas dire qu'ils ont une douleur dans cette zone de
leur corps et consultent donc un peu tard. Dans ce cas-ci,
c'est la mère qui a tardé à amener son fils à l'hôpital, pré-
férant lui donner des comprimés de morphine qu'elle avait
conservés depuis sa propre chirurgie de la vésicule biliaire.
Mauvais de donner des pilules de ce genre sans savoir ce
qui se passe ! Le Dr Martin Dion était dans ma classe de
médecine ; nous nous connaissons depuis de nombreuses
années. Il désirait devenir chirurgien cardiaque, mais les
postes étaient peu nombreux et il n'a pu être admis dans ce

programme de spécialité. Il a donc opté pour l'urologie. J'aime bien travailler avec lui ; il est rapide, précis et efficace.

— Dommage, le testicule est complètement noir. Ça fait trop longtemps qu'il manque d'apport sanguin. Je dois l'enlever et fixer l'autre côté afin que cela n'arrive pas à nouveau.

La chirurgie a été rapide et sans problème. Je conduis mon patient en salle de réveil et consulte les requêtes de chirurgies urgentes à faire ce soir : il y en a cinq. La D^{re} Cartier les a placées par ordre d'importance. Mon portable sonne à nouveau.

— D^{re} Johnson, c'est le Dr Nguyen en ORL. Désolé de ne pas être arrivé à temps pour vous assister avec le cas d'épiglottite. Elle était déjà dans son lit aux soins intensifs à mon arrivée. Je n'aurais pu faire mieux que vous. Je suis à la salle d'urgence avec un cas assez complexe à faire immédiatement.

Pendant qu'il m'explique le cas de ce pauvre monsieur qui a chuté d'une échelle plus tôt en après-midi et s'est sectionné presque totalement la langue avec sa prothèse dentaire, je me dis que ce n'est pas possible que tout cela arrive en une seule journée ! La loi des séries ou quoi ? C'est un peu trop pour une seule personne… Dieu sait qu'une langue, ça saigne !

Je me rends donc à la salle d'urgence pour évaluer ce patient, question de me préparer adéquatement à l'accueillir en salle d'opération. Et à me préparer psychologiquement.

L'enfer…

Il a reçu huit transfusions sanguines et des plasmas frais depuis l'hôpital périphérique d'où il nous a été transféré, il présente un œdème de partout, cette redoutable enflure, particulièrement du visage : je distingue à peine le blanc ou la couleur de ses yeux tant ses paupières sont bouffies. Il ressemble à ce personnage de *La Guerre des étoiles,* Jabba le Hutt, que je classerais dans la famille des batraciens, tant le bas de son visage est gonflé, ne laissant pas voir son cou. Je note au dossier qu'il a une mauvaise condition cardio-vasculaire et des séquelles d'un accident vasculaire cérébral passé. Le cardiologue de garde est à son chevet.

— Bonsoir, D^{re} Johnson. J'ai fait un survol des problèmes cardiaques de monsieur White : ce ne sera pas facile ! Il est connu pour deux artères coronaires bloquées à plus de 90 % ; il allait subir une intervention médicale pour mise en place de dilatateurs permanents dans les prochains jours. J'ai fait une échographie de son cœur et sa fonction cardiaque est tout juste acceptable. Étant donné que nous ne pouvons rien faire pour le moment, sa chirurgie ORL étant trop urgente, je vais commencer une médication préventive. C'est un patient à grand risque et il y a des classes de médicaments que je ne peux lui administrer, en raison de son saignement à la langue. Une fois que ce sera contrôlé, j'aurai plus de latitude dans mes choix thérapeutiques. Ce n'est pas le cas idéal !

Je me demande bien ce qu'il faisait dans son échelle ? Surtout avec de tels antécédents ! Mais ce n'est pas le moment le mieux choisi pour lui demander.

J'évalue le patient : sa langue a été sectionnée assez loin dans la bouche, de sorte que le moignon est très enflé et saigne encore activement, malgré le paquetage qui fait compression. Un reste de langue encore attaché par un très mince segment est plutôt gris et me semble dévitalisé. Le chirurgien m'explique qu'il doit nécessairement tenter une réparation, sinon la déglutition deviendrait compromise. De même que sa capacité à s'exprimer. Pauvre monsieur! Une situation cauchemardesque, pour le patient d'abord, et pour nous ensuite.

J'explique à monsieur White, tant bien que mal, la procédure prévue; il ne peut me répondre, mais hoche imperceptiblement la tête. Il est très affaibli par les pertes sanguines, mais ses paramètres vitaux sont tout de même acceptables. Je le rassure du mieux que je peux dans les circonstances et pense qu'au fond, mes paroles ne servent qu'à me rassurer moi-même. Tout ira pour le mieux.

Je termine de prendre connaissance du dossier. Ouf! J'anticipe d'énormes difficultés pour arriver à l'installer en salle; surtout pour la prise en charge des voies respiratoires. Nous procéderons dans l'ordre et le calme et ça devrait aller. Cependant, comme le chirurgien est présent, nous ne tarderons pas à procéder à une trachéostomie, cette ouverture faite dans la trachée pour permettre de respirer, si ça ne se passe pas comme prévu de notre côté. Je me remémore les propos d'un de mes professeurs de l'école de médecine: «La santé commence par la bouche.» Gencives malades et dents pourries égalent mauvaise santé. Les grands fumeurs, consommateurs d'alcool ou de drogues, telles que la cocaïne, présentent souvent des anomalies flagrantes dans la bouche.

Je termine mon jus de légumes, dont le goût ne me semble plus particulièrement agréable depuis que j'ai vu ce patient, et je retourne au bloc opératoire.

Nous faisons un bon travail d'équipe : tout le matériel nécessaire est préparé et tous les «au cas où» sont disponibles.

À ma grande surprise, tout se passe à merveille ! Avec d'infinies précautions, un tube inséré sur le vidéotrachéoscope a pu être glissé par une narine, que j'avais préalablement enduite d'anesthésique local pour réduire la douleur et l'inconfort, puis tout doucement descendu entre les cordes vocales du patient, qui collaborait comme il le pouvait. Cet appareil nous permet de voir parfaitement les structures composant les voies respiratoires supérieures, sauf qu'ici, peu d'éléments de l'anatomie étaient reconnaissables. Comme par magie, émanant de l'habileté acquise par les années de formation, le gros bout de langue oedématié que je craignais est maintenant vaincu. Bizarrement, et comme très souvent, on dirait que, parce que tout était prêt pour affronter l'ultime catastrophe, elle n'arrive pas. Tant mieux ! J'ose espérer que l'inverse ne m'arrivera jamais…

Reste au chirurgien à faire son travail.

* * *

Il est déjà tard dans la nuit. La chirurgie n'a pas été facile et nous avons dû transfuser des unités de sang à nouveau. J'anticipais des troubles de coagulation après toutes ses transfusions ; alors j'ai avisé le spécialiste en hématologie pour avoir son soutien.

Ce sera un autre patient à garder intubé à l'unité des soins intensifs, afin de continuer à protéger ses voies respiratoires, le temps que l'enflure de sa gorge et de son cou lui permette de respirer normalement, sans la présence du tube. Je pense que mon collègue intensiviste ne sera pas surpris : c'est lui qui m'a mentionné « Jamais deux sans trois » ! Ce patient serait un bon candidat au protocole de Juphilaurium, tout comme le patient de la rupture de l'aorte ; je laisserai une note à cet effet pour Sanjay Patel. Le nombre de patients nécessaires à l'étude devrait être atteint d'ici quelques jours.

Toutes les chirurgies en attente ont été reportées à plus tard, à la demande des chirurgiens responsables. Elles ne devaient pas être si urgentes que cela, au fond.

Je passe au bureau prendre mes effets personnels. Je trouve une nouvelle enveloppe dans mon pigeonnier, portant la même écriture que celle que j'ai reçue ce matin. Je la dépose dans mon sac à main. Je reverrai le tout après quelques heures de sommeil, même si je n'en ai pas vraiment envie. Les roses sont absolument magnifiques et odorantes, même si je préférerais ne pas les voir. Bref, je me sens moche et rien ne me plaît en cet instant.

Ma journée de garde m'a complètement vidée, épuisée. Mais, quelque part, je me sens reconnaissante envers je ne sais quel destin d'avoir maintenu mon esprit occupé à des choses tellement majeures que je n'ai pas eu un seul moment pour penser à cette rencontre qui aura lieu dans quelques heures à peine. Avec David Lemay, ce menteur.

9

David Lemay voyait sa mission pendante, sa cible était en retard sur l'horaire prévu et cela ne lui plaisait pas particulièrement. Il était par contre impatient de recevoir les résultats des tests d'ADN faits sur les cadavres des Brousseau, placés en charnier pour l'hiver. Au fond, il n'avait que cela à quoi penser en ce moment. On le préviendrait lorsque Conroy Deby passerait l'immigration.

Né à Dublin, Deby n'était pas le bienvenu en Irlande : un ancien agitateur, indirectement responsable de la mort de plus de 30 innocentes personnes en France, probablement plus dangereux et ingénieux maintenant qu'il y a dix ans. Des membres du gouvernement désiraient l'effacer du pays, l'empêcher de se réinstaller et, sûrement de reprendre ses activités, que l'on entrevoyaient plus meurtrières que jamais. Sa condamnation à dix ans de pénitencier, trop brève selon l'opinion publique, avait été décriée avec véhémence dans les médias de l'époque. Puis, on avait oublié, comme beaucoup de choses que le temps efface ; le président, lui, n'avait pas oublié. Il avait perdu son unique frère dans ces attentats.

Le plan était des plus simples : Deby quitterait l'aéroport avec Lemay, ni vu, ni connu. On le placerait à bord d'un bateau, dans le port, où deux collaborateurs attendaient la livraison. Par la suite, soit Deby acceptait de ne jamais remettre les pieds en Irlande, soit les requins se feraient un festin de son corps, en haute mer. Peu de chance que l'on retrouve des indices de sa disparition. L'organisation disposait de moyens inimaginables.

Déjà 16 h 20. L'ordinateur de Lemay lui indique qu'il a reçu un message du laboratoire d'identification judiciaire. Gélinas avait utilisé la filière des enquêtes privées, confidentielles. Personne ne pouvait donc savoir pourquoi des analyses étaient demandées sur les spécimens prélevés. Croyait-il.

Le seul fait qu'il ignorait – et qui mettrait la puce à l'oreille du docteur Tuccini, vigilant généticien et gardien du centre des données – était que le dossier de Billy Brousseau était déjà fiché et les résultats avaient déjà été transmis aux médecins qui en avaient fait la demande. Son cœur avait subi une pléthore d'analyses, demandées par le comité de recherche sur les maladies cardiovasculaires et autorisées par son fils Paul. Ce détail, Lemay l'ignorait. Le dossier était clos. Personne ne devait demander de copie de ce dossier, encore moins pour une identification judiciaire, puisqu'il était décédé en milieu hospitalier. Il ne s'agissait pas d'une mort suspecte.

Son imprimante crache trois feuilles de séquences d'ADN, chacune portant un numéro : il s'agit des analyses provenant des cadavres des trois enfants Brousseau. Lemay sortit le calepin de la pochette intérieure de sa veste suspendue dans le placard de sa chambre d'hôtel et inscrivit le nom correspondant à chacun des numéros.

Les séquences qu'il avait sous les yeux étaient toutes passablement similaires, à quelques différences près, puisqu'il était question ici de membres d'une même famille. Treize locus CODIS (COmbined DNA Index System) avaient été obtenus pour chaque échantillon, permettant la réalisation d'empreintes génétiques, grâce à la répétition de microsatellites : du chinois pour lui. Mais c'est du moins ce que Lemay avait retenu de l'enseignement du technicien de laboratoire : une des méthodes les plus rapides et les plus précises en usage actuellement. Il avait écouté d'une oreille distraite, mais polie, les détails exhaustifs énoncés par ce travailleur d'un domaine tellement éloigné du sien, qui, finalement, ne l'intéressait nullement, hormis les conclusions que cette science lui permettrait de tirer.

Il se sentait fébrile, et à la fois anxieux, lorsqu'il extirpa de sa mallette le document jauni par le temps, le fameux document qu'il avait omis de présenter en preuve lors du procès DeViller. Dans les secondes qui viendraient, il aurait une confirmation de ses soupçons, qu'il n'avait jamais voulu connaître, avant : qui avait agressé Rose Flint ? Une preuve de culpabilité pour un geste commis sur une gamine. L'identification du vrai coupable.

Mais, une fois celui-ci connu, comment pourrait-il établir le lien entre l'agresseur de l'époque, Rose Flint, alias Elaine Johnson, et le décès de tous les membres de cette famille ? Il en saurait probablement plus après avoir parlé avec la D^{re} Johnson. Elle lui révélerait le lien qui la lie à ces Brousseau décédés. Car, pas question ici de conclure hâtivement qu'il s'agit de coïncidences ; il allait prendre tous les moyens possibles pour arriver à savoir ce qu'il désirait. Tout comme son organisation, il excellait à obtenir les informations qu'il voulait ; il disposait d'habiletés et de moyens invraisemblables pour arriver à ses fins. Et, jusqu'à maintenant, il n'avait jamais failli. Jamais. Encore une fois, il allait s'épargner toute humiliation.

Voilà que sous ses yeux, il observe une première réponse : l'ADN des événements de 1991 est celui d'Alexandre Brousseau. Le lien est établi. Cet ADN se trouvait dans les sécrétions prélevées sur la fillette après son agression. Les deux documents sont parfaitement superposables. David Lemay souhaite soudainement que tout cela se termine : remuer de la merde, ça sent généralement mauvais. Parfois, très mauvais.

Ainsi, brasser les événements de 1991, et ce qui a suivi, est-il vraiment ce qu'il souhaite ? Il ne sait plus que penser, comme si les deux hémisphères de son cerveau étaient en instance de divorce. Une part de lui-même désire continuer l'investigation afin d'obtenir quelque chose, mais quoi ? L'autre part le retient, lui indique la prudence. Au fond, il doit bien se l'admettre, il craint Élaine Johnson. Il redoute ce qu'est devenue Rose Flint. Même s'il ne sait pas vraiment pourquoi, cette femme le trouble.

Il reste ainsi, de longues minutes, les yeux rivés sur les deux pages de séquences de paires de nucléotides, alors que son portable sonne.

— Deby est retenu aux services d'immigration.

— Entendu.

Peu de mots échangés. C'est la règle. Lemay se lève de son fauteuil ; il doit cesser de penser à ses autres préoccupations et terminer sa mission. Comme il aime les costumes coûteux, taillés sur mesure dans des étoffes de grande qualité, il troque son survêtement d'entraînement qu'il avait revêtu le matin dans le but de passer un moment au gym de l'hôtel, ce qu'il n'avait finalement pas fait, pour un costume marron avec de fines rayures grises, une chemise gris clair et une cravate rouge vin. Il complète le tout avec une ceinture en peau d'autruche, avec ces petits points caractéristiques là où étaient insérées les plumes de l'oiseau, et des chaussures assorties, qu'il s'est procurées lors de sa dernière mission en Afrique du Sud. Son reflet dans le miroir est celui d'un homme distingué, très classe. Bien qu'il ne soit pas rasé de près, sa gueule lui plaît.

Il se fait une petite ligne de poudre blanche, question de rester égal à lui-même. Il lui semble même, dans les minutes qui suivirent, que son esprit a gagné en clarté, en acuité. Il aime se sentir comme un danger potentiel. Voilà, pour ce boulot, il a le look parfait. Reste à adopter l'attitude requise, qu'il met au point durant le trajet en voiture entre son hôtel et l'aéroport.

Il met donc de côté ses élucubrations concernant la D^re Johnson et se concentre sur sa mission. Il aurait par la suite tout le temps pour la faire parler, puisqu'il n'était assigné à aucun contrat pour les trois prochaines semaines. Il ne savait pas encore comment il allait s'y prendre et de quelle façon il aborderait la question. L'inspiration lui viendrait sûrement, le moment venu.

Il stationna son véhicule de location, une Mercedes coupé cabriolet noire, dans la section VIP. Mais, contrairement aux directives, il ne déposa pas ses clés dans la boîte désignée à cet effet, mais montra un badge au préposé du stationnement. Il ne connaissait pas ses collaborateurs, ce qui était en quelque sorte un avantage, il fallait donc un moyen simple de s'identifier, sans faire appel aux moyens de communication courants. Il portait donc une épinglette rouge, représentant une tête de mort, sur le revers de sa veste.

Une femme de petite stature l'observe à travers ses lunettes noires ; un homme à peau mate le regarde au moment où il croisait le poste de dépôt, marchant nonchalamment sans s'arrêter pour y introduire sa clé. Les deux collaborateurs reconnurent l'épinglette, en ayant eux-mêmes une identique, quittèrent leur poste de surveillance et emboîtèrent le pas à Lemay qui se dirigeait vers l'aire de récupération des bagages.

Bien que les trois individus entrent dans une zone d'accès interdite, personne ne fait attention à eux. Ils se retrouvent donc en « Zone d'accès restreint aux détenteurs de permis », là où était gardé Deby.

Dehors, une caméra de surveillance enregistre une Volkswagen Touareg de couleur grise, immatriculée en France, qui passe pour la trentième fois devant la sortie des passagers, ralentissant puis redémarrant.

La suite se passe très vite. C'est relativement facile pour Lemay de se débarrasser de la cible. Comme Deby refuse de collaborer, niant les allégations faites à son endroit, insistant plutôt sur le fait qu'il venait rejoindre sa conjointe et leur fils pour s'établir à Dublin, on le place de force dans une fourgonnette blindée, qui attendait sur le tarmac, du côté opposé à l'arrivée des avions en cette journée. Deby est conduit au port où, sur un bateau cargo, une équipe de relais se charge de la suite des opérations.

Ironiquement, alors que la fourgonnette s'engage sur l'autoroute, la Volkswagen grise reprend son circuit sur la voie qui mène aux arrivées internationales. Les deux véhicules se croisent.

Après avoir livré au port leur colis un peu amoché – il fallait bien tourmenter les cibles après tout – les trois coéquipiers regagnèrent leur véhicule respectif; mais, Lemay ne partit pas tout de suite. Il devait s'assurer que tout était en règle, que rien n'avait été négligé. Il se dirigea vers l'aire de surveillance des voies de circulation autour de l'aéroport et y rejoignit le préposé en devoir. Il lui présenta un document officiel stipulant qu'il avait le droit de consulter toutes les bandes d'enregistrement vidéo.

Cela ne demanda que quelques minutes à Lemay pour repérer six véhicules faisant la boucle du circuit routier qui mène aux arrivées, à plus de dix reprises. Après trente minutes de visionnement, il ne restait plus que la Volkswagen grise qui poursuivait le même manège. Il nota le numéro de la plaque, nota qu'une femme était au volant et quitta l'aéroport.

Sa mission était terminée. Il contacta son employeur du moment à partir d'une cabine téléphonique, lui fit part des détails de ce qui venait d'avoir lieu et l'informa du numéro de la plaque d'immatriculation de la Volkswagen grise qui lui semblait suspecte : un possible contact de Deby, à examiner.

Simple mission, en fait. Trop d'effectifs sur le coup, à son avis; mais vaut toujours mieux prévenir, on ne sait jamais. Deby n'était peut-être pas si dangereux après tout. Bof! Personne ne le pleurera. C'était fait, le cachet serait là d'une journée à l'autre, une autre page tournée. Il n'avait pas à juger du bien-fondé de sa mission; il devait l'accomplir, servir de bourreau en quelque sorte, c'était son travail. Il adorait ce rapport de force inversé. Mais, en cet instant précis, il ressent une étrange émotion, comme si une soudaine mauvaise conscience s'installait en lui. Cela ne lui était jamais arrivé auparavant. Jamais encore, il n'avait douté de ce qu'il faisait.

Tout en pensant à sa mission, Lemay regagne son hôtel. Dans le hall, son téléphone vibre. Un message texte: «1-2-3». Ah non! Le code de complément de mission. Pour un bref moment, il se prend à souhaiter que l'équipe du cargo n'ait pas foiré la mission. Il répond par message texte, d'un simple point d'interrogation. On l'appelle: ce doit être sérieux.

— Il faut visiter le logement correspondant à l'adresse de l'immatriculation du véhicule de marque Volkswagen.

Un silence.

Lemay pense vite, mais pas assez, ce qui semble déplaire à son interlocuteur. Son retour est compromis et son intervention auprès de la D^{re} Johnson aussi, par le fait même. Il fulmine intérieurement.

— C'est bon. Je vous reviens.

— Vingt-quatre heures, pas plus.

On raccroche.

De retour à sa chambre, son ordinateur portable lui indique l'arrivée d'un message du bureau chef de son organisation. Il espère que ses trois semaines de congé ne seront pas compromises. Il consulte le message: un avertissement, il doit redoubler de prudence. Merde!

Le message a été placé en Dropbox, ça doit être sérieux. Il accède à sa page après avoir tapé son code d'accès. Trois lignes : on lui enjoint d'être prudent dans ses demandes de fichiers ADN. Une plainte a été faite en regard d'un patient décédé du nom de Billy Brousseau : violation du secret professionnel. Le nom d'un médecin : Tuccini. Une pièce jointe est annexée. Lemay l'ouvre et trouve un rapport avec treize locus CODIS. Le rapport d'identification génétique du père Brousseau. Il l'imprime et le place dans l'enveloppe avec les autres rapports.

Il verra plus tard qui est ce Dr Tuccini qui semble avoir été dérangé par sa demande. Si ce médecin représente un danger potentiel dans l'exécution de sa recherche auprès de la D^{re} Johnson, il utilisera ses talents de « conversion de l'ennemi en collaborateur ». Habituellement, il trouve les mots qu'il faut pour convaincre son interlocuteur qu'il lui doit quelque chose à lui, Lemay, le grand homme des Services secrets. Il possède le charisme nécessaire pour parvenir à ses fins.

Mais maintenant, il doit plutôt compléter sa mission, tel que le lui a demandé son employeur du moment. Impossible cependant de débarquer à l'adresse correspondant au numéro de plaque d'immatriculation sans avoir une raison, avec un plan bien préparé. Il décide donc de remettre le tout au lendemain et, par le fait même, reporte son retour au pays à plus tard. Il utilisera les dernières heures de la journée pour réfléchir à un plan de match.

10

Après un repas frugal pris à sa chambre d'hôtel, Lemay ébauche un plan pour procéder à la visite de la demeure correspondant à l'adresse communiquée par son employeur. Facile, puisque les demeures de ce quartier de Dublin sont plutôt vieilles et défraîchies, la plupart alimentées en énergie par le gaz naturel. Un appel de service avait été fait il y a une semaine par un voisin pour signaler une fuite de gaz. La compagnie avait fait le travail nécessaire le jour même, mais une petite visite de courtoisie dans le voisinage ferait bonne figure. Il avait été facile pour Lemay d'accéder à ces informations ; il excellait dans l'usurpation de renseignements informatiques et, s'il n'utilisait pas les services téléphoniques, d'électricité ou d'autres services de câblodistribution, il devenait un représentant de produits quelconques, selon son inspiration du jour et du lieu.

Un dirigeant du gouvernement étroitement lié à sa mission à Dublin l'aide à obtenir un véhicule officiel de la compagnie de réparation et d'entretien des services de gaz. Il reçoit la confirmation que le camion sera disponible le lendemain matin après 11 h.

Comme il se faisait tard, Lemay décide d'aller dormir et se promet de rattraper sa séance d'entraînement au gymnase au petit matin, question de garder la forme.

* * *

Il a dormi sept heures tout d'un trait, sans rêve à se rappeler au matin et sans réveil nocturne, ce qui le surprend et le réconforte à la fois, puisqu'il croyait avoir commencé un cycle de sommeil perturbé, ce qui se produit lorsque quelque chose d'inhabituel survient dans sa vie. Et l'inhabituel ces jours-ci porte le nom d'Élaine Johnson. Il a donc échappé, pour une nuit, au désarroi qui le troublait jusque dans ses rêves.

Il avale un breuvage préentraînement qui assure plus d'endurance, qui permet d'aller au-delà de l'objectif visé ; il en prend même une double dose. L'excès, il l'aime sur son corps et ses capacités.

Étonnement, le complexe sportif de l'hôtel était magnifique et désert à cette heure matinale. Il commence son réchauffement par trente minutes de vélo stationnaire, ne négligeant aucune des positions : ballerine, debout, assis, petit bonhomme. Il accomplit sa routine de musculation habituelle et clôture le tout par une heure de course sur le tapis roulant. Il déteste courir sur le tapis roulant, mais comme la pluie tombe à verse dehors, il n'est pas question de s'y pointer le nez pour une période aussi longue.

À la fois épuisé et ragaillardi par sa séance d'entraînement, il regagne sa chambre, la sueur ruisselant sur tout son corps. Il dispose d'une bonne heure pour se doucher, prendre son petit-déjeuner et se préparer. C'est trop, il serait tenté de revoir les rapports du laboratoire d'identification judiciaire et cela le troublerait à nouveau. Il doit faire le vide dans son esprit et terminer sa présente mission, sans dérangements susceptibles d'engendrer des erreurs.

Tout en attendant qu'on lui dépose son petit-déjeuner, Lemay opte pour une brève consultation du pedigree de ce docteur Tuccini, généticien responsable de la sécurité et la confidentialité des analyses d'ADN au pays. Il n'avait pas particulièrement aimé recevoir cette remontrance de son bureau chef.

Le docteur Stefano Tuccini avait reçu son diplôme en 1981, aux États-Unis, en génétique médicale ; cela devait lui faire un âge de près de 60 ans. Un homme d'expérience, sans doute. En fait, il n'avait certainement pas eu ce poste de pitbull des laboratoires d'identification judiciaire par hasard. Lemay se dit que le mieux serait de lui dire la vérité sur les recherches qu'il a entreprises, en omettant évidemment de lui mentionner que l'ultime but de ses démarches est de découvrir « ce qui tue sans être repérable ». Une fois la visite de ce matin terminée, il consacrera son emploi du temps à faire la cour à ce Tuccini et à le convaincre de l'aider dans ses démarches. Il serait donc en mesure de quitter Dublin d'ici quarante-huit heures, si tout allait bien.

Ses réflexions sont interrompues par l'arrivée de son petit-déjeuner ; la jeune femme qui pousse le petit chariot est plutôt jolie et bat des cils en reluquant la trop courte serviette que Lemay a enroulée autour de ses hanches. Lui, se concentre sur le décolleté plongeant de cette blonde artificielle ; un petit serrement dans son bas-ventre lui indique qu'il est prêt pour une petite séance de jambes en l'air. Elle lui sourit.

— Voilà votre petit-déjeuner. Voudriez-vous autre chose ?

Elle se trémousse le popotin et abaisse son regard sur l'érection naissante que Lemay ne peut cacher. Elle s'approche de lui et, contre toute attente, le caresse brièvement, mais avec assurance, en passant sa main sur la serviette qui menace de se détacher. Il se redonne rapidement une contenance, le temps ne lui permettant pas de s'accorder un petit peu de bien-être, pas maintenant.

— Je dois partir sous peu. Mais revenez donc après votre travail. Nous reprendrons ceci.

— Certainement, monsieur. Je viendrai livrer votre scotch pur malt de la maison lorsque mon travail sera terminé.

Elle recule en souriant, ses yeux pleins de malice. Lemay se dit qu'au fond, il n'a rien perdu. Si elle s'est proposée d'elle-même, c'est qu'elle était envoyée par son employeur. Question de ne pas mettre de mission en péril, les besoins des membres de l'organisation étaient étudiés et respectés, dans la mesure d'une certaine légalité. Comme Lemay était connu pour ses besoins sexuels importants, les femmes ne se faisaient pas rares dans ses missions.

Tout émoustillé par cet horizon charnel de fin de journée, il prend son repas et se prépare à la visite de cette demeure qu'on croyait être celle de la conjointe de Deby. Étant donné que la voiture Volkswagen Touareg repérée à l'aéroport était immatriculée au nom de Mathilde Lecours, une femme d'origine française qui aurait connu Deby sur Internet, alors qu'il purgeait sa peine en prison parisienne, il fallait faire les vérifications d'usage. L'organisation avait fait suivre à Lemay tout ce qu'il devait savoir sur leur relation à distance; le couple n'avait jamais vraiment vécu ensemble, Deby venant tout juste de terminer son temps de réclusion. Mathilde Lecours l'avait par contre visité régulièrement durant les deux dernières années et avait passé du temps avec lui dans la «suite nuptiale», appartement aménagé pour que les détenus puissent entretenir des relations avec leur conjointe. Une grossesse avait résulté de ses visites.

La prison de la Santé, où Deby venait de passer les dix dernières années de sa vie, est la dernière prison à être située à l'intérieur même de Paris. Située sur le site d'un ancien marché de charbon qui, au XVIe siècle, avait été occupé par une maison de la santé devenue un centre hospitalier établi maintenant plus au sud, cette prison comporte des quartiers «VIP» accueillant des personnalités condamnées à purger une peine de durée variable. Anciennement, on y pratiquait des exécutions publiques à la guillotine.

Seth Gueko, de son vrai nom Nicolas Salvadori, rappeur français très populaire, a séjourné à la prison de la Santé pour violence volontaire à l'égard d'une jeune femme. Gabriel Péri, célèbre journaliste et homme politique dont le nom fut donné à de nombreuses rues, boulevards et quais français, y séjourna pendant une brève période, lorsqu'il fut arrêté par la police française pour des allégations de participation à des activités communistes avant son transfert dans une prison contrôlée par les Allemands; il fut exécuté en 1941 parmi d'autres otages. Jacques Mesrine, le Robin des Bois français aussi surnommé l'Homme aux mille visages, y purgea une peine pour de nombreux crimes. Il aurait, entre autres, commis de nombreux crimes au Québec et réussi une évasion de la prison de Saint-Vincent-de-Paul dans les années soixante-dix. Ses activités criminelles se sont étendues dans de nombreux pays d'Europe.

Concentré sur ses réflexions historiques, Lemay quitte l'hôtel dans son coupé noir Mercedes de location ; quinze minutes plus tard, il rejoint le camion qui lui était assigné pour la visite d'inspection de la maison de Mathilde Lecours. À l'arrière du camion, il trouve une combinaison de travail qu'il enfile par-dessus son survêtement. Il n'avait finalement pas eu le temps de s'habiller plus décemment ; après tout, nul n'était besoin d'élégance pour cette partie de sa mission. Il sourit à la pensée que, de retour à sa chambre d'hôtel, il n'aurait pas à rester vêtu très longtemps.

L'adresse en question se trouvait à deux rues de Trinity College, université de renom en Irlande, fondée en 1592. Le quartier était donc très vieux. Tout comme la petite maison aux chambranles douteux, que Lemay se devait de fouiller. Il gare le camion de la compagnie en double file, aucune place de stationnement n'étant libre dans ces rues exiguës. Armé de son coffre à outils et de son Glock 26 glissé dans la ceinture arrière de son pantalon, il actionne le heurtoir de la porte d'entrée. Pas de réponse ; il entend cependant du bruit provenant de l'intérieur, des pleurs lui semble-t-il. Il actionne le heurtoir avec plus de vigueur.

Une jeune femme d'une trentaine d'années, l'air un peu usé, les yeux rougis, ouvre la porte. Elle a un enfant dans les bras ; pas un nouveau-né, mais un enfant suffisamment jeune, en deçà d'un an d'âge, à en juger par sa taille. Il se cramponne à son chemisier, qui laisse entrevoir des seins d'une dimension inimaginable. Deux ogives blanches, qui ne pouvaient qu'attirer le regard de l'homme qu'était

Lemay, le faisant loucher pendant une fraction de seconde.
— *What is it about?* s'enquiert la femme avec un accent
français.

Lemay prend son accent irlandais amélioré et lui explique
qu'il doit inspecter les installations gazières en raison d'une
fuite chez un voisin. Sans plus de manières, elle le laisse
entrer dans la petite maison qui sent bon la lavande fraîche.

Il ne sait trop par où commencer, mais il décide d'aborder
la salle de bain. Pas trop compliqué, il n'y en a qu'une seule,
minuscule, avec sa baignoire sur pieds dont l'émail porte les
stigmates du temps. La femme s'installe dans l'unique fauteuil de ce qui semble faire office de chambre et de salon ;
elle extirpe son énorme mamelle de son chemisier. Lemay
aperçoit le tout par le reflet du miroir de la salle de bain.
L'enfant qui, une seconde auparavant, criait de désespoir,
saisit dans sa petite bouche le mamelon énorme et très foncé
et commence à se détendre en buvant goulûment.

Lemay se sent mal à l'aise. Était-ce la scène de la mère
et de l'enfant qui lui rappelait sa vie d'il y a quelques années,
ou la vue de ces seins dignes d'un cirque ? Il ne sait que
penser, mais sa mission le rappelle à l'ordre. Il ouvre
l'unique placard sous le lavabo, en vérifie les connexions,
s'empare d'un dispositif qu'on lui avait fourni, qu'il savait
être un capteur de gaz, et l'agite dans l'air de la pièce où se
tiennent la femme et l'enfant. Il aurait pu gagner un
concours d'acteur.
— *Can I inspect the kitchen?*
— *Please.*

Dans la cuisine se trouvent une cuisinière à deux éléments
de cuisson, un petit réfrigérateur et un four à micro-ondes

qui semblait dater de la dernière guerre. Rien de luxueux ici. Il inspecte tous les raccordements; son détecteur de gaz n'émet aucun signal témoignant d'une fuite.

Reste le grand placard de la chambre, rien de plus. Il passe devant la femme, qui baisse les yeux sur l'enfant accroché à son sein. Elle ne semble aucunement se préoccuper de sa présence, comme si rien ne lui importait d'autre que cet instant partagé entre la mère nourricière et son petiot.

La boîte électrique se trouve au fond du placard, tout comme les raccordements de tous les systèmes de tuyaux de la maison. Il tâte des doigts et du regard, question d'avoir l'air d'accomplir un travail. Le plancher, dont le recouvrement est gondolé par endroits, attire son attention. Il soulève doucement la zone la plus mollasse et découvre des documents dissimulés dans une enveloppe de papier kraft, dont un passeport élimé, probablement conservé en souvenir. Il l'ouvre et voit la photographie d'une jeune fille, adolescente, qui regarde l'œil d'une caméra invisible. Mathilde Lecours en d'autres temps. Cependant, le nom inscrit est Malika El Khoury. Tiens donc! Lemay sort son portable de l'intérieur de son uniforme et photographie la page du passeport qu'il a sous les yeux. Il consulte rapidement les autres documents tout en s'assurant que la femme est toujours assise à son fauteuil.

Comme il ne doit pas susciter de doute chez la femme, il fait mine de travailler sur les tuyaux alors qu'il achemine le cliché à son employeur. Quelques secondes plus tard, il reçoit un message sans équivoque: «Sortez!» Une petite dose d'adrénaline secoue son cerveau, lui faisant l'effet d'un vertige passager, suivi d'une chaleur dérangeante qui envahit ses bras et ses jambes. Il se secoue, sans plus attendre, comme envahi d'une torpeur subite, et s'extirpe du placard, reprend sa boîte d'outils et se dirige à grandes enjambées vers la porte, tout en indiquant à la femme qu'aucune fuite n'a été décelée. Elle n'a pas bougé de son fauteuil, l'enfant dormant sur sa poitrine.

Après avoir regagné le véhicule de la compagnie, il se dit qu'il s'était énervé pour rien. Cependant, le message était sans équivoque : il y avait un danger imminent, mais quoi ? Le dos appuyé sur le siège, il laisse son rythme cardiaque revenir à sa normale, démarre le camion et prend la route, le contact de son Glock le sécurisant.

Il stationne le véhicule emprunté, laissant les clés dans le contact, remet la combinaison de travail là où il l'a trouvée et gagne sa voiture de location. Son portable vibre et un message codé s'affiche, lui confirmant la fin de sa mission. À la fois heureux et troublé, il rejoint son hôtel, se demandant encore à quel danger il avait échappé. Les journaux du lendemain lui apporteraient la réponse.

* * *

Il était encore tôt en après-midi, ce qui laissait à Lemay un bon moment pour préparer son retour au pays et régler le dossier Tuccini avant la visite de la charmante blonde de ce matin.

La réservation de son vol de retour ne prend que quelques minutes ; il serait enfin de retour au Québec pour y poursuivre une autre mission, tout à fait personnelle cette fois.

Il obtient le numéro de téléphone personnel du Dr Tuccini par les services de renseignements de son organisation : un jeu d'enfant.

— Dr Tuccini ? Agent David Lemay, Services secrets internationaux.

— Ah… Oui, monsieur Lemay, que puis-je pour vous ?

— Je voudrais tout d'abord m'excuser d'avoir semé le doute dans votre esprit concernant les analyses demandées au sujet d'un patient préalablement enregistré dans des registres médicaux ; il s'agit, en fait, d'un dossier assez litigieux, dans lequel des membres d'une même famille sont décédés dans des circonstances qui demeurent douteuses. Nous avons dû passer outre la confidentialité médicale d'usage.

— Je vois.

— Ce dossier n'est cependant pas clos, de notre côté. Bien que la justice du pays ait classé l'affaire, nous désirons procéder à plus d'investigations. Vous serait-il possible de procéder à des analyses supplémentaires, au besoin ?

— Ce serait avec grand plaisir. Vous me voyez navré d'avoir cru à une intrusion dans nos affaires. Je suis toujours extrêmement vigilant dans mes fonctions, peut-être un peu trop cette fois.

— Non, non, ne vous en faites pas. Nous préférons qu'il en soit ainsi, pour la sécurité de tous.

— En effet. Faites-moi parvenir tous les spécimens pour lesquels vous pensez que la génétique est susceptible de vous éclairer et je procéderai personnellement aux analyses nécessaires. Et, encore désolé. Ah, aussi, si vous possédez d'autres informations, tels que les groupes sanguins ou la couleur des iris, cela m'aiderait pour la précision de ma réponse.

Un jeu d'enfant! Voilà qu'un ennemi potentiel, une nuisance dans son travail, devenait un allié, à nouveau. Lemay espère, pour une fraction de seconde, que la D^{re} Élaine Johnson se comportera de même avec lui. Mais il ressent à nouveau le même malaise qu'il y a quelques jours, ce brûlement au creux de son estomac, une espèce d'angoisse habituellement étrangère à sa vie. Cela l'agace terriblement.

Il sort les résultats des analyses d'ADN qu'il avait rangés dans la pochette de sa mallette, avec le résultat de la première enquête de sa vie. Aucun doute, maintenant : la petite Rose Flint avait été victime d'Alexandre Brousseau. En plus d'Albert DeViller. Mais dans d'autres circonstances, sûrement. Comment faire pour savoir ce qui s'est réellement passé à l'époque? Alexandre n'est plus, possiblement, victime de la D^{re} Johnson. Il pense «possiblement», mais penche très fort pour «probablement». La petite Rose, d'après les informations qu'il avait eues à l'époque, était totalement amnésique. Les témoignages des experts à la cour ne laissaient pas présager de recouvrement de sa mémoire : le traumatisme avait été très important. Le syndrome post-traumatique dont elle souffrait aussi était majeur. Seul le neuropsychiatre s'était montré moins radical dans son opinion : le cerveau a ses secrets et tout est possible, dont un retour de la mémoire, parcellaire ou complet. Une vengeance, voilà le tableau dans lequel il croit s'être mis les pieds. En espérant qu'il n'y aura pas de sables mouvants en fin de parcours, pour l'anéantir…

Mais pourquoi les deux autres enfants Brousseau seraient-ils impliqués dans l'affaire Flint ? Lemay ressasse des hypothèses et ne fait qu'embrouiller les faits, telle une obsession malsaine. Le temps file et des petits coups frappés à la porte de sa chambre d'hôtel le rappellent à l'ordre. Déjà 17 h ; l'heure du scotch et d'une détente épidermique.

Il ouvre la porte pour retrouver la blonde du matin, toujours en tenue de travail. Elle porte un plateau avec une bouteille de Tyrconnell, deux verres et un seau à glace ; un baume sur ses réminiscences d'une époque qu'il avait réussi à oublier.

— Vous êtes disposé à recevoir votre apéritif, monsieur Lemay ?

— Bien sûr, entrez, je vous prie.

Il l'installe sur le divan du petit salon attenant à sa chambre.

— Je ne serai pas long ; juste le temps d'une petite douche.

Non pas qu'il ne se sente pas propre, mais il a besoin de quelques jets d'eau bien chaude sur la nuque et les épaules pour se décrisper. Cette histoire de son passé commence à l'emmerder, comme un ennemi cherchant à saper son moral d'acier. Tout en bénéficiant de ce petit moment de détente, il tente de ranger dans un coin de son esprit les éléments qui le hantent depuis quelques semaines, pour se consacrer à ce qu'il fera avec cette femme plus que bienvenue.

Il gagne le salon, mais la femme n'y est plus ; elle s'est déjà installée au lit, dans une position plutôt lascive.

Décidément, elle sait pourquoi on la paie! Lemay a tout de même besoin d'une certaine entrée en matière, après les événements du matin et ses réflexions des dernières heures. Ce n'est plus aussi facile que lorsqu'il était plus jeune. Il verse le scotch dans les verres et lui en tend un. Il en avale une bonne rasade; exquis. Mais il a besoin de plus. Il se lève et sort son sachet de poudre de sa trousse de toilette.

— Tu en veux?

— Oh, non! Ce n'est pas permis.

— Ah bon, depuis quand?

— Ce sont les règlements de la maison.

Il ne comprend pas trop, puisque jamais une visiteuse ne lui a refusé ce petit complément d'honoraires. Il ne cherche pas à comprendre plus. Il aspire une ligne, soigneusement dessinée sur le comptoir de la salle de bain, avec sa petite paille métallique. Trois, quatre inspirations profondes et il est de retour à sa chambre. Il se sent nettement mieux et plein d'énergie.

— Ça ne vous embête pas que je vous appelle monsieur Lemay?

— Non, c'est comme tu veux. Et moi, je t'appellerai comment?

— Mon nom est Fiona, Fiona O'Maley.

— Alors, Fiona, viens un peu ici, j'ai besoin d'une petite détente.

Elle sourit, il rit. Elle se jette sur sa bouche et l'embrasse goulûment, un peu à la façon d'une gamine, se tortillant comme un ver de terre sous son emprise. Lemay est nettement plus costaud et fort qu'elle, de sorte qu'après une pirouette qui le place au-dessus d'elle, il la maîtrise totalement. Elle se laisse faire ; étrangement, tout son corps tremble. Il embrasse son cou, respire son odeur, descend sur sa poitrine moins pulpeuse que son uniforme ne le laissait imaginer plus tôt ce matin, parcourt son ventre plat pendant qu'elle empoigne son membre raidi, dans sa main moite et hésitante. Arrivé au mont de Vénus, il constate qu'elle n'a aucune toison. Il écarte un peu ses cuisses pour découvrir une peau lisse, des lèvres d'enfant prépubère. En une fraction de seconde, son membre se ramollit, alors que ses pensées dérivent sur le viol de la petite Rose Flint et son passage à la salle d'urgence de l'hôpital de Saint-Claude, il y a maintenant de nombreuses années. Il déteste cette tendance, ce virage de la gent féminine à s'épiler tous les poils pubiens, ou même, tous les poils du corps. C'est même devenu viscéral chez lui : ça lui donne l'effet de jouer sur un terrain interdit, jusqu'à en perdre toute inspiration.

* * *

Décidément, sa vie n'est plus ce qu'elle était ces dernières années. Jamais il n'avait eu d'échec sexuel, jamais il ne s'était senti perturbé par l'issue d'une mission quelle qu'elle soit, par la mort d'innocentes victimes ou par d'autres fins difficiles, jamais il ne s'était senti nerveux ou angoissé, hormis lorsque sa femme avait demandé le divorce.

Son ego en avait pris un coup la veille, lorsque, ne pouvant honorer sa visiteuse du soir, il avait dû la consoler ! Il s'en foutait un peu d'une certaine façon, puisqu'il ne la reverrait jamais. Quelle ne fut pas sa surprise d'apprendre que la jeune femme était mineure et n'était pas engagée pour faire plaisir à Lemay. Elle l'avait ciblé, alors qu'il s'entraînait à la salle de gym de l'hôtel, plus tôt le matin même et, à la suite d'une gageure avec sa collègue de travail, avait entrepris de le séduire. Ouf! Il aurait pu être exposé à des problèmes certains. Il devra être plus prudent à l'avenir.

Et là, sous ses yeux, des mots étaient alignés pour décrire la mort de nombreuses personnes après une explosion de plusieurs maisons situées dans un quadrilatère derrière Trinity College. La photographie du journal montrait sans équivoque le secteur où il avait effectué une visite des installations gazières, la veille. Il revoit les mots sur l'écran de son portable : « Sortez! » D'innocentes victimes avaient péri, comme cet enfant qu'il avait vu au sein de sa mère. Était-ce à cause d'elle que l'explosion avait été commandée? Était-ce à cause de la photo du passeport qu'il avait acheminé à son employeur? Était-ce… était-ce…? Il ne savait que penser. En fait, toutes ces hypothèses le narguaient et il s'y perdait en conjectures. Il ne devait plus penser à tout ça et c'est ça qui le dérangeait.

Ces sentiments étaient nouveaux chez lui : inquiétude, culpabilité, regret, remords, ou tous à la fois. Et ce, uniquement depuis qu'il avait retracé le destin de la petite Rose. Depuis qu'il sentait la menace que quelqu'un puisse savoir qu'il avait triché, jadis. Et dans toutes ses autres missions, avait-il triché aussi? Assis dans son confortable siège de première, il buvait à petites gorgées un champagne qu'il ne goûtait pas vraiment. Son esprit était ailleurs et il ne se sentait pas particulièrement bien avec lui-même.

Ces trois semaines de congé arrivaient à point dans sa vie. Il prendrait quelques jours pour recueillir le plus d'informations possible et mettre sur pied un plan pour tisser ses toiles autour de la D^{re} Johnson. L'alcool aidant, il se détendait, en se disant qu'elle ne pouvait être une cible plus difficile que d'autres qu'il avait eues en missions spécifiques. Il était un professionnel de l'obtention de renseignements et avait tous les moyens possibles à portée de main.

Tout en s'apaisant totalement, il imagine sa première rencontre avec Élaine Johnson, ce qu'il lui dirait, comment il s'y prendrait pour lui voler son secret et lui rappeler que la vie possède ce pouvoir de veiller sur nous comme une inexorable fatalité.

11

Nous étions la veille du rendez-vous tant convoité. David Lemay avait bien échafaudé son plan. Il était convaincu que tout son stratagème aurait raison de la D{re} Johnson. Il l'avait intimidée suffisamment, harcelée avec subtilité, juste assez pour la faire craquer. C'était son entrée en matière préférée, sa façon de «mettre la table», comme on dit dans le jargon.

Sa rencontre de lundi l'avait tout d'abord un peu ébranlé : Élaine Johnson semblait être aussi flegmatique que lui-même. Plutôt jolie, malgré ce vilain bonnet de fibres synthétiques lui couvrant les cheveux, dont une petite touffe échappée lui confirmait qu'elle avait conservé sa chevelure rousse, elle avait cet air condescendant des gens qui se sentent supérieurs aux autres. Extrêmement bienvenue cette mèche, puisqu'il voulait un petit morceau d'elle, afin de compléter sa collection d'analyse d'ADN ; ça pourrait servir un jour, qui sait ? Ses yeux couleur de mer par temps de tempête lui lançaient presque des éclairs, tant l'intensité de leur regard était troublante, durant leur trop brève discussion. Et en aucun moment elle n'avait fui son regard. Cela l'agaçait, puisqu'il voulait la déstabiliser par ses propos. Il émanait d'elle une énergie indescriptible, une puissance de l'esprit presque palpable. Il sentait qu'il aurait un plaisir intense avec cet adversaire de taille.

Il pensait, malgré tout, avoir réussi à l'impressionner par la présence de ses deux acolytes, les deux agents les plus baraqués du service. C'était un canon, cette mascarade, mais une approche incisive, d'entrée de jeu, est certainement celle qui donne les meilleurs résultats. C'est en tout cas ce que son expérience des dernières années lui avait appris. Il venait tout de même de réussir à lui prendre trois cheveux complets sans qu'elle se rende compte de rien !

Il la revoit dans ses pensées : belle allure athlétique, un peu trop mince à son goût, lui qui aime les femmes plutôt en chair. Mais tout de même, une belle femme. Il chasse cette pensée de son esprit. Il doit la considérer comme asexuée, sinon il risque de glisser…

Les trois cheveux impeccablement subtilisés lors de leur bref entretien avaient été acheminés au laboratoire du Dr Tuccini. Il ne sait trop pourquoi, il avait aussi transmis tout son dossier ADN contenant les profils génétiques des Brousseau. Il avait rapidement reçu la confirmation qu'Élaine Johnson était bel et bien la Rose Flint du début de sa carrière. Le fichier ADN d'antan ayant été comparé aux résultats des analyses actuelles : même personne à 100 %, selon le généticien expert.

Le Dr Tuccini avait par ailleurs établi une ressemblance étrange entre les empreintes génétiques des Brousseau et celle d'Élaine Johnson. Évidemment que Lemay a menti sur le nom qui accompagnait le dernier spécimen soumis : il a inscrit Rose Flint. Pourquoi inscrire le nom d'un médecin que le généticien risquerait de connaître ? On ne sait jamais.

Le généticien lui reviendrait dans quelques jours, avec des conclusions sur ses observations. Cela devait être sérieux, puisqu'il avait insisté, pour une seconde fois, à obtenir une description de la couleur des iris des cadavres concernés dans l'enquête. Il lui avait expliqué qu'il procéderait à déterminer la taille des « microsatellites » à partir de l'ADN de chacun des échantillons, de même que toute la procédure scientifique qu'il s'apprêtait à entreprendre. Totalement incompréhensible, à nouveau, pour Lemay qui l'écoutait tout de même, question de rester poli et de garder la confiance du médecin. Bien que cela lui semble des élucubrations de scientifiques, il écouterait ses conclusions, même si elles n'avaient rien à voir avec sa quête actuelle.

Gélinas, lors de sa mission de janvier, avait bel et bien noté la couleur des yeux des cadavres au crématorium; il l'en avait informé, mais il ne se rappelle pas où il a classé le bout de papier sur lequel il avait noté le tout. Il doit bien être quelque part. Il se remémore vaguement que deux avaient les yeux d'un vert bleu assez particulier selon son collaborateur et un autre plutôt brun. Il envoie l'information au Dʳ Tuccini, avec la mention « sous toute réserve ». Le médecin lui répond sur-le-champ par une question : « Quelle est la couleur des yeux de Rose Flint ? »

Il l'a vue quelques minutes, tout au plus. Il a semblé qu'elle avait les yeux bleus. Il faudra qu'il vérifie demain et qu'il communique avec le médecin à ce propos; cela n'est cependant pas sa priorité.

Bien pensé, les dix-huit roses blanches offertes le jour de la Saint-Valentin. Il espère seulement qu'elle sera assez intelligente pour comprendre leur signification. Parce qu'il ne faudra pas chercher bien loin : un petit clic sur internet, et leur signification est là. Si elle ne comprend pas l'avertissement, il le lui donnera, tout simplement.

Gélinas l'a suivi pendant quelques jours et a réussi à voir l'adresse de son domicile sur son permis de conduire. C'est incroyable comme les gens sont soumis aux agents de police, même fictifs ! Il fouillera cette maison si le besoin s'en fait sentir ; un cambriolage simulé, rien de plus facile.

Il l'imaginait hier, les mains tremblantes et moites, ouvrant l'enveloppe contenant les photographies de son agression de 1991. Il en ressentait un plaisir fou. Lui jouer « dans la boîte à poux », comme lui disait un de ses premiers instructeurs de police, dans le cours d'art du questionnement d'un témoin. Susciter une émotion chez l'autre, troublante, intense, douloureuse.

Il a introduit un collaborateur dans l'hôpital où travaille la D^{re} Johnson. Comme il a été informé qu'elle est responsable d'une chaire de recherche, il doit savoir sur quoi elle travaille exactement ; peut-être que la clé de ses recherches à lui se trouve là. Le Dr Joseft, un vrai médecin, surnommé le Dr Frankenstein par ses proches parce qu'il a un peu la tête plate avec des cheveux drus sur le crâne, a pu facilement subtiliser le badge d'un médecin en congé pour épuisement professionnel et y mettre son nom. Porter un sarrau blanc ouvre plusieurs portes ; avoir le badge, encore plus. Sans parler du fait que les gens dévoilent n'importe quoi ! Il y a tellement de gens qui circulent dans un hôpital avec des vêtements de travail différents qu'il est facile de passer pour l'un d'entre eux lorsque l'on s'en donne la peine.

Le Dr Joseft, défroqué de la médecine depuis plus de dix ans, travaille pour l'organisation depuis. Son expérience dans le domaine médical est un atout indispensable dans certaines missions. Depuis son assignation à ce dossier par son supérieur Lemay, il a rafraîchi sa mémoire et augmenté ses connaissances concernant les médicaments d'usage courant en anesthésiologie, spécialité très éloignée de son champ d'expertise : narcotiques (morphine et dérivés, Dilaudid, Fentanyl, Sufentanil, Rémifentanil) benzodiazépines (Versed, Valium), Propofol, kétamine, curares (Succynylcholine, Rocuronium, Atracurium, Mivacurium, Pancuronium, Juphilaurium), antinausées (Gravol, Zofran, Kytril, Métoclopramide, Dexaméthasone), antagonistes divers (Narcan, Prostigmine, Néostigmine, Flumazénil). Beaucoup de notions à maîtriser rapidement. Sans compter tous les autres médicaments utilisés moins fréquemment ou en urgence.

Selon les informations qu'il a pu glaner jusqu'à maintenant, la D^{re} Johnson travaillerait sur un projet de recherche clinique avec un curare déjà en utilisation, le Juphilaurium injectable par voie intraveineuse, dernier-né de cette classe de médicament et très récemment sur le marché, mais sous la forme d'un timbre à absorption transdermique.

Il lui semble donc, de prime abord, qu'il devrait mettre son énergie à aiguillonner ses investigations sur le projet de recherche de la D^{re} Johnson. Une épine cependant à ses projets : une recherche d'une telle envergure a toujours un stagiaire ou un fellow. Il lui faudra donc user de stratégie pour arriver à leurrer cet individu et lui faire croire à son petit scénario de contrôleur mandaté par le comité d'éthique de l'hôpital en vue d'une représentation auprès d'une compagnie pharmaceutique, si le besoin se fait sentir. Il devra travailler sur cette mise en scène un peu plus en détail.

Maintenant que tous ses pions sont en place, le jeu va commencer, et ça, Lemay adore. Il est le chat, elle, la souris. Une mignonne souris dont il entend ne faire qu'une bouchée. Après qu'elle lui aura révélé le pourquoi des actes commis sur les Brousseau, elle lui apprendra comment tuer des gens sans qu'il n'y ait de traces. Il deviendra ainsi l'élite qu'il a toujours voulu devenir, celui qui possède quelque chose que personne d'autre n'a : pas de balistique, pas de résidu de poison, pas de trace de métabolite de produits chimiques.

Il s'endort donc ainsi, le sourire aux lèvres, le cerveau plein de contentement envers lui-même : il sera enfin le meilleur de tous.

* * *

Mes quelques heures de sommeil ont été extrêmement agitées, me ramenant au souvenir cinglant de mes cauchemars d'il y a quelques semaines. Je me sentais captive de cet affreux songe dont je ne parvenais pas à me débarrasser. J'ai aussi rêvé de langues, de dentiers, de sang, beaucoup de sang. Ouah ! Je pense que je ne regarderai plus jamais les langues de porc marinées sur les tablettes de l'épicerie de la même façon !

Je repense à mes dernières heures de garde : plusieurs cas inhabituels et complexes. La loi des séries, sûrement. Je ne suis pas convaincue que mes collègues me croiront lorsque je leur raconterai!

Il est 9 h. J'ai la bouche pâteuse et l'haleine fétide… il est vrai qu'hier matin j'ai vomi et que mon sandwich aux œufs contenait des oignons coupés. Penser à mes émotions digestives me rappelle les photographies rangées dans mon sac. Mais je ne les regarderai pas maintenant, bien que cela me démange au plus haut point. Je dois plutôt écrire un courriel et l'envoyer à Liam Tucker pour savoir si je pourrai lui rendre une petite visite; ce n'est pas tous les jours qu'il nous est possible de voyager à l'autre bout du monde et de revoir un étudiant étranger, devenu au fil des mois un bon ami avec qui j'ai adoré apprendre et travailler. Il n'a pas du tout la mentalité américaine, comme nous; il n'est aucunement compétitif, et j'adore son sens de l'humour un peu pince-sans-rire. S'il n'avait pas été homosexuel, je pense que j'aurais développé un petit penchant pour lui.

J'ouvre donc mon ordinateur et compose un bref message expliquant le but de mon voyage à Sydney et les dates durant lesquelles je souhaite visiter la Nouvelle-Zélande.

Sa réponse m'arrive en moins de deux minutes, ce qui m'étonne, puisque son message est extrêmement long et que je pense qu'il est impossible qu'il ait pu l'écrire en si peu de temps! Est-ce l'espace-temps, les fuseaux horaires ou je ne sais quel phénomène? Je pense que je divague… La fatigue ou le stress de la rencontre à venir cet après-midi, sûrement. Bref, il prendra congé pour ma visite, pour me faire voir son beau pays, pour que nous passions du temps ensemble, avec son conjoint que je connais déjà, Hayden. Super.

Comme il s'est établi dans l'île du sud, à Invercargill, il me suggère de réserver un vol Sydney-Auckland-Queenstown, là où nous nous retrouverons pour faire le circuit en voiture jusqu'à Picton, où je prendrai le traversier vers l'île du nord ; un périple de quatre jours, ce qui sera parfait pour que je puisse rentrer via Auckland et être de retour à la maison dimanche et au travail lundi matin. Dommage qu'il n'y ait pas de vol direct, mais je me reposerai dans l'avion. Il faut dire que je suis à la dernière minute pour mes réservations et, comme le décalage horaire risque de me déranger – seize heures, c'est énorme ! –, j'en profiterai pour me reposer.

En réalité, mon emploi du temps sera un peu fou, une arrivée le dimanche, une conférence le lundi matin. Une chance que ma présentation sera la dernière de la matinée ; je m'esquiverai en douce, ni vu ni connu, et gagnerai l'aéroport pour vivre enfin de vraies vacances. J'arriverai donc au point de rencontre fixé par Liam en fin d'après-midi lundi, ce qui lui permettra de faire sa journée de travail au complet. C'est fou, je ne sais pourquoi, je me sens un peu cavalière de le déranger de la sorte, avec un si court préavis. Au fond, il était bien libre de refuser de me recevoir. J'espère que ces quelques jours passés ensemble ressembleront à ceux que nous avons pu partager alors que nous étions en formation de spécialité. Il arrive assez fréquemment que le changement de décor modifie complètement une relation ; enfin, on verra bien.

Assez de sentimentalité ! Maintenant, je dois revoir les événements des derniers jours et me préparer à ma rencontre avec cet agent, David Lemay. Je ne sais pas très bien par où commencer. Allons-y par ordre chronologique.

Tout d'abord, sa visite de lundi matin : pourquoi être
débarqué dans mon milieu de travail ? Avec des gardes du
corps armés, en plus ? Faire les choses de manière grandiose
sert souvent à impressionner la galerie. Sans être une personne jet-set, puisque j'émerge à peine de longues études
et que je n'ai pas eu l'occasion de sortir beaucoup, je pense
que la galerie ne serait pas pour moi. Je préférerais la loge,
là où je pourrais passer inaperçue, me soustraire des regards
curieux. Donc, ce Lemay aime être vu et idolâtré ; première
constatation.

Il doit être très imbu de lui-même : mauvais, dans mon
livre à moi. J'aime les gens plus discrets, plus naturels. Il
perd donc des points avec son entrée en matière, il ne m'a
pas impressionnée. Tout ce que je cherchais à savoir lorsque
j'ai vu qu'il était accompagné de ses deux mastodontes était
l'endroit où leurs petits micros étaient dissimulés, question
de pouvoir faire de même, le cas échéant. Je m'en étais
plutôt bien sortie, avec mon magnétophone, lors de l'entretien ou plutôt, de mon interrogatoire « dirigé » avec
Alexandre Brousseau. Y penser me rappelle que je n'ai pas
retouché à cette cassette depuis que je l'ai déposée dans mon
coffre-fort, en novembre dernier.

Page tournée pour la visite de lundi. Mardi, jour de la
Saint-Valentin : les 18 roses blanches. Je cherche sur Internet
la signification des roses blanches. Je trouve d'abord leur sens :
pureté, humilité, sincérité des sentiments, amour chaste, atta-
chement, paix, innocence, amour spirituel, secret. J'en conclus
qu'il n'y a rien là qui puisse relier Rose Flint et David Lemay.

Puis apparaît le titre d'une chanson, *Les roses blanches*.
Plusieurs interprètes, dont Édith Piaf et Céline Dion.

Comme j'adore Céline, je clique sur son interprétation de la chanson, datant de 1981. L'histoire d'un jeune garçon qui offrait des roses blanches à sa mère allant jusqu'à les voler lorsqu'elle était malade ; puis, elle est morte. Je lis les paroles qui déroulent sous mes yeux et je les écoute, chantées par cette voix de déesse. Et je l'écoute à nouveau, plusieurs fois, jusqu'à la savoir par cœur, à en avoir les yeux rougis moi aussi, comme le bambin de la chanson. Je ne peux retenir mes larmes en pensant à Josée, ma mère qui, elle aussi, est morte de maladie, une hémorragie dans son cerveau. Tiens, je déposerai dorénavant des roses blanches devant sa petite urne bien gardée au crématorium.

Un autre côté de moi part à la dérive et je pense à ma maman, Amanda Flint, celle qui m'a donné la vie. Que serait-elle devenue aujourd'hui ? Je la revois vaguement avec ses longs cheveux roux et je me dis que je dois lui ressembler avec ma tignasse. Sur l'épitaphe de la pierre tombale du cimetière de Saint-Claude était inscrite sa date de naissance, mais pas celle de son décès. Seulement « 1960-disparue ». Devrais-je aller y déposer des roses blanches ? Mon esprit s'embrouille comme mes yeux qui n'ont cessé de larmoyer depuis que j'ai entendu la mélodie des roses blanches. Il faudra que je reprenne les recherches sur ce qui est advenu des restes humains puisés de la rivière où on a retrouvé une voiture bleue et une carte ayant appartenu à maman. Je suis certaine que ces restes ont été classés dans une petite boîte ou brûlés. Je me renseignerai au retour du congrès ; quoi qu'elle ait fait ou non pour moi, maman mérite une sépulture digne.

L'agent Lemay ne m'a certainement pas envoyé des roses blanches pour que je pleure sur le souvenir de maman ou de Josée. Il a un but, qui le concerne lui, et lui uniquement. Il est ce genre de personne. Tout pour lui-même. Il me sert un avertissement et je dois trouver lequel.

Tiens donc… «La Rose Blanche»: groupe de résistants allemands lors de la Seconde Guerre mondiale, arrêté en 1943 par la Gestapo et exécuté. Il s'agissait surtout de la jeunesse étudiante de Munich, dont la philosophie était à l'opposé du nazisme. Ce groupe proclamait la primauté de l'être humain sur l'entité collective abstraite. Les étudiants membres du groupe se sont révoltés contre la dictature hitlérienne et les souffrances causées par la guerre. Les meneurs du groupe ont été arrêtés le 18 février 1943… 18, pour le nombre de roses blanches que j'ai reçues? Peut-être, mais vraisemblablement plus probable en tout cas que la date de ma naissance. Ces jeunes gens ont été guillotinés le 22 février 1943. Le 22 février sera mercredi de la semaine prochaine. Je pense que je délire… Mais tout de même, il s'agit d'un concours de circonstances étrange: les chiffres, le même mois de l'année et la fleur choisie, la rose. Mon vrai nom, Rose. Je sais déjà que je serai complètement affolée le 22 février prochain…

À contrecœur, j'extirpe l'enveloppe du fond de mon sac à main et place les deux petites photographies jaunies et racornies sur mon bureau. Plutôt sombre comme image, mais on y devine facilement le corps d'une enfant, à moitié nue, du sang sur sa tête coiffée de cheveux roux. Au verso, «Pièce à conviction 32». L'autre cliché montre une scène de sauvetage: «Pièce à conviction 47». Je saisis ma grosse

loupe et scrute les traits de l'homme suspendu aux câbles.
Je pense reconnaître les traits de l'inspecteur Lemay dans
son jeune temps. Je cherche sur Internet les photographies
que j'ai vues, l'automne dernier, lorsque je faisais mes
recherches aux archives du journal. Il y a moins d'images
de Lemay qui s'affichent aujourd'hui, mais suffisamment
pour que je puisse conclure qu'il s'agit bel et bien de lui.

Il m'a dit vouloir parler de la vie, de la mienne et la
sienne, par le fait même. Si je comprends bien les photographies et son petit message, « Je vous ai sauvé la vie, jadis »,
il aurait participé à mon sauvetage lors de mon accident à
l'âge de six ans. Veut-il m'extorquer quelque chose en me
rendant redevable de ce qu'il a fait pour moi ? Parce que si
c'est le cas, je vais lui signaler vertement qu'il s'agissait de
son travail et que des sauvetages, j'en fais personnellement
tous les jours où je travaille à la salle d'opération. Et vlan !

Veut-il m'intimider en me rappelant d'où je viens ? Je ne
vois rien de reprochable à être née à Saint-Claude ; il faut
bien naître quelque part ! Veut-il divulguer le fait que j'ai
été victime d'un oncle pédophile ? Évidemment que cela
m'embêterait que les gens apprennent cet élément de mon
passé… Mais quel serait son but ? J'ai beau tourner tous les
arguments de la terre concernant les supposées « informations pour notre rencontre de jeudi », je ne trouve rien de
valable à vouloir m'imposer ce tourment.

Par contre, il a mentionné le décès des Brousseau ; ça,
ce n'est pas très bon. Mais cela pourrait facilement se
retourner contre lui, devenir un terrain glissant pour sa
carrière, son statut. Je peux me servir des preuves que j'ai
constituées concernant ses omissions mensongères au pro-

cès d'Albert DeViller. J'ouvre mon coffre-fort, j'y prends mon grand cahier que j'avais presque oublié et j'y place les deux petites photographies dans la section contenant mon acte de naissance.

J'ouvre l'enveloppe que l'on a déposée dans mon pigeonnier hier matin. Elle contient une petite note écrite à la main : « Notre rencontre, 15 h, parc Normandin ». C'est où, ça ? Je fais une recherche sur Google pour me rendre compte que c'est le parc attenant au complexe sportif dans l'est de la ville, très loin de mon appartement et de l'hôpital où je travaille, mais à proximité de la maison de mes parents.

J'ai un pincement au creux de l'estomac et une décharge de sentimentalité à l'évocation de ma demeure familiale. Bizarre, tout de même, ce choix d'endroit de rencontre. De plus, il fait très froid aujourd'hui pour une rencontre à l'extérieur et, lorsque je manque de sommeil, je suis nettement plus frileuse. Je dois admettre que cela me fait un peu peur, une rencontre à l'extérieur ; je me sentirais mieux si j'étais entourée de gens, de murs, dans un café ou un restaurant. Je frissonne malgré mon coton ouaté ultra doublé et mon polar ; c'est qu'au fond, j'appréhende cette rencontre, je tremble de peur, bien plus que de froid.

Je ne sais pas vraiment ce que je dois craindre ; si je le savais, je me préparerais, comme lorsque j'ai un cas difficile à la salle d'opération. C'est souffrant pour moi cette situation, parce que je ne peux rien prévoir ou contrôler. Il n'y aura pas d'algorithme décisionnel pour me dépanner, pas de recette toute faite, et l'improvisation n'est pas ma meilleure arme advenant que j'aie à me défendre.

Ah ! Tiens ! J'y pense, ma montre GPS pourra me servir comme moyen de protection. En fait, si je me sens en danger, je retiendrai ma respiration et l'alarme se déclenchera sur le portable de Simon. Comme je ne serai pas à la piscine où je m'entraîne habituellement, il saura que quelque chose cloche et il verra précisément où je me trouve. Devrais-je le prévenir, au cas où ? Cette idée est rapidement chassée de ma pensée, puisque je ne veux pas le mêler à tout cela. N'empêche que j'y pense. Au moins, j'aurai une façon de l'alerter en cas de catastrophe. Tout de même étrange que je sente ma vie en danger, à ce moment-ci.

Penser à Simon m'apaise ; je pense aussi à notre soirée de Saint-Valentin et l'odeur de chocolat me revient en mémoire. Cela me fait sourire et me lève le cœur en même temps. Il faut que je mange quelque chose puisque j'ai réservé une séance d'entraînement d'escrime à 13 h, question de hausser mon niveau d'adrénaline et de me préparer à la rencontre avec Lemay.

Un smoothie aux fruits avec des blancs d'œuf sera parfait. Tout en préparant cette mixture et un café bien tassé, je feuillette mon grand cahier. Les deux rapports identiques de l'identification de l'ADN d'Alexandre attirent mon attention ; ils peuvent être une arme à utiliser contre l'inspecteur dans l'éventualité où le but de cette rencontre est de m'accuser d'avoir causé la mort des Brousseau. La pensée qu'on ne peut se faire justice soi-même m'assaille à nouveau ; je la chasse en rangeant mon grand cahier dans mon coffre-fort, puis je replace le miroir devant, ni vu ni connu.

12

La salle d'attente de l'aéroport Pierre-Elliott-Trudeau où je me suis assise est complètement déserte à cette heure. Il faut admettre que je suis arrivée un peu tôt ; le départ pour Los Angeles est prévu pour 10 h 10 par le vol Air Canada 834. Il n'est que 5 h 35… Ma crainte d'avoir à affronter une circulation infernale et les bouchons provoqués par ces interminables réparations et restructurations routières et ma peur d'être en retard ont fait que je ressemble en ce moment à une mouche au milieu d'une grande toile d'araignée. Mais je me sens en sécurité ici, dans ce lieu où, pour y accéder, on doit posséder un billet d'avion, une carte d'embarquement et subir un contrôle d'identité avec présentation obligatoire d'un passeport valide.

L'agent aux douanes américaines était d'un sérieux, comme s'il avait eu vent de l'imminence d'une émeute ou de je ne sais quoi d'extrêmement dangereux. Je le soupçonne de ne pas sourire souvent, puisque malgré ses cinquante ans environ, il n'a pas une ride ! J'étais devant la porte du contrôle d'immigration en zone américaine bien avant l'heure d'ouverture. À mon grand soulagement, je n'étais pas la première arrivée. Je n'ai osé parler à personne ; avouer que mon vol décollerait dans plus de cinq heures aurait pu me faire passer pour une obsessive… ce que je suis, en fait !

Je m'installe dans un fauteuil ; il est relativement confortable. Je soupçonne par contre que la position des appuis-bras a été savamment étudiée pour ne pas permettre que l'on puisse s'allonger en utilisant plus d'un siège. Stratégie pour ne pas avoir un tas de passagers assoupis en attendant leur vol, affalés en travers de deux ou trois sièges, tandis que d'autres patientent debout. Le tapis est d'une couleur brun délavé, assez neutre. Une salle d'attente comme une autre, en fin de compte.

Le sommeil m'a fuie toute la nuit ; tourne d'un côté puis de l'autre… Je ne pouvais que ressasser les événements des dernières heures.

Après mon petit-déjeuner hier matin, j'ai préparé ma valise à apporter dans l'avion. Parce qu'il n'était pas question que j'enregistre un bagage : je crains de façon maladive que ma valise soit perdue et de me retrouver sans rien à l'arrivée à Sydney. Voyager léger, c'est parfait pour moi. J'ai pris quelques chemisiers et pulls d'été, un maillot de bain et quelques shorts, mon tailleur le plus classe pour ma présentation, noir évidemment. Il fera chaud en Australie et c'est aussi l'été en Nouvelle-Zélande. Puisque les saisons sont complètement à l'inverse des nôtres, j'ai eu l'impression que je faisais un bagage pour aller en vacances dans les Caraïbes, comme il y cinq ans environ, au printemps de la fin de mes études de médecine générale. Il me fallait absolument une pause bien méritée avant d'entreprendre le programme de résidence en spécialité. Je n'ai pas fait d'autres voyages par la suite, par manque de temps en raison, surtout, du programme de recherche sur lequel je travaillais avec le Dr Lati.

J'ai par ailleurs inclus tous les documents susceptibles d'être nécessaires pour ma présentation sur le Juphilaurium injectable. Le document traitant du syndrome posttraumatique qui se trouvait dans les documents photocopiés à partir de mon dossier médical de l'hôpital pédiatrique a attiré mon attention, alors que je fouillais ma table de chevet; pourquoi ne pas le lire pendant les longues heures de vol? J'en aurai certainement marre de regarder des films.

Voilà qu'après toutes ces années de dur labeur, cette participation à la recherche me permet de m'envoler loin, très loin d'ici, dans le Pacifique sud. J'étouffe un sanglot tout en regardant autour de moi pour m'assurer que personne ne voit mon trouble; il n'y a qu'un jeune homme assis à l'autre bout de la salle d'attente, les écouteurs sur les oreilles, les yeux rivés sur son ordinateur. Je me sens perdue ce matin et je souhaiterais partir pour ne plus revenir.

David Lemay a été on ne peut plus clair: il veut le secret du Juphilaurium. En fait, il ne sait pas que c'est là la clé de son énigme, mais il a annoncé ses couleurs. Jamais je ne tromperai le Dr Lati: il a été tout pour moi, en ce qui a trait à mes études médicales. Jamais je ne divulguerai quoi que ce soit, surtout pas des éléments que le Dr Lati ignore lui-même: le Juphilaurium ne peut être retracé dans les échantillons corporels prélevés après la mort. La mort des mitochondries, l'arrêt de la respiration cellulaire, masque complètement la présence de ce curare. Cette information, personne d'autre que moi ne la connaît et elle est bien gardée dans mon coffre-fort personnel, dans un cartable de documents relatifs à mes études médicales. Non, jamais je ne nuirai à mon mentor. Et jamais je ne porterai préjudice à mes patients. Cette molécule, j'y ai travaillé durant de nombreuses années, afin de faire avancer la médecine et de rendre service aux patients. Je n'ai pas sacrifié une grande partie de ma vie pour que le premier venu s'en serve pour tuer des gens. C'est ce que je pense de David Lemay, qui a, en quelque sorte, assassiné mon oncle Albert en le condamnant de façon indue.

Cette pensée me tourmente. Des souvenirs des événements de l'automne dernier me reviennent, cinglants, comme une grande gifle. Si j'accuse l'enquêteur de l'époque d'être un meurtrier, quand est-il de moi-même ? Peut-être que mon cerveau a été victime d'une petite bulle, qui m'a incité à utiliser les bienfaits de la science à une fin qui n'était pas la bonne, qui sait ? Je ne me lancerai pas dans « je n'aurais peut-être pas dû, après tout… » Non, ce qui est fait a été fait. Je ne regarderai pas en arrière.

Bref, après avoir bouclé ma petite valise, je suis allée faire une séance d'entraînement d'escrime. Mon adversaire était de taille : une femme qui me dépasse d'une bonne tête et qui doit faire le double de mon poids. Elle avait cependant l'agilité d'un grand félin sautant sur sa proie après une disette d'un mois ! Bref, j'ai eu chaud, je me suis complètement défoncée physiquement et mon cerveau a arrêté de penser à tout plein de choses, pour se concentrer sur le moment présent. Il était bienvenu, ce moment d'accalmie. Mon hamster, fou de sa roue, a enfin trouvé la position idéale pour faire une petite sieste.

L'eau chaude puis froide de la douche n'a cependant pas pu apaiser mon hypersudation. J'ai dû attendre une vingtaine de minutes, assise sur un banc de bois, la serviette autour du corps pour que cela s'apaise. Il n'était pas question que je quitte le confort chaud du vestiaire, tout en sueur, pour aller rencontrer, par un froid sibérien, un type qui me harcèle depuis quelques jours : un plan pour attraper la crève.

Mon niveau d'adrénaline était très haut après cet entraînement ; c'est ce que je souhaitais. Pour être prête psychologiquement et physiquement à me défendre, le cas échéant.

Je me suis rendue au domicile de mes parents pour y garer ma voiture, puisque le lieu de rendez-vous était juste à côté. J'ai ressenti une espèce de nostalgie bienveillante en descendant sur le pavé enneigé. La maison était en vente depuis le décès de Josée, mais le marché n'était pas au rendez-vous. Il faudrait un certain temps avant de vendre cette grande demeure, la seule qui ait abrité mon enfance. Il me restait quelques biens personnels pas très importants à prendre. Il faudra bien que je me décide à épurer ces richesses conservées du temps où j'étais une gamine. Probablement que la grande partie du contenu de ces cartons conservés dans le placard de ma chambre se retrouvera aux ordures. Par respect pour ce que mes parents ont tenu à conserver de mon enfance, je ferai un tri sérieux. Peut-être que certaines œuvres de charité seraient heureuses de recevoir les quelques jouets et objets entassés dans ces cartons.

Perdue dans mes pensées, je note tout à coup que les informations pour le vol 834 sont maintenant affichées à l'écran. Le numéro de la porte était bel et bien inscrit sur ma carte d'embarquement, sauf que le vol inscrit au tableau de la salle d'attente était jusqu'à maintenant celui de la veille. J'ai même marché presque toute l'étendue de l'aéroport pour consulter les différents tableaux d'affichage des vols de départ afin de m'assurer que je m'installais dans la bonne salle d'attente. Je me sens maintenant rassurée ; je suis à la bonne place.

Donc, après avoir garé ma Cooper dans l'allée de la maison familiale, je me suis rendue au lieu de rendez-vous fixé par David Lemay. Je l'ai aperçu alors qu'il marchait à ma rencontre ; il s'était sûrement garé au complexe sportif attenant au parc. Il portait un magnifique manteau Kanuk noir, dont le style et la qualité sont facilement identifiables. Il faudra bien que je m'en procure un, lors des soldes de fin de saison.

Il n'y avait personne d'autre que nous sur le trottoir partiellement déneigé du parc. Il faisait un froid cinglant et le vent irritait la peau nue de mon visage. Je sentais mon épiderme déjà rougi par la température, mais aussi par la gêne, le stress et l'adrénaline fixée dans toutes les cellules de mon corps.

Je m'étais préparée psychologiquement à ne pas trop parler. Écouter d'abord, réfléchir et prendre le temps d'élaborer une réponse adéquate. Ou cinglante, une de mes spécialités verbales. Je ne pouvais cependant pas prévoir de quel côté irait la discussion parce que je ne savais pas ce qu'il me voulait. Je désirais surtout garder le contrôle et éviter de m'emporter.

— D^{re} Johnson ! Vous êtes ponctuelle.

— Hum…

— Notre discussion ne sera pas très longue. J'ai seulement besoin d'une information d'une importance capitale à mon travail.

— Hum…

Il me dévisageait intensément, je sentais un certain trouble le gagner. Je me décidai à soutenir son regard en dardant le mien droit dans ses petits yeux de furet aux prunelles dilatées. Il cligna des yeux plusieurs fois. Je me demandai si en plus de sa voix peu amène, nasillarde et désagréable, il n'aurait pas de petits tics nerveux. Parce qu'il était clair qu'il souffrait d'une perforation de la cloison nasale : ce sifflement lorsqu'il prononçait ses *s* et ses *f* ne pouvait être rien d'autre. La cause la plus plausible demeure l'utilisation de cocaïne ou, quoique moins fréquente, une malformation ou une insuffisance vélaire. Déformation professionnelle, certes, que cette pensée qui m'assaille en ce moment fort mal choisi. Je décide de laisser de côté cet engagement à vouloir diagnostiquer tous les problèmes et sauver tout le monde, engagement imposé par ma spécia- lité, fort probablement.

— Je ne passerai pas par des détours inutiles. Je désire savoir comment vous avez tué les Brousseau.

Je levai un sourcil interrogateur et ne répondis pas. Il en était agacé, c'était évident. Un silence lourd étirait les secondes, dans ce décor d'une blancheur rassurante. Il reprit le flambeau de plus belle, aussi direct qu'une flèche en plein cœur.

— Les preuves que je vous ai transmises et qui lient nos deux vies, vous les avez comprises ?

— Tout à fait.

Petite expression passe-partout, signifiant que je souhaitais qu'il aille se faire foutre. Je remercie à nouveau Josée d'avoir modifié mon vocabulaire, parfois inutilement grossier.

— Vos parents adoptifs ont plutôt bien réussi avec vous : belle profession.

— Hum…

J'en arrive à penser qu'il lit dans mes pensées… Une pensée envers ma mère venant juste d'effleurer mon esprit.

— Écoutez ! Ce n'est pas la meilleure idée du monde d'adopter cette attitude avec moi. Je vous ai sauvé la vie jadis, vous pourriez m'instruire sur ce qui peut tuer des gens sans laisser aucune trace. Vous savez, dans notre métier, il vaut parfois mieux que des gens dangereux disparaissent pour épargner la vie d'innocentes personnes. Si vous possédez des notions scientifiques qui peuvent éviter des catastrophes humaines, il serait souhaitable que vous partagiez vos connaissances avec nous.

Lemay adoptait l'attitude « faire vibrer la fibre de responsabilité professionnelle », ce qui me laissa totalement indifférente, à son grand désarroi.

— *Nous* étant… ?

Ma question sembla le surprendre, le prendre de court. Il hésita quelques secondes.

— Les Services secrets internationaux.

Mauvaise réponse ; je me lançai sans hésitation.

— Vous n'y travaillez plus depuis quelques années, selon mes informations.

— Vous êtes une petite futée, à ce que je vois. Le seul problème auquel vous risquez de vous heurter, c'est que je gagne tout le temps.

— En trichant ?

— Pardon ?

— Il y avait deux ADN.

Il se mit à souffler par le nez comme un taureau chargeant un matador vêtu d'un rouge trop voyant. À cause du froid, un nuage se forma entre nous, en raison de notre hyperventilation à tous les deux. Il sembla sidéré par mes paroles. Pourtant, je n'avais fait qu'une constatation verbale de quelque chose qu'il savait déjà. Il n'était pas content, alors là, pas du tout. Ma petite alarme intérieure me signala l'heure de tirer ma révérence. Alors je me retournai et marchai sur le sentier qui mène à la sortie du parc ; il ne me tirerait tout de même pas dans le dos ! Malgré l'intense tremblement intérieur qui m'agitait, j'éprouvais la sensation que la balle était dans mon camp plutôt que dans le sien. Je tenais le gros bout du bâton, c'était bien évident, mais je sentais mes poumons trop pleins d'air froid, ma cage thoracique trop petite pour accueillir leur mouvement vital, mes côtes trop raides. Mon cœur battait à se rompre. Il ne fallait surtout pas que je fasse un malaise, ici dans ce parc désert. Mon larynx cherchait à produire un hoquet malsain, que je tentais à tout prix de réprimer.

— Je gagne toujours… me sembla-t-il entendre, au travers une rafale de vent.

Je pensais exactement la même chose, sauf qu'en ce moment précis, un petit doute s'était insinué en moi. Mais je choisis de ne pas me retourner et de garder le silence, qui se fit encore plus lourd en raison du froid intense et du vent s'engouffrant dans les arbres.

— J'aurai raison de vous, même si je dois avoir votre peau, après vous avoir vidé de votre sang, comme un trophée de chasse…

Ce furent les dernières paroles que le lointain m'apportèrent.

Il demeura sur place à écouter mes pas s'éloigner de lui dans un craquement de neige trop gelée. Il devait fulminer intérieurement; moi, j'avais l'impression d'étouffer, vraiment. Il venait de proférer une menace de mort. À mon endroit.

Repenser à cette rencontre me fait trembler à nouveau. Ou serait-ce l'hypoglycémie? Il est déjà 7 h 10 et je n'ai rien avalé depuis hier soir. N'ayant pas dormi non plus, c'est clair que je manque d'énergie. Je repère un restaurant à proximité de la salle d'attente où je me suis installée; on y sert des petits-déjeuners complets. Pour une fois que j'ai un peu de temps devant moi, je prendrais bien un repas matinal qui ne soit pas un simple muffin ou un yogourt, comme je le fais le plus souvent.

Une pensée ne cesse de m'assaillir: lorsque deux personnes qui ont l'habitude de toujours gagner finissent par se confronter, l'une d'entre elles devra finalement perdre... Ce ne sera pas moi.

Tout en me dirigeant vers l'entrée, je pense à la soirée d'hier et je me dis que le hasard est à nouveau étrange avec moi. Mélodie, l'aînée de Simon, que j'ai initiée à l'escrime il y a quelques semaines, avait son cinquième cours de niveau débutant. Afin d'éviter à mon chéri d'avoir à préparer la petite en plus de la surveiller pendant toute l'heure de l'entraînement, je lui ai offert de prendre en charge Mélodie. Arrivées au centre sportif, quelle ne fut pas ma surprise de rencontrer mon adversaire du matin, avec sa fillette âgée du même âge que Mélodie, venue suivre un cours. Dans le jumelage des partenaires, le professeur a décidé de placer les filles ensemble pour le reste de la saison.

Je ne sais pourquoi, j'ai ressenti un immense malaise en me rappelant un autre jumelage, à une autre époque. Mon professeur de première année de ma vie d'avant m'avait placée avec France Brousseau pour l'activité des feuilles d'automne. Activité qui a fait basculer ma vie. Heureusement que les poupées Maggie n'existent plus… Elles étaient tant convoitées par les fillettes à cette époque de mon enfance! La mienne avait été offerte par l'oncle Albert, pour acheter mon silence… J'avais fait l'erreur de la prêter à France, après lui avoir dit pourquoi je l'avais reçu. Un secret que je croyais partager avec une amie; mais elle m'a trompée. En dévoilant mon secret à sa famille. Cette pensée amère m'empêcha d'entendre les paroles de mon adversaire du matin.

— Je suis fière que ma fille soit jumelée à la vôtre.

— Pardon?

Elle me répéta ses paroles.

— Oui, votre notoriété lorsque vous étiez plus jeune nous a été dévoilée la semaine dernière. C'est pourquoi j'ai demandé à vous affronter cet après-midi.

— Mais vous êtes bien meilleure que moi!

— Plus en forme physiquement, probablement, mais moins stratégique. J'espère que nos filles deviendront des amies.

— Pourquoi pas?

De retour chez Simon, je lui demandai ce qui avait été dit sur mon compte la semaine précédente. Il m'expliqua qu'on avait repassé les figures acceptées en compétition selon l'âge, pour que les enfants comprennent que les règlements sont stricts et de niveau international. Une transgression doit être accompagnée d'un changement de groupe d'âge et c'est à ce propos que mon nom fut mentionné à l'assemblée, car j'ai remporté le championnat de la classe des quatorze ans, grâce à la méthode de la flèche, alors que je n'avais que douze ans. J'avais été surclassée, ce qui me permettait de faire des passes différentes.

C'était la première vraie expérience d'escrime pour Mélodie, avec son petit fleuret, autrefois le mien. Mais ce soir, c'était Angélique qui trépignait et désirait manipuler ce fleuret. Bien que plus jeune, elle est presque aussi grande, mais nettement plus costaude que son aînée. Je lui montrai de petits mouvements et fus ravie de constater qu'elle avait l'allure qu'il fallait et la démarche à petits pas quasi parfaite. Malheureusement, elle est trop jeune pour commencer l'entraînement de groupe. Elle serait prometteuse dans quelques années. D'ici là, je me promis de la prendre en charge et lui transmettre quelques rudiments d'escrime à chaque fois que je le pourrais. Je ne devais pas oublier que sa coordination s'améliorerait avec l'âge; il ne fallait pas que je force ses habiletés au-delà de celles que permet la maturité liée à l'âge.

J'avais prévu dormir chez Simon; ma valise de voyage était dans le coffre de ma voiture, prête pour l'aéroport. Je ne sais trop ce qui m'a pris, mais j'ai finalement décidé de repartir chez moi. Il ne m'a pas questionnée sur mon changement de plan. Cela m'a fait un peu bizarre de constater qu'il n'insistait pas pour que je reste près de lui, parce que nous ne nous reverrions pas pour plusieurs jours. C'était cependant sa semaine avec les filles et je sais qu'il tente de leur donner toute l'attention dont il est capable. Je ne me suis finalement pas formalisée par son attitude ; j'aurais probablement donné la priorité à mes enfants, moi aussi.

En route vers mon appartement, j'écoutais le 5 à 8 de Marina, à Rouge FM. Le sujet du jour était ; comment aider les plus démunis de notre société. J'admire cette femme douée d'une très belle intelligence émotionnelle. Je ne sais trop pourquoi, tout en l'écoutant comme si elle s'adressait directement à moi, j'ai bifurqué de mon itinéraire à la dernière minute, pour aller vers le centre-ville. Une place libre de stationnement semblait insister pour que j'y laisse mon véhicule. Ce que je fis.

Une petite balade de soirée dans les rues animées me ferait certainement le plus grand bien. J'avais besoin de faire le vide dans un environnement différent du mien, de ventiler mon esprit après la rencontre de l'après-midi. J'avais donc pris mon sac en bandoulière et je marchais vers le nord. En passant devant le Palais des Congrès, un itinérant m'accosta pour me vendre une revue à trois dollars avec en page couverture la fabuleuse comédienne Guylaine Tremblay. Il marcha avec moi pendant un bon moment et j'écoutai son petit topo, appris par cœur. Je lui demandai son nom et il en fut désarçonné. Il engagea la conversation en me tenant un tas de propos complètement décousus : « J'ai des enfants, je n'ai jamais eu de blonde, je n'ai pas de famille, j'aimerais avoir des enfants… » Très mêlé, mon homme, mais tout de même assez bien mis. Il me demanda mon nom ; je lui dis m'appeler Rose. Pourquoi je lui ai dit cela, je ne sais pas. Bref, il voulait que j'achète sa revue. Il sentait la bière. Je me suis dit qu'il utiliserait mon argent pour se procurer de l'alcool. Alors, je lui ai dit de m'attendre pas très loin, que j'irais chercher quelque chose pour lui.

Je suis allée acheter de la nourriture, beaucoup de nourriture, pour au moins dix personnes. Et, à mon retour, il a cessé de harceler les passants pour leur vendre sa revue et il est venu s'asseoir avec moi sur un banc gelé du parc. Je lui ai tendu les sacs et lui ai tout simplement dit : « On fait du troc : la revue contre les sacs. » Il a souri de son sourire aux dents pourries, a regardé le contenu des sacs et a sifflé très fort, les doigts entre ses lèvres et, en l'espace de quelques secondes, trois personnes sont venues se joindre à nous.

D'où sortaient ces gens ? En y repensant sérieusement, je n'en ai aucune idée. Bref, ensemble, on a mangé les pitas tout garnis que je venais d'acheter. Je n'avais aucun appétit, mais le moment m'a semblé magique. Ai-je eu peur de ces gens et de ce lieu ? Probablement pour un instant. Rien à voir avec le milieu protégé où je passe la plus grande partie de ma vie. Mais cela m'a fait un bien immense d'être avec eux. Mon homme m'a demandé, la bouche pleine : « C'est quoi ton signe ? » Je lui ai dit que j'étais balance, ce qui est faux. Il m'a dit que j'avais une bonne énergie, de prier Dieu et que tout irait bien pour moi. Je me suis levée du banc pour reprendre ma promenade de fin de soirée. Mon homme m'a accompagnée sur une courte distance puis, après avoir repéré des acheteurs potentiels de sa revue, il m'a fait une accolade tout à fait inattendue, et est reparti sous les néons des boutiques.

Comme je repense à cela, j'ai une démangeaison dans la nuque. Parce que hier soir, pendant une seconde, j'ai eu peur que mon homme m'ait refilé quelques bestioles! Mais, comme tout mon organisme est tellement en ébullition, je pense sincèrement qu'aucun pou ne voudrait de moi comme hôte. Mon petit-déjeuner terminé, je gagne la section du terminal où une foule attend maintenant l'embarquement. Tout mon cuir chevelu me démange... je me dis que c'est mon imagination et je m'ordonne d'arrêter d'y penser.

Il ne reste plus que vingt minutes à patienter; ces quelques heures ont passé à la vitesse de l'éclair. J'en profite pour envoyer des textos à Simon, Félix et Anne afin qu'ils sachent que je me suis bien rendue à l'aéroport et que mon avion part comme prévu. Est-ce une crainte résiduelle de ma rencontre d'hier qui fait en sorte que j'ai si peur de ne jamais partir? Je ferme donc mon cellulaire en me promettant bien de ne pas le remettre en marche avant mon retour dimanche prochain. Je dois décrocher, m'éloigner de cette vie devenue imprévisible ces derniers mois. Je me sens lasse et épuisée et je me prends à espérer trouver un peu de sommeil durant les six heures de vol.

À peine installée dans mon siège côté hublot, je m'endors, mes vêtements mis en boule comme oreiller improvisé, mes écouteurs sur les oreilles avec une musique classique en fond sonore.

13

Ce qu'elle peut être exaspérante! Et ce regard, des yeux assassins d'une couleur assez exceptionnelle, troublante même. Voilà ce que pensait David Lemay en se rasant, le lendemain de sa rencontre avec Élaine Johnson.

«Bon Dieu!», se dit-il en se frappant le front du dos de la main. Ce détail qui, de prime abord, ne lui avait pas semblé être d'une importance capitale, prenait tout son sens depuis que le docteur Tuccini avait insisté pour connaître la couleur de l'iris de ces gens décédés, dont l'identification ADN avait été soumise à son expertise. Celle de Rose Flint aussi. S'il se rappelle bien le compte-rendu de Gélinas lors de sa visite au crématorium, les iris étaient d'une couleur assez saisissante. Lemay avait chassé ce détail de sa mémoire, car il se disait que la couleur des yeux pouvait se modifier après la mort. Il se pouvait donc que la couleur émouvante des yeux d'Élaine Johnson s'apparente à celle des Brousseau… Il se sent complètement confus, ce qui ne lui arrivait plus depuis des lunes.

Lemay compose le numéro de Gélinas et lui demande de lui transmettre à nouveau par courriel la couleur des iris observés au crématorium et le plus précisément possible, malgré le temps qui était passé, qui fait que tous en arrivent à oublier des détails, même si ceux-ci prennent soudainement une importance presque vitale. Il ne pouvait se tromper que de quelques nuances. Il avait été lui-même surpris, troublé même par ce bleu vert frôlant le turquoise.

Il était si frustré de sa rencontre d'hier avec Élaine Johnson qu'il n'en avait pas fermé l'œil de la nuit. Aussi loin qu'il puisse se souvenir, il ne s'était jamais senti aussi rabaissé que lorsqu'il avait appris qu'il avait été recalé aux examens d'entrée dans les forces policières. Mais cet échec avait formé sa détermination, dans sa réussite actuelle. Ne l'avait-elle pas accusé, de façon sous-entendue, d'avoir caché un résultat d'ADN ? Ce matin, il se sent en colère, un sentiment qu'il utilisera de façon positive, en alimentant sa vigueur à anéantir la vie de sa nouvelle adversaire après lui avoir extirpé les renseignements qu'il convoite.

Tout en pianotant sur le bureau où reposait son ordinateur, il revoit les traits d'Élaine Johnson. Une mèche de cheveux roux échappée de son bonnet de laine bleu lui avait rappelé la tête ensanglantée qu'il avait aperçue au fond du trou, jadis. Cela l'avait déstabilisé quelques secondes, mais il s'était vivement repris pour l'observer, la scruter. Impossible de juger de son teint, puisque le froid cinglant lui avait fortement rougi la peau. Elle devait être plutôt pâle, puisque ses lèvres étaient sans couleur, ou sans doute bleuies par le froid. Son nez n'était ni gros ni petit, mais retroussé, lui donnant un air de sainte nitouche. Ce qu'il détestait. Mais ses yeux ! Il ne savait plus très bien si c'était leur couleur ou le regard.

Il s'extirpe de ses pensées et compose le numéro de téléavertisseur du Dr Joseft, son espion hospitalier. Voilà deux jours déjà que ce dernier gravite dans ces murs qui abritent les travaux de recherche du D^{re} Johnson ; il devrait avoir des informations à lui transmettre à ce stade-ci.

Un signal informe Lemay que le courriel de Gélinas est entré : « L'iris de deux des cadavres est d'un vert bleu assez intense et l'autre, plutôt brun vert, tel que mentionné. » Il cligne des yeux, plusieurs fois, pour se remémorer exactement la couleur des iris qu'il a scrutés hier, en pleine lumière du jour, dans la blancheur de la neige qui brillait comme un diamant. Oui, un vert inhabituel, intense, troublant. Il doit transmettre cette information au Dr Tuccini. Ce dernier avait insisté pour connaître ce détail : peut-être a-t-il identifié quelque chose d'important dans les dossiers d'ADN.

Mais avant, il doit continuer de resserrer ses tentacules autour de sa proie. Le Dr Joseft le rappelle et une rencontre est planifiée ce vendredi après-midi, dans un café populaire du centre-ville. Puis, il tente de rejoindre le généticien sur son numéro privé. Le Dr Tuccini répond à la seconde sonnerie ; il semblait fort occupé.

— David Lemay.

— Oui, monsieur. J'allais vous contacter un peu plus tard aujourd'hui, je suis en conférence présentement. Vous aurez des nouvelles ahurissantes ! Les mœurs, vous savez. Laissez votre message sur ma boîte vocale au laboratoire.

— Ah ! D'accord.

L'autre avait raccroché. Les « mœurs » ? Non, il ne comprenait pas ce que le généticien avait sous-entendu. Il laissa donc un message sur la boîte vocale du laboratoire décrivant la couleur des iris des Brousseau et de Rose Flint.

Il repensa à Élaine Johnson ; en plus de la trouver exaspérante, il la sentait maintenant menaçante, sans trop savoir pourquoi cependant. Aucune collaboration de sa part, malgré toutes ses manigances, les roses, les photos. Il avait, à sa disposition, tous les moyens de s'occuper d'elle : ses gens sur le terrain verraient à tout découvrir de sa vie personnelle et professionnelle. Quivira, l'agence dont bientôt il deviendrait l'âme dirigeante, pouvait tout, sans restriction aucune, et partout dans le monde. Rien qu'à cette pensée, il se sentit un peu mieux. Mais il éprouvait encore ce tourment qui empêche les neurones de fonctionner adéquatement.

Il ne peut plus tenir en place, perturbé par sa rencontre d'hier avec l'« ennemie » ; il se décide pour un jogging hivernal. Cela lui fera le plus grand bien et, tout en courant, il mettra de l'ordre dans ses idées. Son ensemble de jogging d'hiver est conçu pour les grands froids. Il prend ses gants de ski, son bonnet et ses cache-oreilles doublés de fourrure synthétique. Les crampons métalliques bien ajustés à ses chaussures, il part en direction du nord de la ville, là où la circulation est moins dense à cette heure du jour.

C'était évident qu'Élaine Johnson savait pour la preuve d'ADN dissimulée à la Cour. Mais comment s'y était-elle prise pour trouver cela ? Elle est forte, la D^{re} Johnson, nettement plus futée qu'il ne l'aurait imaginé. Il faut admettre que pour devenir médecin, il ne faut tout de même pas « être un deux de pique ». Cette expression le fait sourire, malgré son angoisse ; il y avait longtemps qu'elle ne lui était pas venue en tête. Il se sent vraiment perturbé par les derniers mots prononcés par Élaine : « Il y avait deux ADN. » Finalement, toute cette histoire d'ADN pourrait bien se retourner contre lui, anéantir sa carrière, si elle éclatait au grand jour.

Son côté raisonnable l'incite à laisser tomber toute cette histoire. Mais l'autre, le téméraire, l'irrationnel, l'invite à ne pas laisser mourir cette intuition qui lui dit qu'elle possède une arme dont il a besoin. Quelque chose qui tue sans laisser aucune trace. Plus il court, plus il admet qu'il ne peut en démordre : il doit savoir et maîtriser, afin de s'assurer la suprématie dans son milieu. Cette histoire de Saint-Claude et de l'ADN dissimulé commence à sentir mauvais. Il se dit que c'est dingue comme la vérité peut nous rattraper un jour ou l'autre. Il y aura toujours quelqu'un qui sait, a vu, a entendu ou a découvert. Ses mensonges d'hier pourraient très bien devenir ses cauchemars d'aujourd'hui... Il accélère le pas, comme pour échapper à l'emprise de cette pensée sur sa conscience. Il se demande s'il ne devient pas un peu fou. En cet instant même, il tente de se convaincre de diminuer sa consommation de cocaïne, peut-être que c'est ce qui commence à le rendre un peu dingue.

Il doit échafauder un plan en béton. Fouiller son lieu de travail et sa demeure. Dans le premier cas, le docteur Joseft est déjà sur place ; quant à sa demeure, Gélinas s'en chargera dans les prochains jours. Il possède déjà son adresse, grâce à cette arrestation bidon pour les feux arrière de sa voiture. Un jeu d'enfant.

Il est 13 h 15 ; il a couru une bonne heure. Son rythme cardiaque lui semble plus élevé qu'à l'habitude ; le combat de son organisme contre le froid ou les pensées qui l'assaillent sans cesse ? Il se dit que peut-être il en fait un peu trop pour arriver à garder une jeunesse éternelle.

Il rentre chez lui. Son ordinateur émet un bip familier, son cellulaire clignote, l'avisant de la présence d'un message dans la boîte vocale. Il hésite entre les deux et opte finalement pour l'ordinateur. Le texte de Gélinas lui fait l'effet d'une gifle : «La doctoresse a pris le vol 834 vers Los Angeles à 10 h ce matin. Elle est sur la liste des passagers du vol de 21 h à destination de Sydney. Son retour est prévu dimanche dans une semaine.»

— La vache!

Il a parlé à voix haute et le son de sa propre voix l'agace. Un rire nerveux s'empare de lui, alors qu'il se rend compte de ce qu'il vient de dire : une expression grossière, signifiant toute sa déconfiture d'avoir loupé sa proie ou plutôt un qualificatif étant directement adressé à madame la doctoresse?

Il saisit son téléphone portable pour écouter ses messages. Le Dr Tuccini l'invite à le rappeler dès que possible ; il a des renseignements très intéressants à lui communiquer. Lemay appuie sur le bouton vert de rappel automatique ; le généticien décroche avant la fin de la première sonnerie.

— Comment allez-vous, monsieur Lemay?

— Bien, vous-même? s'entend-il dire, alors qu'il ne se sent pas vraiment bien dans sa peau en cet instant.

— On ne peut mieux. Il y a longtemps que des recherches génétiques n'avaient pas engendré chez moi une telle excitation cérébrale. Vous m'avez mentionné lors de notre toute première conversation que les trois membres d'une même famille sont décédés dans des circonstances douteuses. Pouvez-vous me donner des précisions?

Lemay hésite un peu, ne voyant nullement où cela

conduira. Sentant la réserve de l'agent des Services secrets internationaux – car le Dr Tuccini croit réellement à cette identité –, il complète son raisonnement professionnel.

— Je me suis amusé à établir les liens familiaux entre les différents rapports d'ADN et aussi avec le résultat du profil génétique établi à partir des cheveux de la jeune femme, son nom... Ah oui! Rose Flint.

— Et puis?

Lemay se dit qu'il valait mieux qu'il écoute son interlocuteur jusqu'au bout, même si la suite ne l'intéressait pas beaucoup. Il ne fallait pas semer de doute sur ses intentions. Après tout, il avait déjà eu ses réponses. Il voulait simplement savoir si Élaine Johnson et Rose Flint étaient bel et bien la même personne, et à qui appartenait le second ADN.

— Je vous ai dit avoir observé des ressemblances entre les séquences d'ADN de Rose Flint et des trois personnes décédées pour lesquelles vous continuez votre enquête.

— Oui.

— Alors, j'ai procédé à des regroupements avec l'ADN du père, dont nous avons fait les analyses génétiques dans le cadre d'un projet de recherche médicale pour lequel la famille avait consenti. Vous savez, ce même profil que vous avez demandé et qui a provoqué l'alarme dans notre service de surveillance?

— Oui, oui.

Lemay commençait à en avoir marre.

— Comme vous savez, on ne peut établir un lien de paternité à 100 %. Alors, je peux vous affirmer que le lien de paternité entre monsieur Brousseau et les trois autres victimes est confirmé à 99 %.

— Ah bon !

— Mais, encore plus intéressant pour vous, cette Rose Flint est aussi l'enfant du même père. J'ai refait les analyses à deux reprises : 99 % certain, d'où ma théorie d'une petite histoire de mœurs, à une certaine époque.

Lemay se lève d'un bond et renverse son café brûlant sur son pantalon.

— Aïe ! Pardon ?

— Le père des trois personnes décédées, dont vous m'avez fait parvenir le profil génétique et dont le cœur a été étudié génétiquement, est aussi, avec 99 % de certitude, le père de Rose Flint, dont vous m'avez fait parvenir des cheveux.

Un silence pesant suit. Le Dr Tuccini saute sur l'occasion pour poursuivre.

— J'ai donc pris la décision de faire des croisements entre les différentes analyses et je peux vous dire que Rose Flint est la demi-sœur des trois individus. Même père, mère différente. Monsieur Lemay, vous êtes toujours là ?

— Euh… oui ! C'est effectivement assez troublant. Cela nous sera très utile dans le cadre de cette enquête. Merci pour ces précieuses informations.

— De rien, et n'hésitez surtout pas à requérir nos services. Mes neurones s'en trouveront à nouveau fort reconnaissants.

Clic, l'autre a raccroché.

Lemay se sent on ne peut plus confus… A-t-il bien entendu ? Le généticien vient tout juste de lui dire clairement, à deux reprises, que Billy Brousseau était le père génétique de Rose Flint. Il a conservé le vague souvenir qu'aucun nom de père n'était inscrit sur l'acte de naissance de Rose, seulement le nom de sa mère, Amanda, absente lors de l'enquête et portée disparue. Il ne s'était aucunement soucié d'elle par la suite. Qu'était-elle devenue?

Durant toute la durée de sa conversation avec le Dr Tuccini, le message de Gélinas est resté affiché sur l'écran de son ordinateur. Il tente de le faire défiler en jouant avec le curseur pour voir l'heure de l'envoi du message. Mais son ordinateur est gelé! Décidément, cette D^{re} Johnson – et tout ce qui s'y rattache – l'irrite de plus en plus, comme une crise d'urticaire géante.

Pendant qu'il redémarre son ordinateur, il fait un bref calcul du décalage horaire et en déduit que l'avion transportant Élaine Johnson à Los Angeles a dû déjà atterrir aux environs de 16 h, soit 13 h heure locale. Le vol pour Sydney part à 21 h de L.A., ce qui ne lui donne pas le temps de planifier quelque chose avant demain. Il doit penser vite. Que va-t-elle faire à Sydney?

Il se sent floué. Il l'a rencontrée pas plus tard qu'hier; elle devait déjà savoir qu'elle partait pour Sydney. Il marche de long en large dans sa chambre, transpirant profusément, bien plus que pendant son jogging du midi. Il se sent comme un volcan sur le point d'entrer en éruption. Trop d'événements sur lesquels il n'a pas le contrôle. Et tous ont comme point de départ Élaine Johnson. Une rage intérieure s'est emparée de lui.

Parce qu'il lui a sauvé la vie jadis, il est convaincu qu'elle a le devoir de l'informer, comme si elle avait une dette envers lui. Voilà comment il se sent après ces longues minutes passées à nettoyer les dégâts engendrés par son café qui s'est répandu sur son pantalon et sur la moquette. Depuis le début, il a tenté d'exploiter le fait qu'elle devait se sentir redevable envers lui. Peut-être fait-il fausse route? Il fulmine d'indignation, de rage… de sentiment d'échec? À nouveau, il se demande si ses mensonges d'hier deviennent tranquillement ses cauchemars d'aujourd'hui. Que faire? Il sent son cerveau pareil à un cube Rubik. Il faut chercher la solution. Plus il cherche, plus ses pensées s'engluent.

Comme par automatisme, il signale le code d'Illes Van Murden, sa collaboratrice d'origine africaine qui assure, seule, la couverture de tout le territoire du Pacifique. Peut-être qu'elle n'est pas affectée à une mission en ce moment et qu'elle pourra faire quelque chose pour l'aider? Moins de trois minutes plus tard, son ordinateur, redevenu utilisable, l'informe, par la présence d'une petite icône, de l'arrivée d'un message dans une boîte virtuelle qu'il utilise pour l'organisation. Il compose son code d'accès et trouve facilement le message d'Illes: «Actuellement en vacances en famille en Australie; peux vous rendre service?» Ouf! Au moins un élément qui semble tourner en sa faveur. Rapidement, il lui répond avoir besoin d'elle à Sydney dans les prochaines 24 heures et que d'autres informations suivraient. La réponse de sa collaboratrice ne se fait pas attendre: elle serait au rendez-vous. Encore faudra-t-il qu'elle quitte Melbourne en toute hâte pour arriver à Sydney dans les prochaines heures. Mais ce genre de situation, qui arrive à brûle-pourpoint, est un peu leur vie à eux tous, membres de l'organisation. Il tente par la suite d'établir un contact avec un collaborateur vivant tout près de Los Angeles ; il tombe sur une boîte vocale et laisse un message qui renvoie à un site secret, où l'objectif de la mission est décrit avec moult détails. Normalement, les membres de l'organisation prennent connaissance des messages reçus régulièrement ; s'il s'avère non disponible, la chaîne continue et l'on contacte une autre personne. Quelques minutes s'écoulent et le bip familier de son portable lui indique que quelqu'un a pris charge de l'opération Los Angeles. Il ne peut savoir qui sera au rendez-vous, ni même le moment. Mais il est maintenant rassuré par le fait que quelqu'un suivra les moindres pas et gestes de la doctoresse.

En cet instant, Lemay se sent libéré de ce poids qui pesait sur lui depuis quelques heures, comme si on venait de lui confirmer que son intuition le mènerait vraiment quelque part. Son odeur corporelle de chien mouillé envahit maintenant son espace et lui déplaît. Une douche s'impose ; à la fois pour être propre et pour se ragaillardir, mais surtout pour laver ce doute qui s'est installé en lui, comme une tique qui ne veut plus laisser le confort de la peau de son hôte. Il reste sous la douche une bonne vingtaine de minutes. Il tente de cerner ce qu'Élaine Johnson peut bien aller faire à Sydney. Première option : des vacances ; seconde option : le travail. Si son déplacement est pour des vacances, elle part vraiment très loin pour une trop courte période, cela n'a pas de sens. Elle y va donc plus probablement pour le travail. Un congrès ? Vraisemblablement son meilleur pari. La salle de bain ressemble à présent à une salle de vapeur ; il ne se voit même pas dans le miroir. Il se sent complètement exténué ; ses cogitations des dernières heures et les petites surprises y étant rattachées et auxquelles il ne s'attendait pas, surtout la nouvelle de ce voyage à Sydney, de même que son entraînement presque extrême de la matinée, lui pèsent maintenant lourd sur les épaules et le cerveau.

Il entreprend une recherche sur son ordinateur pour trouver un congrès à Sydney. Facile : « The Pacific Anesthesia Society Conference », du 19 au 22 février, au centre des congrès, dans Darling Bay. Il clique sur Programme des conférences et le parcourt rapidement. Rien qui ne lui dit quoi que ce soit, hormis une présentation sur le Juphilaurium par un médecin d'ici, le Dr Don Lati. Il conserve ces informations pour y revenir plus tard, puisqu'il est déjà 17 h 30 et il a rendez-vous avec le Dr Joseft à 18 h. Il doit donc se hâter. Il met de côté l'information troublante révélée par le docteur Tuccini à propos de la génétique de Rose Élaine Flint Johnson.

∗ ∗ ∗

Attablé dans un café-bar populaire, Lemay écoute le rapport de Hans Joseft : pas d'écrits, c'est contre les règles de l'organisation.

— J'ai fait une fouille exhaustive du laboratoire de recherche durant une nuit ; personne n'y est venu, j'ai donc eu le loisir de prendre connaissance de tous les documents qui m'ont semblé pertinents. Lemay écoute attentivement le compte rendu de Joseft, cet homme aux traits repoussants, avec son regard dur surmonté de sourcils noirs, drus et volumineux, dans un visage anguleux et terne. Il articule chaque mot avec une insistance presque simulée, mais jamais on ne distingue ses dents supérieures, ce qui devient à la longue un peu agaçant.

Hans Joseft est né en Allemagne, à Berlin plus précisément, où il a exercé la chirurgie durant de nombreuses années. Lemay ignore la façon dont il a été recruté dans l'organisation, mais il connaît ses capacités et l'ardeur de son tempérament. Il lui fait confiance, puisque ses propres notions médicales ne sont qu'embryonnaires et il est certain qu'il ne pourrait rien découvrir dans un hôpital qui puisse le mettre sur une piste qui corresponde à son intuition.

— J'ai donc exploré de fond en comble le laboratoire de recherche. Il y a un protocole en cours qui étudie la pharmacocinétique et la pharmacodynamique d'un agent paralysant la musculature, un curare, qui existe depuis peu sur le marché, mais dans une forme injectable. Le but du protocole de recherche est d'évaluer une nouvelle forme transdermique chez des patients de soins intensifs, placés sous ventilation mécanique.

— Un curare ? Comme ce poison d'Amazonie, « la mort qui tue tout bas »…

Cette idée commence à plaire à Lemay. Il se dit qu'il touche presque son but.

— Si vous voulez. D'après mes lectures récentes et aussi les quelques notions que j'ai conservées du temps où je pratiquais, cette catégorie de médicaments est utilisée pour paralyser les patients en salle d'opération afin de faciliter l'intubation endotrachéale, soit la protection des voies respiratoires supérieures par un tube introduit dans la trachée qui mène aux poumons. Il sert aussi à provoquer une relaxation musculaire complète afin de faciliter les gestes chirurgicaux et finalement à faciliter la ventilation mécanique, ce qui fait l'objet du protocole de recherche en cours. Il y a plusieurs produits connus dont les noms génériques se terminent par -*ium* : Rocuronium, Atracurium, Mivacurium et récemment, le Juphilaurium.

— Je vous suis.

Lemay arbore ce sourire satisfait qui lui est caractéristique ; les informations de Hans Joseft lui plaisent de plus en plus.

— La D^{re} Élaine Johnson a la charge de cette recherche. Le protocole en cours utilise ce dernier produit sur le marché, le Juphilaurium, mais en timbres appliqués sur la peau. Voici une représentation de ce timbre : vous pouvez constater qu'il renferme quarante doses du médicament, chaque dose ayant une durée d'action de six minutes plus ou moins cinq secondes, avec un début d'action séquentiel, couvrant une durée de quatre heures. Assez ingénieux comme système. J'ai tenté de m'en approprier un exemplaire et, bien que j'ai tout essayé, cela n'a pas été possible.

Joseft se revoit fouillant, tel un voleur professionnel – ce qu'il était réellement à ce moment –, la pharmacie de l'hôpital. La case identifiée « Juphilaurium » était vide. Le médicament était aux soins intensifs. Il avait donc investi les soins intensifs. Impossible d'accéder à la mini-pharmacie du service. Une infirmière du genre matrone l'avait interpellé durement, lui demandant son nom et ce qu'il faisait dans « ses » affaires. Elle avait à peine rentré ses crocs, aucunement ses griffes, lorsqu'il lui avait dit remplacer la D^{re} Johnson temporairement. Il s'était fait mettre sous le nez

que personne ne remplace la D^re Johnson… Il s'était repris
en lui disant qu'il représentait le Comité d'éthique de l'hôpital. Cette bonne infirmière tout à fait dévouée à protéger
son giron lui avait alors fait mention que seul le Dr Patel, le
stagiaire de recherche de la D^re Johnson, avait le droit de
venir observer les malades et que ça, c'était l'éthique. Le
Dr Patel, voilà une information qui lui servirait sûrement.
Il avait rapidement saisi l'occasion pour la remercier et tirer
sa révérence, avant que la situation ne tourne mal. Ce n'était
que partie remise ; il reviendrait à un autre moment. Elle le
regarda s'éloigner, une expression de doute accrochée à la
moue dédaigneuse naturelle de son visage.

— Il n'y en avait pas au laboratoire ?

— Pas que j'aie pu trouver et j'ai vraiment cherché.
Mais j'y retournerai en soirée. Mon impression est que ces
timbres sont conservés dans la mini-pharmacie de l'unité
des soins intensifs.

— Hum…

Lemay réfléchit à la façon de mettre la main sur ce
timbre de médicament. L'accès à cette pharmacie pouvait
être compliqué et il ne fallait pas que la présence de son
collaborateur aiguise à nouveau la curiosité du personnel
soignant.

— Pourquoi ne pas prendre un timbre sur un des
malades sous protocole ? Vous pourriez passer pour un
visiteur, tout simplement, et attendre, mine de rien, le
moment opportun.

— Passer pour un visiteur, soit, mais pas question d'enlever un traitement d'un malade. C'est contre mon éthique
professionnelle, bien que je ne pratique plus la médecine.

Demandez-moi d'exécuter quelqu'un dans le cadre d'une mission, je n'aurai jamais de problème de conscience ; mais ce que vous me demandez est impossible. Jamais je n'interviendrai dans un traitement médical. Il y a un pas à ne pas franchir, et celui-là est le mien.

Hans Joseft hochait la tête de droite à gauche dans un mouvement plus que convainquant, un air de réprobation fixé à son visage hideux.

— Nous voulons un timbre.

— D'accord.

Lemay observe Joseft, qui semble vivre quelque chose de douloureux. Sa glotte tressaute au-dessus de sa pomme d'Adam trop proéminente. Son visage a pris une teinte un peu blanchâtre et une expression crispée. Le message est clair et Lemay n'insiste pas.

— Vous croyez que d'autres personnes puissent savoir où sont entreposés ces timbres ?

— Oui, sans doute le stagiaire de recherche, un certain Sanjay Patel, d'origine indienne.

— Que fait-il ? Quel est son rôle ?

— Il fait des dosages sanguins et reproduit les résultats sur des courbes de données pour chacun des patients à l'étude. Le but de la recherche de la D^{re} Johnson est d'établir l'innocuité, la fiabilité et l'efficacité clinique de cette forme de distribution du Juphilaurium, dont la forme injectable devient de plus en plus populaire, selon les articles récents.

La mention du terme *dosage sanguin* a allumé grandement la curiosité de Lemay.

— Vous avez pu voir des résultats ?

— Oui, tout est très bien consigné dans des cartables : les taux sanguins du produit et de ses métabolites, les correspondances avec l'effet clinique, qu'ils appellent la mesure du bloc neuromusculaire, les courbes. Je n'ai pas tout bien saisi, vous comprendrez, parce que cela demande un niveau d'expertise de pointe dans ce domaine très précis de la médecine et de la pharmacologie.

— En fait, ce que nous voulons savoir c'est s'il y a toujours des traces de produit dans le sang.

— Oui, dans tous les dossiers, chaque prélèvement sanguin correspond à un chiffre qui représente le niveau du produit dans le sang.

— Donc il y en a toujours ?

— Absolument. Et les courbes sont toutes semblables.

— Ce qui veut dire ?

— Une reproductibilité certaine de l'effet.

— Vous êtes certain qu'il y a toujours des traces dans le sang des patients ?

— Absolument.

Un silence pesant s'installe entre les deux hommes. Lemay sent une certaine honte le gagner, la honte d'un échec en gestation. Brisant ce moment chargé de fébrilité, Hans Joseft tend un dépliant à Lemay.

— J'ai trouvé une pile de ce dépliant sur la table du laboratoire. Cela pourrait peut-être avoir une certaine utilité dans votre quête.

Lemay saisit l'exemplaire papier du programme du congrès qu'il avait enregistré sur son ordinateur. C'était exactement le même, sauf que le nom du Dr Don Lati avait été remplacé par celui d'Élaine Johnson. Voilà, c'est elle qui

donnera la conférence. Comme il ne veut pas tout révéler
à son collaborateur, il décide de conclure la rencontre par
une dernière question.

— Qui est le Dr Don Lati?

— Le Dr Don Lati est médecin spécialiste en anesthésiologie et chercheur au centre hospitalier universitaire. Il
a été le concepteur de la molécule d'origine du Juphilaurium injectable. Il était le directeur de l'unité de recherche
avant la D^{re} Johnson, celle qui dirige l'étude sur la forme
transdermique de ce même curare. D'après les articles
scientifiques dont j'ai pris connaissance, le nom d'Élaine
Johnson apparaît depuis l'année 2002 dans les travaux du
docteur Lati. Elle est sa collaboratrice depuis de nombreuses
années.

— Bon travail.

— C'est terminé pour moi?

— Non! Vous devez vous procurer un exemplaire de ce
timbre dès que possible. Ils doivent bien être conservés
quelque part!

— Hum…

Joseft n'était pas vraiment heureux de se voir obligé à
fureter dans des lieux qui avaient été sa vie, à une certaine
époque, ailleurs. Il restera meurtri à tout jamais par le
décès de son unique fille, causé par l'omission du personnel soignant d'administrer une dose de médicaments; il
ne s'en est jamais remis et a dû abandonner sa pratique
médicale, ne faisant plus confiance à personne. Mais il
devait terminer sa mission. Il n'avait jamais eu de problème dans ses missions précédentes; mais là, c'était la
première fois qu'on venait remuer sa douloureuse perte.

Il continuerait, mais il ne ferait rien de délétère pour les patients.

Lemay, de son côté, bien qu'anéanti par l'annonce que le Juphilaurium était toujours détecté dans le sang par des analyses appropriées, était prêt à transmettre les informations à Illes Van Murden afin qu'elle traque Élaine Johnson en Australie. Il y avait quelque chose d'autre que son acolyte Joseft n'avait pas trouvé. Il le sentait.

14

L'avion se pose sur la piste de façon quelque peu mouvementée et me réveille en sursaut. Il tangue tant que j'ai l'impression que le train d'atterrissage ne comporte qu'une seule roue. Il reprend finalement son aplomb, rassurant les gens un peu paniqués autour de moi. Hormis le fait d'avoir été tirée de mon sommeil en catastrophe, je n'ai pas ressenti cette peur qui se lit sur le visage de mon voisin. Je n'en ai pas eu le temps. Durant les longues minutes d'attente pour l'ouverture de la porte de sortie, je me suis mise à penser à ce que peuvent ressentir les passagers qui vivent un vrai crash. Pendant les quelques secondes qui précèdent un drame imminent, devant l'évidence de la mort, quelles sont les pensées qui envahissent le cerveau? Revoit-on sa vie se dérouler en accéléré, pense-t-on aux gens qu'on laisse derrière soi? En m'attardant à cela, je ressens une chaleur envahir mon cou et mes épaules, une faiblesse dans les jambes et une crampe à l'abdomen : la dernière fois que je me suis fait cette réflexion sur les pensées précédant une mort imminente, c'était lorsqu'une personne cachée en moi a fait goûter ma médecine aux trois Brousseau…

Le mouvement de la file d'attente me tire de ma réflexion et la dame devant moi me demande si j'ai encore peur, puisque je suis livide, selon elle. Je sais que mon visage est comme un livre ouvert : toutes mes émotions s'y retrouvent. Si ce n'est le rouge cramoisi, ce sera une pâleur excessive, frôlant le gris. Avec la couleur de mes cheveux, cela se solde plutôt par un air de zombie.

— Je vais bien, ne vous en faites pas.

J'essaie de me convaincre moi-même de ces paroles. Tout en avançant à pas de tortue, à la file indienne, me voilà dans l'aéroport. Je cherche une sortie. Mais pour aller où, au fait ? C'est bête, il n'est que 11 h 15 et mon vol pour Sydney est à 21 h ; que faire pour tuer le temps ? Comme une automate, je suis la foule et me retrouve dans la section de l'arrivée des bagages. Mais je n'ai enregistré aucun bagage, je n'ai que mon bagage à main ! Dehors, je vois des fourgonnettes avec des bannières de différents hôtels. Je me dirige à l'arrêt du Marriott, et j'attends avec les autres clients. Je pourrais prendre une chambre jusqu'à ce soir, me doucher, manger, me reposer et, surtout, réviser la présentation préparée par le Dr Lati. Son texte ne sera certainement pas très sorcier pour moi, je connais le Juphilaurium depuis ses débuts. Je ne sais pas s'il a inclus des tableaux comparatifs avec les autres produits de profil similaire, comme le Rocuronium. De toute façon, j'ai plusieurs heures devant moi pour revoir tout cela, sans compter les quinze heures de vol entre Los Angeles et Sydney.

Après avoir fait ce qui m'a semblé trois fois le tour de l'aéroport, le conducteur arrête son véhicule devant une arche richement décorée et les gens descendent. Je les imite et me retrouve entre un jeune homme en costume rouge, genre redingote, aux boutons dorés, portant un petit chapeau qui lui donne un air loufoque, sans compter qu'on lui a probablement collé une planche de bois dans le dos, tant il se tient droit, et une dame particulièrement bien mise, en tailleur de ville.

— *Good morning, Madam. Can I help you with your luggage?*

Le jeune homme tente de prendre mon bagage à main, que j'empoigne encore plus solidement.

— Je n'ai pas de réservation, mais je voudrais une chambre pour quelques heures seulement.

La dame me sourit, fait un signe de tête au jeune porteur qui, ayant probablement perdu un pourboire espéré, s'éloigne, tout penaud. Mon accompagnatrice me répond dans un français impeccable.

— Ah! Madame est du Québec. J'adore les occasions de parler français avec les clients. Je suis Alice Brenden, directrice de comptoir.

Elle me tend la main pendant que je me demande ce que fait exactement une directrice de comptoir. Contrairement à mon habitude matinale de ne pas serrer la main de mon interlocuteur, je lui donne une vraie poigné de main, en me disant que la traduction française du poste qu'elle occupe ne doit pas être appropriée.

— Vous pouvez avoir une chambre de jour pour 130 $ américains. Cela vous donne accès à la piscine, au gymnase et à toutes les installations de la salle d'eau.

Je me sens mal à l'aise de discuter le prix, qui me semble pourtant élevé pour une douche et quelques heures de repos.

— Excellent.

Je lui tends ma carte Visa pour le paiement.

— Avez-vous une voiture à garer ?

Question qui me paraît complètement idiote, puisque nous nous sommes serrés la main alors que je sortais tout juste de la fourgonnette. Je mets ça sur le compte des questions stéréotypées, presque robotisées, avec lesquelles les employés sont formés. Alors, non, je n'ai pas de voiture, oui, je sais qu'on ne doit pas fumer dans la chambre – je suis contre le tabagisme, de toute façon – oui, je désire utiliser les installations sportives et oui, je désire me faire raccompagner à l'aéroport en début de soirée. Il y a trois restaurants dans l'hôtel : un qui offre de la cuisine gastronomique avec le chef Jeff Hayou, que je ne connais aucunement, un qui offre de la cuisine mexicaine (il y a beaucoup de Mexicains dans la région) et un qui offre de la cuisine sur le pouce, genre *snacks*. Les menus sont dans le grand cartable déposé sur la table de la chambre. Ouf ! Et, oui, je trouverai ma chambre par moi-même. Pourquoi devrais-je soudainement requérir une assistance pour transporter ma petite valise à main que je traîne seule depuis ce matin ?

Je me dirige vers les ascenseurs, au bout du couloir. En face, il y a plusieurs boutiques de différents articles de luxe, montres, vêtements, produits pour le corps. Tout semble si beau et si attirant… mais je n'ai besoin de rien. D'autant plus que je n'ai pas les moyens de me payer des choses qui ne sont pas nécessaires, puisque mon appartement me gruge presque tout mon budget, sans compter les dépenses occasionnées par mes quelques jours en Nouvelle-Zélande, qui seront en partie couvertes par l'argent obtenu de la police d'assurance-vie que m'a léguée Josée. Il faudrait que je travaille encore plus pour arriver à me gâter un peu. Avenue à considérer.

Je tente d'insérer la carte magnétique dans la fente située sous la poignée de la porte de ma chambre ; rien ne fonctionne. J'essaie l'autre bout de la carte et rien ne se passe. Après de nombreuses tentatives, toutes couronnées d'échec, un rire nerveux me saisit et je me dis qu'il est hors de question que je retourne au comptoir, puisque j'ai refusé toute aide proposée. Une fillette d'environ six ans ouvre la porte de la chambre située devant la mienne et m'observe avec ses grands yeux de biche. Je lui souris, elle prend ma carte et l'appuie contre le lecteur situé sur le chambranle de la porte, ce qui, évidemment, ouvre la porte. Elle retourne vivement dans sa chambre ; je me demande depuis combien de temps elle m'observait et je me sens un peu débile. Faut admettre que je ne suis pas venue souvent dans des chambres d'hôtel ; cette pensée me console de ma déconfiture.

La chambre est très propre et je suis ravie, les draps sont d'un blanc immaculé, un blanc javellisé tel que Josée m'a enseigné. Un petit tour aux toilettes et je déciderai ce que je ferai dans l'immédiat. Assise sur la cuvette, j'observe le pommeau de douche et me demande bien comment il fonctionne. J'ai envie de rire de moi-même : ce ne doit pas être si compliqué ! Je place des gens en coma contrôlé pour qu'ils puissent subir une chirurgie et je me questionne en ce moment sur le fonctionnement d'un outil de la plomberie de ma chambre d'hôtel. Hilarant ! Je pense que je suis en hypoglycémie, même si je ne ressens pas la faim ; cela fait tout de même huit heures que je n'ai pas mangé, presque comme après une bonne nuit de sommeil. Mais il est midi ici, c'est plutôt l'heure du lunch. Je consulte le cartable contenant les menus des différents restaurants de l'hôtel. Pourquoi pas la cuisine mexicaine? J'adore les avocats et l'idée d'un guacamole bien frais et bien relevé de coriandre me fait saliver. Je m'abstiendrai de manger quoi que ce soit contenant des haricots rouges : mauvais choix pour moi, surtout avant de monter dans le prochain avion, pour ne pas faire souffrir les gens autour de moi...

* * *

Dans le hall d'entrée de l'hôtel, je me joins à un groupe de personnes qui attendent la fourgonnette pour retourner à l'aéroport. Tout comme moi, une autre destination les attend. Je ne suis pas vraiment pressée, mais comme le billet émis initialement était au nom de Don Lati, mon collègue et mentor, les changements de dernière minute n'ont pas permis l'attribution de mon siège sur cette section de mon voyage. Je me place donc dans la file d'attente de la compagnie aérienne Quantas, avec les autres passagers.

Après un excellent repas mexicain, comme j'en ai rarement mangé, je suis retournée à ma chambre afin de réviser la présentation que je ferai dimanche. J'ai été particulièrement heureuse de constater que celle-ci était déjà en anglais, je n'aurais donc pas d'effort de traduction à faire. Je suis bilingue avec un accent français terrible, mais je pense que tous me comprendront. Je trouverai bien quelque chose à mentionner dans mon introduction pour que l'assemblée accepte que l'anglais n'est pas ma langue maternelle. Je ne serai pas la seule dans cette situation, puisque j'ai repéré deux présentateurs européens, un d'Italie l'autre de la Suisse.

Je pense, en fait, que je n'aurai pas vraiment besoin de me référer au texte du Dr Lati : j'ai compris l'essence de la présentation et du message scientifique qu'il veut livrer au sujet du Juphilaurium. J'en profiterai pour présenter brièvement ma propre recherche, en mentionnant l'utilité de la forme transdermique, sans dévoiler les résultats préliminaires, cependant. Je désire d'entrée de jeu rendre un hommage public à ce grand homme qu'est Don Lati : grand tout d'abord dans son cœur, grand en tant que médecin spécialiste, grand en tant que chercheur et, surtout, grand en tant qu'être humain et chef de famille.

J'ai donc passé une bonne heure à la piscine intérieure, à faire des longueurs. J'aurais souhaité compléter par une séance d'apnée statique, sauf que personne ne pouvait me surveiller ; pas question de faire de bêtise en procédant toute seule. En fait, je ne l'ai pas demandé, mais le nombre de baigneurs n'aurait pas permis au surveillant de m'accorder un temps indispensable et personnalisé. J'ai profité de cette activité pour rédiger mentalement ce que je dirai devant l'assemblée scientifique afin de présenter mon mentor, qui n'a pas pu assister à la conférence.

De retour à ma chambre, j'ai effectivement eu un mal fou à démarrer la douche : trop moderne, cette plomberie ! J'ai presque laissé tomber en faveur d'un bain lorsque, à quatre pattes sur le carrelage, j'ai fini par découvrir le mécanisme, et c'est à ce moment que j'ai reçu la douche glacée sur le dos. Je me suis sentie insultée, ou blessée, ou même intimidée par cette attaque, mais la suite a rétabli le tout. Cela a tout de même été un peu comme « recevoir une claque en pleine face ».

C'est long, cette attente. Mais que faire d'autre ? Je dois avoir un siège. Je regarde tout autour, question de me détendre la nuque, et je croise le regard d'un élégant monsieur dans la file de la classe affaires. Il me semble que son regard pèse sur moi depuis un bon moment déjà, ce qui a attiré mon attention ; il esquisse un léger sourire, mais je me retourne. Derrière moi, j'entends une voix féminine aiguë, très forte et plutôt agaçante. Je me retourne et j'aperçois cette femme qui ressemble à un personnage de bande dessinée, avec un gabarit fait pour occuper deux sièges côte à côte. Des fruits en plastique pendent de son chapeau de paille vert foncé, sa tunique multicolore et ornée de fleurs imprimées traîne sur le sol. Elle gesticule en tous sens et je comprends qu'elle aussi en a marre d'attendre en file. Autour d'elle, au moins cinq valises et autant de sacs attendent pour être déplacés. En cet instant même, je me suis mise à prier pour qu'elle ne soit pas assise à côté de moi… J'imaginais mal avoir un tel énergumène à mes côtés pendant quinze heures ! Et qu'en serait-il de mon confort ? Rien que pour avoir eu cette vilaine pensée, je me dis que c'est ce qui allait m'arriver.

Ce qui est arrivé, effectivement. On me donne le siège du centre, le 47B. Je finis à peine de m'installer, d'attacher ma ceinture de sécurité, mon livre dans la pochette du siège devant moi, mon bagage à main dans le compartiment au-dessus, mon oreiller improvisé sous le siège, lorsqu'elle s'avance dans l'allée, dérangeant tous les passagers sur son chemin, avec ses multiples sacs et ses gigantesques hanches qui passent tout juste. Je la surveille du coin de l'œil, lorsqu'elle s'arrête à ma hauteur, regardant tour à tour son billet et le siège voisin du mien. Elle ouvre le compartiment à bagages et tente d'y ranger un de ses sacs, mais en vain. Je me demande comment elle a pu passer les contrôles de sécurité avec autant de bagages à main. Cela va certainement retarder le départ de notre vol. Soudain, elle s'aventure à retirer ma valise de son rangement : non, mais, c'est quoi ça ?

— Désolée, mon bagage restera là.

— *What ?*

— *My luggage is OK there.*

Je suis sur le point de lui faire un geste pas très poli, des doigts, quand un agent de bord, un beau jeune homme au sourire artificiel, alarmé par tout ce bruit, vient à sa rescousse. Je ne remarque pas tout de suite l'homme qui se tient derrière lui. Le même qui m'a souri alors que j'attendais en file pour avoir mon numéro de siège. Nos regards se croisent à nouveau, et il échange quelques paroles avec l'agent de bord, puis celui-ci s'adresse à ma future voisine, qui envahit maintenant plus de la moitié de mon «espace aérien», déjà pas très grand pour le nombre d'heures que j'ai à y passer. Elle tente à présent de placer ses nombreux sacs dans le compartiment à bagages de l'autre côté de l'allée. En se retournant, elle m'assomme presque avec son énorme sein, étonnamment ferme. Mon voisin de droite, un petit monsieur chétif d'environ quatre-vingt ans, semble complètement dépassé par le semblant de drame qui se joue dans notre section. Il se tient collé sur le hublot, tellement proche qu'on pourrait croire qu'il tente de s'y encastrer. L'homme de la file d'attente arbore un sourire moqueur et, même si à ce moment précis il ne me regarde pas, je sens que sa présence dans toute cette histoire me concerne ; un feeling.

Malgré les discussions en cours entre le charmant agent de bord et ma turbulente et future voisine d'envolée, rien ne semble évoluer. Elle est déterminée à placer ses nombreux sacs dans les compartiments avoisinants le 47C, son siège. Le jeune agent, incapable d'en venir à bout, agite les deux bras au-dessus de sa tête pour demander de l'aide. Le bouchon de passagers en attente de rejoindre leur siège, créé par cette charmante dame, ne permet plus de bouger dans un sens, ni dans l'autre. Je suis assise et tout ce que je trouve à faire est de pouffer de rire, ce qui me secoue les épaules et me fait monter les larmes aux yeux. On dirait que je regarde une comédie hilarante, ou que c'est un coup monté pour tourner une émission télévisée du genre *Insolences d'une caméra*. C'est alors qu'une toute petite femme, probablement d'origine asiatique, dont je distingue à peine le bout de la tête, arrive à se faufiler parmi les passagers, qui paraissent maintenant trop nombreux et fort impatients. Mon regard, mouillé de larmes d'amusement, croise celui de l'homme, qui s'entretient maintenant avec l'employée venue à la rescousse de son collègue. Celle-ci s'avance et, d'une voix plus qu'autoritaire et étonnamment forte, lance un :

— STOP!

Ce qui fait sursauter ma turbulente voisine, lui faisait perdre un fruit en plastique de son chapeau, qui atterrit directement dans le décolleté de mon pull-over. Je me sens devenir cramoisie, puisque de nombreuses paires d'yeux nous observent, et je me mets à rire de plus belle. Décidément! Quelle mise en scène!

Pendant que je tente de mettre la main sur mon sac rangé sous le siège, ce qui me semble une gymnastique des plus ardues en raison du rapetissement progressif de mon espace vital occasionné par la masse de ma voisine, je retire le fruit envahissant de mon corsage et croise à nouveau le regard de l'homme. Il me sourit directement. Ses yeux, dont je n'arrive pas à distinguer la couleur en raison de la distance qui nous sépare, restent plongés dans les miens jusqu'à ce que je détourne le regard sur mon sac, que j'ai réussi à saisir en me contorsionnant. J'ai enfin trouvé le mouchoir tant convoité. Tout en essuyant mes larmes, je tente d'éviter de croiser à nouveau le regard insistant que je sens encore peser sur moi. Je me mouche fort bruyamment, comme d'habitude – je n'ai jamais su faire autrement, même si je sais très bien que c'est fort loin de l'élégance discrète que ce geste requiert.

Quelque chose se trame entre les agents de bord, maintenant au nombre de trois, pour arriver à organiser cette particulière et colorée passagère qu'est ma voisine d'envolée. Aidée des employés de la compagnie aérienne, elle a réussi à reprendre ses nombreux sacs, qu'elle était finalement arrivée à entasser dans différents compartiments à bagage, sans manquer, au passage, de me décocher un solide coup de coude derrière la tête. Elle suit maintenant, tant bien que mal, la petite Asiatique, qui la conduit vers l'avant de l'avion.

Un léger mouvement s'installe progressivement dans l'allée. Les passagers gagnent leurs sièges, avec une quiétude qui tarda à s'installer. Ne voulant pas regarder avec insistance les passagers qui progressent vers l'arrière de l'appareil, je décide de prendre mon livre, tout en me disant que le caractère des gens peut se deviner durant ce genre de situation. Certains avaient un « air de bœuf » d'autres se bidonnaient et, comme moi un peu plus tôt, devaient se demander s'il ne s'agissait pas d'une comédie préméditée. Au moment où je tente de retrouver mon signet glissé entre les pages de mon livre, je sens quelqu'un s'installer dans le siège laissé vacant par cette dame qui avait presque ameuté la tour de contrôle de l'aéroport.

— *Good day!*

Je saisis son bonjour comme un « Geddy! », ou quelque chose du genre, tant son accent est prononcé. Je lui réponds tout simplement :

— *Hello.*

Dans un français des plus respectables, il poursuit :

— Je suis Travis Ngate. Bienvenue.

— Vous voulez dire *enchanté*.

— Vous chantez ?

— Non ! Vous m'avez dit *bienvenue*, alors que je pense que vous vouliez dire *enchanté de faire votre connaissance*.

Je me reconnais bien là, à analyser et contrôler le sens des paroles de cet homme que je ne connais même pas. À mon grand bonheur, il me répond :

— Oui, c'est cela, mon français n'est pas parfait comme le vôtre.

— Comment avez-vous su que je parlais français ?

— Au son de votre *Hello*. Vous n'avez pas prononcé le *H*.

Je souris malgré moi parce qu'il sait analyser, lui aussi, un peu à ma façon. Je me sens moins coupable de cette fâcheuse habitude. Sa grande cuisse collée tout contre la mienne me met un peu mal à l'aise et sa présence à mes côtés me trouble soudainement. Je vois son profil droit : un nez un peu fort surmontant des lèvres très pulpeuses, ce qui éveille chez moi une certaine jalousie, tout cela terminé par une mâchoire très carrée.

Pendant que j'évalue l'étoffe de son vêtement, on nous sert un verre de ce qui me semble être, de prime abord, un vin blanc mousseux du style de ceux qui donnent une migraine à coup sûr. On ne sert rien au passager assis à ma droite, côté hublot, pas de chariot de service en vue. J'intercepte l'agent de bord avant qu'elle ne s'éloigne trop et je lui demande pourquoi j'ai eu un tel traitement de faveur.

— C'est monsieur Ngate. Il l'avait demandé alors qu'il était en classe affaires.

— Ah bon ! Merci.

Mon voisin se tourne vers moi et lève son verre.

— Bonheur !

— Santé !

Du bout des lèvres je goûte ce breuvage qui s'avère divin : champagne.

— Vous connaissez l'appellation ?

— Veuve Clicquot Ponsardin Réserve, mon préféré.

Pendant les très courtes secondes que dure notre échange, j'ai juste assez de temps pour détailler les traits de son visage à la peau mate : un front large et soucieux, des sourcils foncés, comme ses cheveux très noirs et bouclés. Il a les yeux très sombres, ni noirs ni bruns, mais plutôt d'un gris anthracite. Son nez est busqué et fort.

Je prends une vraie gorgée de mon champagne : très bon. Cela me ramène en arrière, au moment du lancement officiel du Juphilaurium, le soir de mon accident de voiture : j'avais à peine goûté l'excellente cuvée qui était servie, puisque je devais conduire ma voiture. Quel gâchis ! J'aurais dû boire, comme tout le monde, ou plus même.

J'ai envie de lui parler, mais sa présence si près de moi me perturbe. Penser que je serais si proche de lui durant plus de quinze heures m'indisposait. Je ne crois pas avoir déjà passé autant de temps dans un espace si restreint avec Félix ou Simon. Cette soudaine proximité me rend vraiment mal à l'aise. Mais je me dis qu'au fond, mieux vaut sa présence que celle de la dame d'avant.

Je sens qu'il m'observe à la dérobée. Alors, je me retourne vers lui. Il me sourit, tout simplement de ce sourire trop blanc, me rappelant Sanjay Patel. Il n'est pas franchement beau, mais il a de la gueule. Un certain charisme qui ne laisse pas indifférent, dois-je avouer.

Je me demande pourquoi il est assis à mes côtés, puisque, si j'ai bien compris les paroles de l'agent de bord, il était en classe affaires. Aurait-il troqué son siège avec celui de la dame exubérante, à la robe fleurie et au chapeau fruité ? Je décide de faire un peu l'imbécile et choisis des mots niais.

— Allez-vous être assis ici pour toute la durée du voyage ?

— Oui, j'ai changé de siège avec la dame… vous savez ?

— Hum…

— Pour votre confort.

— Hum…

— Mais surtout parce que je voulais être le plus près de vous possible.

Il me sourit encore. Pas moi. Je me sens tout à coup comme si un étranger me courtisait dans un bar, endroit que je ne fréquente plus depuis des années, après m'avoir préalablement sélectionnée parmi tant d'autres femmes.

En effet, c'était bien lui qui me fixait dans la file d'attente du comptoir d'enregistrement de la compagnie aérienne. J'ai soudainement chaud, très chaud ; j'ouvre la ventilation au-dessus de moi. Je suffoque presque. A-t-il mis quelque chose dans mon verre ? Non, c'est l'agent de bord qui me l'a servi. Mais ce n'est pas impossible, tout de même... Je me sens vraiment mal, une boule semble grossir dans ma gorge et obstruer déglutition et respiration. Contrôle : inspiration, expiration. Mais pas de pause de plus de 30 secondes, ceci alerterait inutilement Simon via ma montre GPS multifonctions, puisque nous n'avons pas encore décollé. Elle peut être embêtante cette montre, finalement.

J'ai une décharge d'adrénaline qui entraîne tous les petits poils de mon corps à se hérisser hors de leur confort habituel et se mettre au garde-à-vous. Une idée saugrenue me passe par la tête : oui, c'est cela, je me sens comme la proie d'un vampire en manque de globules frais ! Je me ressaisis quelque peu en me moquant de moi-même ; les vampires ne sont qu'une légende, fort probablement engendrée par la porphyrie, une maladie qui, sous sa forme congénitale, comporte comme symptômes la destruction de l'épiderme à la suite de l'exposition à la lumière solaire, une coloration des dents et ongles virant vers le rouge, une nécrose des gencives faisant ressortir les canines et une allergie à l'une des composantes de l'ail. Je l'imagine donc, tous crocs dehors, se jeter sur ma veine jugulaire, qui doit palpiter en ce moment comme jamais. Le fait d'ouvrir cette case de mon esprit où j'ai rangé ces informations médicales apprises au fil des ans m'apaise. Je redeviens tout doucement moi-même. Mais ai-je été temporairement quelqu'un d'autre ? Je vide mon verre d'un trait, à cette pensée qui me trouble. Je sais que ce geste n'est pas très élégant, mais c'était une nécessité d'avaler le tout d'un seul trait. Je me lève d'un bond, oubliant que ma ceinture de sécurité est encore atta-chée, ce qui me rappelle à l'ordre. J'aurai donc de belles ecchymoses sur chaque hanche, c'est certain.

— Je dois me lever.

C'était on ne peut plus clair, mais je dois le dire à haute voix, pour me convaincre que ce geste est le bon, sûrement. Mon charmant voisin détache sa ceinture, se lève tout galam-ment et me laisse filer vers les toilettes. Heureusement, il y a maintenant moins de passagers dans l'allée que précédem-ment, après la saga déclenchée par mon intéressante première voisine. Je m'engouffre donc dans ce mini-espace et le glis-sement du verrou passant du vert au rouge me sécurise. Contrairement aux gens claustrophobes, cet endroit des plus fermés me plaît, comme une cachette. Je place une pile de protecteurs de cuvette en papier sur le siège et m'assois, la tête entre les mains. Soyons rationnels et classons les faits récents, avant d'appuyer sur mon bouton panique. Question numéro un : pourquoi ai-je accepté ce verre de champagne ?

Réponse : parce que je suis polie, j'ai de bonnes manières et j'aime le champagne (même si je croyais initialement qu'il s'agissait d'un vin blanc bon marché). Question numéro deux : pourquoi cet homme veut-il faire ma connaissance ? Réponse : il m'a dit vouloir mon confort. Mais pourquoi ne pas m'avoir cédé, à moi plutôt qu'à cette bonne femme, sa place en classe affaires si c'était pour que je sois confortable ? J'admets que je l'imagine mal installé à côté de madame l'exubérante, complètement tassé dans son siège, alors que je profite de sa place de luxe. Non, c'est clair que ce n'était pas la solution et, fort probablement, il voulait être à côté de moi, ce qui n'aurait pas été possible autrement. Alors, question numéro 3 : pourquoi est-ce que je me sens menacée par sa présence à mes côtés et par ses agissements envers moi ? Réponse : parce que je suis un peu conne, à ma façon. Parce qu'une peur ancienne est restée suspendue à mes neurones et que mes mécanismes de défense s'activent à outrance. Maintenant, question numéro quatre : quelle attitude adopter durant les quinze heures de vol qui suivront ? Réponse : être moi-même. Mais qui au juste ? Rose ou Élaine ? Rose-Élaine. Voilà. En retournant à mon siège, je me rends compte que j'y ai laissé mon sac à main. J'espère que personne n'y a touché, que l'on ne m'a rien pris. Encore une réminiscence de mon passé… À première vue, rien ne semble avoir bougé, mais on ne sait jamais !

— Excusez-moi à nouveau.

Il se lève. Il est très grand ; je lui arrive sous l'aisselle. Et costaud en plus. Physique à mon goût : certainement un spécimen digne des cours d'anatomie. Il n'est pas franchement beau, selon mes critères personnels, mais il a une beauté virile, de celles qui me dérangent. Je remarque au passage que le pavillon de son oreille gauche a un peu la forme d'un chou-fleur. L'expression de mon regard déplacé ne lui échappe pas, même si c'était au fond celui du médecin qui scrute et analyse. Je ne dois pas être la première à être étonnée par ce pavillon déformé. Il porte la main à son oreille.

— Résultat de plusieurs années de rugby.

— Ah oui…

Je ne connais absolument rien à ce sport, sauf la notoriété des All Blacks et de leur Hakka national, intimidant l'adversaire. Je prends quelques instants pour réfléchir et formuler la question dont la réponse arrivera peut-être à me réconforter dans toute cette histoire. Je vois, par ailleurs, que nous avons effectivement pris du retard, tel que je l'avais précédemment pensé.

— Pourquoi me suivez-vous?

— Pardon?

— Oui, depuis le comptoir d'enregistrement, j'ai la certitude que vous me suivez.

Il se rembrunit un peu.

— Je vous trouve jolie. *Love at first glance?*

— Je ne crois pas au coup de foudre.

— Vous m'intriguez.

Voilà que mes petits mots amis me reviennent:

— Ah oui! Ah, bon! Et pourquoi?

— Difficile à dire. C'est ici et c'est là.

De son index, il pointe sa tête, puis, son cœur. J'ai envie de rire maintenant. D'abord cette énergumène au chapeau fruité, puis une déclaration d'amour. Décidément!

— Attendez. Voilà.

Il sort son iPad, pianote dessus, et y introduit des écouteurs, qu'il me tend.

— J'ai trouvé cette mélodie pendant que j'attendais au salon de l'aéroport. Cela explique comment je me suis senti en vous voyant.

Étienne Drapeau, *T'es toute ma vie*. Je connais la chanson, pour l'avoir entendue tourner souvent, lors de sa sortie. Je l'écoute religieusement. C'est vraiment beau, mais je me sens embarrassée. C'est la première fois qu'une chose semblable m'arrive, que quelqu'un agit de la sorte avec moi, le rêve de plusieurs jeunes femmes, sans doute. Le pire, c'est que je trouve cet homme plutôt plaisant. Je me dis : *Élaine, cesse de contrôler. Que peut-il t'arriver dans un avion ? Bien des choses, en fait… Amuse-toi un peu. Mais est-ce un jeu ?* Je trouve par contre que ça fait coup monté, pièce de théâtre, mise en scène. Je change de sujet plutôt radicalement, parce que j'ai peur de lui dire que je trouve cela quétaine, kitsch, même si au fond c'est plutôt flatteur.

— Où avez-vous appris le français ?

— En France. Je le pratique aussi toutes les fois où je séjourne au Québec, dans le cadre de mon travail.

L'avion est en bout de piste. Il accélère, il décolle. Je n'aime pas vraiment ce moment : c'est un peu comme si j'étais retenue sur un siège et qu'on m'imprimait quelques G de pression, ou que j'étais dans un manège, au parc d'attractions. Mon estomac ne tolère pas trop bien le brouhaha. Tout comme l'ensemble de mon système digestif.

— Vous voyagez beaucoup ?

— Oui, passablement. Pour le travail, surtout. Notre famille produit quelques vins néo-zélandais.

— Vous êtes Kiwi?

— Oui, absolument, je suis né en Nouvelle-Zélande. Comme je vous le disais plus tôt, j'ai joué au rugby longtemps. Je désirais devenir joueur professionnel en fait. Mais mon père est décédé subitement, et mon oncle, un Américain, voulait que je travaille dans l'entreprise familiale…

Je l'écoute me raconter des fragments de sa vie en me disant qu'il a un accent « franco-anglais-kiwi-je-ne-sais-trop quoi » qui m'accroche positivement. Sans compter le timbre de sa voix, fort et viril. Bref, en conclusion, je pense qu'il me dérange. Positivement.

— … entreprise familiale viticole.

— Quels types de vin fabriquez-vous? Du pinot noir, j'espère!

Je me suis sentie un peu cavalière d'avoir lancé ce commentaire; tout à coup sa famille exploite plutôt la syrah?

— En fait, nous cultivons surtout du sauvignon blanc et notre maison est fort prisée par les connaisseurs. Depuis les cinq dernières années, nous exploitons du pinot noir et celui-ci devient de plus en plus prometteur.

— J'adore le pinot noir.

— C'est en effet l'un des cépages que nous préférons cultiver dans le rouge, mais nous avons d'autres, contrairement aux Australiens qui exploitent la syrah majoritairement. Nous souhaitons conserver une variété de cépages plutôt que de nous limiter à un seul… Nous croyons que le consommateur ou l'amateur se lassera moins si on lui offre plus d'un cépage. C'est le pinot qui a amené mon oncle à m'envoyer en France, en Bourgogne plus précisément, dans un vignoble, afin de parfaire mes connaissances dans cette viticulture et pour apprendre le français, par le fait même. J'ai passé deux années en territoire bourguignon…

Je l'écoute et, à la limite, je pense que son français est meilleur que le mien!

— Et vous, que faites-vous?

— Je suis médecin spécialiste.

— Vous allez en vacances en Australie?

— Pas exactement. Je présente dans un congrès lundi matin, au centre des congrès de Sydney.

— Où logerez-vous?

— À l'hôtel Park, dans le port Darling.

— Moi aussi. Quelle coïncidence!

Mon petit drapeau rouge veut refaire surface : il loge au même hôtel que moi…

— Et qu'est-ce qui vous amène à Sydney?

— Le commerce familial. Je dois rencontrer quelques négociants, dans les trois prochains jours. Je rentrerai en Nouvelle-Zélande mercredi prochain.

Je l'écoute me raconter des détails de son travail, qui semble l'enthousiasmer autant que le mien me passionne. Toute crainte suscitée par le fait qu'il loge au même hôtel que moi est maintenant évanouie. C'est intéressant d'entendre parler de quelque chose de nouveau, en fait pas vraiment nouveau, puisque je connais les vins en tant que consommateur, mais se faire expliquer une facette moins connue, par un expert, est vraiment chouette. Je trouve très triste qu'il ait dû faire un trait sur ses ambitions de joueur de rugby, celles de son père et de toute sa famille aussi, pour satisfaire un oncle, dont les ambitions sont de faire fortune dans la viticulture. Je suis en quelque sorte suspendue à ses lèvres, très sensuelles d'ailleurs, depuis pas loin d'une heure, lorsque l'agent de bord nous apporte nos plateaux-repas avant tous les autres passagers autour.

— Votre repas de la classe affaires vous a suivi et nous avons pensé que madame souhaiterait vous accompagner. Voici aussi la bouteille de vin que vous aviez choisie lors de votre enregistrement. Tout ira ?

— *Thank you so much !* Maintenant, parlez-moi de vous.

Il ne voit pas mon regard ébahi : jamais je n'ai été traitée d'une façon aussi… classe ! Durant tout notre repas, presque un tête-à-tête, malgré le grand nombre de personnes autour de nous, puisqu'aucun siège de l'avion n'était libre, j'ai cette impression d'intimité un peu bizarre pendant que je lui parle de mes études médicales. Il est étonné du nombre d'années de sacrifices et de privation que les étudiants en médecine, de surcroît ceux de spécialité, doivent endurer. Je lui explique brièvement la recherche du Dr Lati, à laquelle j'avais contribué durant plusieurs années, et je lui mentionne que je continue à faire de la recherche pharmacologique. Je n'ai pas l'impression de lui avoir révélé quoi que ce soit de confidentiel, mais, le vin me montant un peu à la tête, en plus de la fatigue qui me gagne, je ne sais plus vraiment où j'en suis. Je dois absolument dormir quelques heures.

Je m'endors donc peu de temps après que les agents de bord ont fini de débarrasser les plateaux-repas. Je pense, a posteriori, que notre agent ne s'occupe que de nous ; peut-être que je divague, mais c'est ce qu'il m'a semblé. Je cesse de me torturer les méninges et dors plusieurs heures à poings fermés, les fantômes de mes rêves, qui avaient dernièrement repris possession de mon sommeil, sont complètement évanouis. Lorsqu'on rallume les lumières pour le service du petit-déjeuner, je me rends compte que ma tête est appuyée sur l'épaule de mon compagnon de vol ; un sans-gêne dont je n'ai pas l'habitude. J'espère juste que je n'ai pas bavé sur sa chemise durant mon sommeil… Le repas est somptueux, à nouveau, grâce au service VIP dont nous bénéficions. J'accepte le tout sans mot dire, je n'ai rien demandé, on me l'offre.

Nous atterrissons à Sydney tellement doucement que je pense que personne ne s'en est rendu compte. Mon compagnon est sorti avant tout le monde, question de récupérer son statut de voyageur en classe supérieure. J'ai refusé de le suivre, malgré son insistance ; rien ne presse et je me sens un peu observée par les voyageurs autour. Mieux vaut me confondre dans cette foule plus ordinaire, qui me ressemble plus, en réalité.

J'ai rapidement trouvé l'autocar qui menait à mon hôtel. À la réception, j'ai tout de suite senti que je bénéficiais d'un traitement supérieur, certainement le résultat de l'intervention de mon galant chevalier de l'avion. La notice de réservation de ma chambre indique une chambre de catégorie supérieure, tout simplement. Lorsque le groom ouvre ma porte, je suis estomaquée de constater l'ampleur de la pièce et la spectaculaire beauté de la composition florale qui trône majestueusement sur la table, en plein centre du salon : du mimosa doré, de l'eucalyptus, des variétés que je ne connaissais pas, de toutes les couleurs. Comme dans un film! Il ne s'agissait aucunement d'une chambre et salle de bain, mais d'un espace plus grand que tout mon appartement. Comment une chambre d'hôtel peut-elle être aussi vaste? Et dans quel but? Mes besoins sont peut-être restreints, mais tout de même, je pense qu'il est inimaginable d'avoir des besoins si grands pour une seule nuit. Les effluves émanant des fleurs embaument la pièce; rien à voir avec la récente, et indécente, odeur des roses blanches.

— *Are you sure this is the room I booked?*

— Bien sûr, madame.

Son français était mignon. Il refusa mon pourboire, probablement insignifiant comparé à celui qu'il avait pu recevoir de Travis Ngate. Cela me faisait tout drôle d'appeler par son nom ce chevalier servant.

Je défais mes bagages, qui se résument à pas à grand-chose: mon tailleur, le seul de ma garde-robe, d'une étoffe de qualité qui ne se froisse pas facilement. Je le suspends tout de même dans la salle de bain, la vapeur de la douche se chargera de le rendre parfait pour le lendemain, jour de ma présentation.

Je n'ai pas vu tout de suite l'enveloppe déposée sur mon lit: une invitation à dîner au restaurant de l'hôtel, un des meilleurs de Sydney. Oups! Un petit conflit d'horaire se pointe à l'horizon; je suis invitée à participer au repas des conférenciers au palais des congrès, ce soir à 19 h. L'invitation à dîner de monsieur Ngate est pour 20 h. Je me dis que je peux aller un peu à l'un, et totalement à l'autre.

Je me sens un peu coupable parce que je n'ai pas beaucoup pensé à Simon depuis l'embarquement dans l'avion, ce qui n'est pas très bien, finalement. Je laisse tout de même cette remontrance derrière moi et me rends au cocktail dînatoire organisé par le congrès. C'est certainement très classe, mais rien dans cet environnement très glamour n'arrive à inhiber cette effervescence troublante que je ressens à me retrouver avec Travis Ngate. Je prends donc seulement un verre de champagne et quelques canapés. Rien, cependant, qui ne pourrait donner mauvaise haleine.

De retour à l'hôtel, je retrouve le calme de ma chambre, ma trop gigantesque chambre, et je me refais une petite beauté. Je troque, tout d'abord, mon ensemble de voyage pour le seul tailleur que j'ai apporté, celui prévu pour ma présentation. Mon chemisier blanc fait un peu trop sérieux, alors j'enfile une camisole noire, quelque peu décolletée, et je choisis de ne pas porter de soutien-gorge ; une petite folie du moment. Je ne suis pas du genre à me maquiller beaucoup ; j'aime le naturel, me présenter tel que je suis, avec quelques petits grains de blé sur le nez, résultat de ma pigmentation de rouquine. Je ne maquille que mes yeux, très peu, et je porte du rouge aux lèvres, et ça, presque toujours. Un, cela hydrate mes lèvres, deux, cela ravive mon teint. Je repense à ce vidéo sur les « Roses blanches » dans lequel j'ai pu voir des femmes prisonnières des nazis se couper la peau, prendre de leur propre sang et l'étaler sur leurs joues et leurs lèvres afin d'avoir l'air plus en santé, espérant ainsi être épargnée de la mort et servir les soldats, sans savoir vraiment ce qui les attendait. Tout à fait comme moi en ce moment.

15

David Lemay n'aime pas particulièrement Illes Van Murden, mais il n'a pas d'autre choix, en ce vendredi soir, que de faire affaire avec elle ; il était à court de ressources et de temps. Très forte et perspicace, elle est en compétition avec lui pour prendre la tête de l'organisation. Elle n'a, à son avis, pas suffisamment d'expérience sur le territoire américain, n'y ayant effectué qu'une mission, qui a mal tourné. Leur chef y a laissé sa vie. Lemay avait cru pour un moment qu'Illes avait fait en sorte qu'un des leurs y laisse sa peau, mais une enquête interne avait démontré qu'il n'aurait pu en être autrement : c'était l'individu ou la mission. Illes avait, tel qu'il se doit, choisi la mission. On avait simplement conclu que son inexpérience sur le territoire avait fait qu'elle n'était pas arrivée à protéger son collègue. Lemay avait son opinion là-dessus : elle avait sciemment laissé son collègue mourir.

Son physique le troublait aussi. Lemay aimait plutôt les femmes bien en chair, aux rondeurs attrayantes et invitantes et, surtout, très féminines. Illes était plus grande que lui, d'allure plutôt masculine, avec des muscles dignes d'un compétiteur de culturisme. Rien en elle n'inspirait cette volupté qui l'allumait. Il la considérait évidemment comme une collègue de travail, mais pour lui, une femme devait avoir un minimum de féminité. Il ne s'était jamais gêné pour s'envoyer en l'air avec des partenaires durant ses missions. Avec Illes, c'était tout à fait différent : il avait l'impression de travailler avec un autre homme. Mais elle avait tout de même à ses yeux, et à et ses sens, quelque chose de troublant, de sexuellement attirant.

Lemay se sentait exténué ; il s'allongea sur son lit, en tentant de rester réveillé. Il pensait aux révélations du docteur Tuccini, sans toutefois pouvoir aboutir à quoi que ce soit de sensé. Le puzzle venait soudain de passer à un niveau ultra-expert, du type mille minuscules pièces à arrimer. Il reprendrait tous les éléments, un à la fois, demain et tenterait d'éclaircir les nuages qui venaient ombrager le tableau. Un sommeil bienvenu s'empara de lui.

* * *

Lemay se réveilla, en ce samedi matin, avec de terribles douleurs musculaires. Était-ce son entraînement intensif de la veille ou la tension engendrée par l'histoire Johnson ? Il s'était réveillé en plein milieu de la nuit, l'esprit ravagé par le souvenir du visage impassible d'Élaine Johnson lui disant, en guise de réponse à sa question : « Il y avait deux ADN. » Il avait mis un temps fou à retrouver le sommeil, ressassant cette rencontre, dont l'issue n'avait pas été celle qu'il avait imaginée.

En ce matin brumeux, il se dit qu'il devrait laisser tomber plutôt que de se torturer les méninges, de continuer à gruger son os, comme un chien enragé, jusqu'à ce qu'il ne reste plus de moelle. Mais c'était plus fort que lui, comme s'il était attiré par un aimant d'une puissance invincible, ou qu'un destin se dessinait devant lui, sans qu'il puisse en inverser le cours, comme lorsque le ventre de la terre s'ouvre pour engloutir bâtiments et habitants. Il était 7 h du matin, 23 h ce samedi soir à Sydney. Il savait qu'Élaine Johnson était dans l'avion, quelque part entre Los Angeles et Sydney, dans une zone sans heures, un espace aérien dont le temps était pour lui encore incompréhensible.

Un contact de Los Angeles l'avait assuré qu'un membre de l'organisation avait bel et bien pris charge de la cible. Il n'avait reçu aucune nouvelle depuis; peut-être était-il à bord de l'avion qui transportait la doctoresse à Sydney. Il soupire, se sent moche comme jamais auparavant, l'haleine fétide, la barbe en broussaille. Ce n'est tout de même pas si compliqué que ça, pourtant : il veut savoir comment elle a fait pour tuer des gens sans que personne découvre le pot aux roses, tout simplement. Soutirer une information devrait lui être facile, il a été formé pour cela.

Lui-même ne disposait que de quarante-huit heures pour arriver à ses fins auprès de la doctoresse, puisqu'une autre mission commencerait lundi, et qu'il devait se rendre à New York dans la journée. Faire un peu de ménage dans une famille, une autre histoire d'héritage. Il déteste ce genre de mission, mais le cachet sera au rendez-vous, puisqu'il s'agit d'une famille bien nantie.

Les derniers propos du Dr Tuccini l'assaillent à nouveau, alors qu'il croyait que toute cette histoire d'identification d'ADN, dont il était l'instigateur, ne lui servirait qu'à confirmer ses soupçons concernant le vrai coupable de l'agression de la petite Rose. C'est fou combien de détails ont pu être tirés à partir d'une seule requête. Des informations non pertinentes, pense-t-il, mais qui viennent le troubler davantage. Il se replonge dans un passé pas si lointain, alors qu'il était enquêteur et qu'il devait scruter, décortiquer, analyser. Sa promotion ultérieure, au service du renseignement, avait mis un terme à cette façon de travailler; on s'y prenait autrement. Chez Quivira, on ne posait pas beaucoup de questions, on exécutait. On était mis au courant du contexte, certes, mais en occultant des détails à risque de décharge émotionnelle nuisible. C'était mieux ainsi. Sauf que lors de sa dernière mission, il avait senti qu'il avait ramolli: la mère et l'enfant, leur destin tragique, l'avaient touché. Et, à présent, c'était à nouveau différent, plus intense, plus empreint de facteurs personnels. Cette histoire d'ADN le turlupine, ce Billy Brousseau était le père de tous, y compris Rose, alias Élaine. Entre deux gorgées de café noir bien tassé, il envisage deux options: Élaine Johnson sait que ces individus lui sont génétiquement liés ou elle ignore tout. Selon la première hypothèse, elle s'est débarrassée d'Alexandre par vengeance, puisqu'elle sait pour le second ADN: son omission, son mensonge, sa manigance à lui, David Lemay. Mais pourquoi Paul et France? Pourquoi son père? On lui a dit que ce dernier serait mort le cœur épuisé; ça arrive. Très plausible qu'elle n'y soit pour rien, sauf qu'elle était physiquement présente lors du décès. Tout de même assez particulier, toutes ces coïncidences. Pourquoi ses demi-frères et sœurs, Paul et France? Étrange. Certainement pas dans un but pécuniaire… Un héritage? Tiens, il demandera à Gélinas de se rendre à Saint-Claude et de découvrir ce que cache toute cette histoire. Il serait temps de fouiller aussi le domicile de la doctoresse ; il y découvrira peut-être quelque chose qui pourrait l'éclairer. Si elle ne sait rien des liens familiaux l'unissant aux Brousseau, il considérera que le hasard a des tentacules plus longs qu'il ne croyait, ce qui pourrait jouer en sa faveur, et devenir une arme à utiliser en cas de besoin, comme les Roses blanches et les photographies.

Il reprend les détails de sa petite mission personnelle qui s'avère nettement plus complexe qu'il ne le croyait initialement. Cette dernière rencontre tant espérée avec Élaine Johnson avait, selon lui, fait chou blanc. Pire, il y avait maintenant un vers dans le chou. Elle sait pour l'ADN dissimulé. Il se sent malheureux, comme s'il avait été trompé, floué ; son orgueil en prend un coup. Pourtant, il est responsable de son propre malheur, puisque c'est lui qui a déclenché l'aventure, devenue un duel, en quelque sorte. C'est lui-même qui s'est mis la tête dans la gueule du loup, la louve, devrait-il plutôt se dire.

Mais il ne perdra pas la partie, non. Il arrivera à ses fins, quoi qu'il advienne. Il vaincra cette D^{re} Johnson, il aura gain de cause, même s'il s'avérait qu'il n'y avait pas de cause. Il sait tout simplement qu'il aura raison : elle cache quelque chose. Elle n'a pas nié avoir tué les Brousseau. Elle a seulement esquivé la question en amenant froidement le sujet du second ADN, un peu comme lorsqu'on sort un lapin du chapeau, pour flouer l'auditoire. Elle l'exaspère encore plus qu'il ne le croyait.

Lemay contacte donc Jean Gélinas, pour lui demander de fureter dans les affaires des défunts de Saint-Claude et de fouiller la résidence d'Élaine Johnson, durant son séjour à Sydney. Les heures avancent, mais tous ses pions sont en place : le Dr Joseft à l'hôpital, Gélinas pour la section vie privée, Illes Van Murden à Sydney pour la partie scientifique, cet intervenant à Los Angeles pour la pister et tenter de l'amadouer et, finalement, lui, chapeautant le tout. Cinq personnes pour une mission concernant une seule personne. Une mission qui, au départ, aurait dû être des plus simples. Il ne pourra que sortir gagnant. Cette pensée le rassure, il se sent un peu moins ronchonneur. Il se douche et part déjeuner. Il se dit que demain, dimanche, tout devrait être réglé, qu'il aura obtenu l'information qu'il désire et qu'il aura certainement mis la main sur ce qu'il convoite.

Il doit absolument passer à autre chose et parcourir les détails de sa prochaine mission, à New York. Il y consacrera le reste de sa journée. Il ne se souvient pas d'avoir été tant obnubilé par quelqu'un comme Élaine Johnson.

* * *

Depuis les événements du crématorium qui ont été à un fil près de frôler la catastrophe, Gélinas trouve que cette histoire sent mauvais, et là, son patron lui demande de tirer les vers du nez de gens morts. Faire parler les morts, quoi ! Il n'aime pas cela du tout, mais il n'a pas d'autre choix que d'accepter.

Il opte pour commencer par le plus facile : fouiller le domicile de la doctoresse. Lemay lui a parlé d'un médicament sous forme de timbres et de documents de recherche sur ce produit, le Juphilaurium, un nom assez étrange, à coucher dehors, se dit-il. Son médicament pour soigner son hypertension n'est pas plus facile à dire ou à se remémorer ; pourquoi inventer des noms si complexes ? Cela doit avoir affaire à la chimie ou autre chose qu'il ne connaît pas. Il le répète ; non, il ne l'oubliera pas.

Il connaît l'adresse du domicile, l'ayant obtenu facilement après son contrôle de police, fictif, bien entendu. Il décide de régler cette partie du travail sur-le-champ, d'autant plus qu'elle est à l'extérieur du pays pour quelques jours.

Il prépare tout son matériel et se rend à l'adresse correspondante, dans son pick-up bringuebalant. Plus facile de passer inaperçu. Il stationne son véhicule dans l'entrée de la propriété et constate qu'elle est à vendre. Gélinas ignore qu'Élaine Johnson n'y habite plus depuis quelques mois et qu'il s'agit en fait de la maison de ses défunts parents.

Il s'introduit dans la demeure ciblée, par une fenêtre du deuxième étage, en cette brunante glaciale de février. Il connaît bien les systèmes d'alarme ; il est très rare de retrouver des détecteurs sur les fenêtres des étages, encore moins des détecteurs de mouvements, qui sont utilisés dans les voies d'accès courants, ou dans une pièce maîtresse. Gélinas choisit la fenêtre la plus petite, celle de la salle de bain, aucun risque de déclencher une alarme. Il se repère dans la pénombre et constate rapidement que la maison semble inhabitée. Étrange, puisque l'adresse est bien la bonne. Il devra fouiller la propriété à fond, ne pas faire le travail à la légère, ne pas commettre de maladresse, ce qui semble être devenu sa spécialité, depuis quelque temps et surtout, dans les missions commandées par Lemay, son nouveau patron.

Ne pouvant circuler à son aise dans toute la propriété sans déclencher l'alarme du système de surveillance, il décide de retourner à l'extérieur afin de le désamorcer. Il s'extirpe donc de la salle de bain par la même ouverture, qui lui semble étrangement plus petite en sortant, et manque d'y laisser un morceau de tissus de son parka qui s'est coincé dans le mécanisme de fermeture du châssis. Ouf! Il ne doit pas laisser d'indice de son intrusion. C'est pourquoi il porte des gants de latex. Il opte pour traficoter le système d'alarme et procéder à une visite exhaustive: il doit marquer un bon point auprès du patron, lui apporter une réponse à sa question.

Il fait précautionneusement le tour de la propriété; une petite boîte installée à proximité du compteur électrique abrite le mécanisme extérieur du système d'alarme. Dans son coffre, il saisit un fil de caoutchouc chaussé de deux petites pinces alligator métalliques et installe une pince sur le fil d'entrée du système, l'autre sur le fil de sortie. Voilà, le système est désactivé. Il crochète la serrure de la porte d'entrée principale avec son fil de fer destiné uniquement à cet usage; la serrure cède facilement, comme si la clé maîtresse venait d'y être introduite.

Il pénètre dans le vestibule, qui sent l'encaustique. Les meubles sont recouverts de draps de toutes les couleurs, signe probable que personne n'y habite. Il se dit que ce policier qu'il était, il y a quelques jours, s'est fait avoir par la doctoresse: elle avait négligé de faire son changement d'adresse sur ses papiers! Elle lui avait menti par omission, avec une aisance stupéfiante. Il sourit, puisqu'il était lui-même dans la même situation, ou presque. Un petit tour de la maison lui indique que tout a été rangé dans des cartons. Doit-il ouvrir toutes les boîtes? Sur chacune est inscrit son avenir: «À vendre», «À donner», «Élaine»... Tiens, il ouvrira uniquement les boîtes destinées à Élaine. Que pourrait-il y avoir de pertinent à ouvrir des boîtes de vaisselle à donner?

À la lueur de sa lampe de poche, il ouvre chacune des boîtes, treize au total, portant l'inscription «Élaine». Le chiffre lui semble d'entrée de jeu malchanceux, mais il devra faire avec. Il trouve des cahiers d'école, première année, deuxième année et ainsi de suite. Des bulletins de notes et des commentaires de comportement: pas facile, la petite! Les notes sont parfaites, mais il semble que les emporte-ments, des crises de colère, sont courants dans le compor-tement d'Élaine Johnson. Des notes font état de la colla-boration excellente des parents. Autre boîte: des poupées, des peluches. Rien de bien pertinent, jusqu'à la toute der-nière boîte: des documents de recherche sur le Juphilau-rium. Pas trop tôt. Des cartables portant des dates, avec à l'intérieur des documents rangés dans un ordre dicté par les nombreux séparateurs. Voilà. Il ne les consultera pas sur place, parce qu'il n'y voit pas plus qu'il le faut, avec sa lampe torche dont la lumière est un peu vacillante, et parce qu'il veut y employer tout le temps nécessaire. Il y passera la nuit, s'il le faut. Demain, dimanche, il fera son compte rendu.

Gélinas sait maintenant qu'Élaine Johnson n'habite plus ici. Mais il s'abstiendra de le révéler tout de suite à Lemay. Il doit d'abord consulter les documents, puis tenter de trouver un indice de l'utilisation de ce médicament en relation avec la mort, comme on le lui a demandé. Il n'observe aucun signe que des échantillons du produit ciblé par son patron sont rangés ici. Il devra trouver où elle habite, maintenant ; ce ne sera pas bien difficile, puisqu'il a accès à toutes les informations des compagnies publiques, téléphone, électricité, câblodistribution. Elle bénéficie de l'un de ces services, c'est certain. Il se reprendra.

Il s'en veut de s'être fait avoir, lorsqu'elle lui avait répondu que l'adresse sur les papiers de sa voiture et sur son permis de conduire était exacte. Comment aurait-il pu savoir qu'elle lui mentait ? Un uniforme officiel commande une certaine autorité ; elle a dû avoir la frousse de se faire refiler une amende d'omission. Lui aussi, il craint d'être puni par omission.

* * *

Félix n'a rien à faire en ce samedi soir ; il se morfond. Il est mélancolique, il ne pense qu'à Élaine, à tout ce qu'elle représente pour lui. Pourquoi ne pas aller chez elle, question de se faire plaisir, en se retrouvant dans ses affaires ? Si elle lui a confié sa clé, c'est qu'elle aussi veut garder le lien, c'est l'évidence même. Il lui laissera tout le temps nécessaire pour réfléchir ; même si elle voit quelqu'un d'autre, elle lui reviendra. Il le sait. Il le pressent.

L'appartement est rangé comme si personne n'y habitait. Dans la salle de bain, aucune serviette n'est suspendue, aucun produit de toilette n'est laissé sur les comptoirs. Tout est d'une impeccable propreté. Dans les armoires, des draps de bain, débarbouillettes s'empilent avec un ordre presque dérangeant : pas un pli, tout est aligné à la perfection. Il ouvre le tiroir sous le lavabo, saisit un flacon de son parfum préféré et hume l'arôme suave de Coco. Elle lui avait répété souvent, pas les autres Coco, le vrai, le seul. Élaine était fascinée par cette femme, Gabrielle Chanel. Celle qui avait grandement contribué à libérer la femme de la sévérité de vêtements trop contraignants. Même chose avec le sac en bandoulière. Dans la bibliothèque, il retrouve le livre qu'il lui a offert, racontant la vie de cette légende. Il le lira ce soir. Il compte dormir ici, dans son lit. Ce lit dans lequel il n'avait dormi qu'une seule fois, lorsque Élaine était rentrée de l'hôpital, après son accident de la route qui l'avait fortement commotionnée.

Il n'ose rien déranger ; les plantes n'auraient pas besoin d'eau avant quelque temps et la lumière du jour, que la fenêtre du salon laissait pénétrer, semble les satisfaire. Il se dévêt et s'installe sous l'édredon moelleux, calant trois oreillers sous sa tête. Il se sent bien, installé dans la vie d'Élaine, à lire son bouquin préféré, bien au chaud dans son lit. Comme il était épuisé par les heures supplémentaires qu'il avait faites dernièrement, le sommeil ne tarda pas à s'insinuer à travers les pages de sa lecture. Il sombra dans un sommeil bienfaiteur.

16

Lundi matin 11 h à Sydney. Les présentations du matin
sont données par des médecins ou des résidents en anesthésiologie : intéressantes, mais beaucoup trop sérieuses.
Quelques voisins de siège battent du cou involontairement,
dans un mouvement de oui, non désiré, tentant de fuir ce
sommeil qui les gagne, certains ronflant presque ou se
réveillant en sursaut. Les discours sont prononcés de façon
monocorde, comme si les présentateurs étaient forcés d'être
là, devant cette foule de médecins spécialistes et de scientifiques. Le pire élément me semble être la piètre qualité de
leur matériel visuel. Lorsque personne n'arrive à lire les
tableaux, ou que l'écran est surchargé d'informations, le
public ne suit plus. La présentation préparée par le Dr Lati
est très différente.

Je commence ma présentation en m'excusant pour mon
accent français québécois et en priant l'auditoire de ne pas
hésiter à me faire répéter au besoin. Je ne leur cache pas que
je me sens privilégiée d'être parmi eux ce matin, dans leur
beau pays. Tout en prononçant ces paroles, je repère un
certain mouvement dans le vaste auditorium, comme si
mes paroles avaient fouetté mon auditoire. J'ai capté leur
attention. Mon anglais semble compréhensible et je me
sens de plus en plus à l'aise. Les écrans géants rendent de

moi une image tout à fait correcte : c'est vrai que j'ai pris soin de porter mon tailleur noir, mon chemisier blanc et des sandales à talon pas trop haut, qui ne gêne pas mes mouvements. Mes cheveux sont remontés en un élégant chignon. Aucun stigmate de ma nuit sans sommeil ne paraît.

Je m'imagine mal trébucher sur le tapis en raison de talons trop hauts et tomber tête première ; ou encore, découvrir un vilain morceau de pain ou, pire, de persil, coincé dans mes dents et de multiples fois amplifié sur ces grands écrans. Je n'ai donc rien mangé ce matin et je me suis parfaitement brossé les dents. Je poursuis, toujours en anglais, mon petit laïus préparé à la toute dernière minute, hier, lors de mon court séjour dans cet hôtel trop moderne de Los Angeles.

— L'invention d'un nouveau médicament demande, comme vous le savez certainement, de nombreux efforts, de nombreuses années de dur labeur et beaucoup d'humi-lité. Nous sommes pour la plupart des praticiens en anes-thésiologie ; combien, parmi vous, se sont déjà demandé comment est inventé un produit, pendant combien de temps et sur combien de bénévoles il doit être testé, et un tas d'autres questions du même ordre ? Mais surtout, com-ment en choisit-on le nom ? Ce matin, avant de vous pré-senter cette molécule extrêmement intéressante à plusieurs points de vue, je désire rendre un hommage à son concep-teur, mon mentor, le Dr Don Lati, qui ne peut être parmi vous pour des raisons familiales. Le Dr Lati a entrepris un protocole de recherche il y a plus de quinze ans maintenant, afin de fabriquer un curare non dépolarisant, de courte durée d'action, dont les caractéristiques et avantages seront revus dans la partie scientifique de ma présentation. Lorsque j'ai commencé à travailler sur ce projet de recherche déjà en cours, c'était mon emploi d'été, et je n'étais même pas encore étudiante en médecine. Alors, vous pouvez imaginer les efforts que le Dr Lati a dû faire pour vulgariser les termes médicaux, devenus rapidement familiers, afin que je comprenne ce dont il s'agissait. À cette époque, le médicament en gestation s'appelait le Jurium. Pourquoi? Parce que Dr Lati avait décidé que le médicament final porterait, en partie, le nom de ses enfants. Il n'en avait qu'un à cette époque: Julien. Il décida d'utiliser la première syllabe de son prénom pour constituer le nom du produit à l'étude: Jurium. Il désirait ainsi honorer sa famille. Car, comme vous le savez tous, les heures passées en salle d'opération, à travailler comme tous les confrères, en plus des heures passées au laboratoire, bien que des collaborateurs y travaillent en permanence, font que les médecins passent moins de temps avec leur famille, femmes et enfants. Sans compter les heures de garde et la fatigue qui en découle. Bref, nos proches sont souvent privés de notre présence ou victimes de notre fatigue, peut-être de notre mauvaise humeur, parfois.

Un rire secoue la foule.

— Il ne faut cependant pas éluder le fait que nous aimons notre travail et s'y trouver, n'est pas une punition. Je connais donc le Dr Lati depuis de nombreuses années: c'est un homme de cœur, un scientifique, un excellent anesthésiologiste, mais surtout un père, un homme de famille. Il s'excuse de ne pas être parmi vous aujourd'hui, mais sa femme vit une dernière grossesse difficile et il a décidé que son devoir était de rester auprès d'elle. Qu'est-il arrivé au Jurium du début ? La molécule était instable, je me rappelle, puisque je me suis jointe à l'équipe à ce moment-là. Il a fallu que des modifications y soient apportées, ce qui prit quelques années. Entre-temps, le Dr Lati eut un second fils, Philippe. Le nom du médicament, encore embryonnaire, évolua alors vers Juphirium, après l'ajout de la première syllabe du prénom du second fils Lati. Même à cette époque, nous étions loin d'un produit fini. Il y eut des échecs, des moments de découragement, jusqu'à ce que l'ajout d'un élément indispensable cristallise la recette pharmacologique de ce nouveau curare. Les études sur les fibres musculaires étaient ma partie : j'adorais observer les réactions microscopiques. Nous n'avons jamais utilisé d'animaux pour la recherche ; les volontaires sains étaient légion, donc nous avons pu établir des courbes de pharmacocinétiques et de pharmacodynamiques sur cinq cents patients. Une énorme étude, qui nous a aussi conduits à montrer l'innocuité du produit obtenu. Quelques semaines avant le dépôt du projet et des résultats, madame Lati donna naissance à un troisième fils : Laurent. Il fallut donc modifier le nom du produit final afin d'honorer la tradition entreprise par Don. Il devint donc le Juphilaurium, après que furent ajoutées les lettres de la première syllabe du prénom du nouveau-né. Vous vous demandez sûrement si le nom sera encore modifié en raison du dernier enfant à venir. Eh bien non, cela est maintenant impossible, mais je fais confiance au Dr Lati pour l'introduire dans sa vie scientifique d'une autre manière. Comme je vous le disais au début, son sens de la famille est sans limites.

C'est alors que les gens dans la salle applaudissent, puis se lèvent, pour une ovation qui dure une bonne minute. Je n'étais pas nerveuse avant, mais soudainement, je le deviens. Je sens l'eau ruisseler sous mes bras et sous mon soutien-gorge; mon visage est bien rouge, mais avec la distance, ce ne doit pas être si mal, sauf sur les écrans géants...

Durant les quelques secondes où les participants reprennent leur place, je perçois des murmures d'appréciation et cela me fait chaud au cœur; j'ai réussi à capter l'attention de mon auditoire, ce qui s'avère un plus pour la suite de ma présentation, puisqu'il n'y a pas d'autre choix que de m'écouter expliquer le magnifique document préparé par mon mentor. La représentation chimique du Jurium, puis celle du Juphirium, où se voit clairement l'ajout d'un atome de chlore. Puis le produit fini, le Juphilaurium, structure que Dr Lati a représenté en trois dimensions : génial.

Je passe en revue les caractéristiques du produit, son début d'action, sa durée totale d'effet clinique, son absence d'effets secondaires potentiellement délétères, tels que l'augmentation de la pression intraoculaire, la pression intragastrique ou intracrânienne. J'insiste sur le fait qu'il existe un antidote pour contrer son effet, un avantage majeur, comparativement à une autre molécule de brève durée d'action, mais comportant de nombreux désavantages, dont une susceptibilité génétique à une durée d'action anormalement longue. J'ai une image pour chaque mot clé : *caractéristiques, effets secondaires, antidote, métabolites, dosage, mesure de réponse neuromusculaire* et ainsi de suite. Je commente les courbes d'analyses pharmacocinétiques et pharmacodynamiques qui sont propres à ce curare.

Je déborde un peu de la présentation préétablie, en donnant des exemples cliniques, sans correspondance visuelle, cependant. Mais les gens écoutent religieusement, comme suspendus à mes lèvres. Je parle brièvement de son utilité pour l'intubation endotrachéale, ce moment où l'on procède à la mise en place d'une protection des voies respiratoires par un tube, dans divers états pathologiques. Puis, j'aborde son indication clinique lors de chirurgies durant lesquelles il ne faut pas paralyser les malades pour une durée dépassant le temps de l'installation, soit quelques minutes. Je cite l'exemple de la chirurgie faciale, là où un état de paralysie prolongé peut entraîner un dommage parfois définitif au nerf facial. L'effet clinique du Juphilaurium étant de six minutes cinq secondes, le besoin d'administrer un antidote pour procéder à la chirurgie sans paralysie devient caduc.

Il me reste cinq minutes pour ma présentation. J'en profite donc pour introduire le projet de recherche en cours et projeter sur les écrans géants le timbre dermique contenant quarante doses de Juphilaurium. Je conclus en ne manquant pas de mentionner que nous serions heureux de venir présenter les résultats finaux de cette nouvelle étude à un prochain congrès.

Je suis ovationnée!

Pourtant, la présentation était simple, mais claire, concise et, surtout, humaine.

Une courte période de questions et commentaires suit. Un médecin italien, aussi présentateur, mentionne que la description du produit était bien conforme et qu'il était utilisé en Europe depuis quelques semaines seulement, avec grande satisfaction. Un médecin des États-Unis fait des commentaires similaires et me remercie chaudement pour mon introduction au sujet du Dr Lati. J'espère que ces commentaires de personnes étrangères à nos recherches feront en sorte que notre produit soit commercialisé ailleurs qu'en Amérique du Nord et en Europe. En acceptant de participer à ce congrès, afin d'éduquer la population médicale quant aux nouveautés sur le marché, le Dr Lati visait le marché international.

Une grande femme assise en arrière de la salle s'approche à son tour du microphone et demande, dans un anglais avec un accent si étrange que je dois lui faire répéter sa question :

— *Is there any trace of the medication in the blood, after death** ?

Je suis complètement décontenancée. Je sens une décharge d'adrénaline dans tout mon corps, mais particulièrement dans mon visage, où la rougeur s'installe avec encore plus de vigueur. La sueur coule sur ma nuque et perle maintenant sur mon front. Tout cela en quelques secondes. Je regarde dans la salle de conférence, sans voir personne... mais mon regard se pose sur une personne assise en première rangée : David Lemay. Non, c'est impossible, je dois avoir une hallucination ! Je le fixe encore, abasourdie, ma vision devenant de plus en plus floue à mesure qu'un mouvement de désordre parmi la foule s'intensifie. Aussi subitement qu'il est arrivé, mon mirage s'évanouit ; il n'y a pas de Lemay assis

---

*   « Est-ce qu'on peut retrouver le médicament dans le sang après la mort ? »

en première rangée, mais plutôt trois jeunes femmes, probablement des étudiantes.

Me ressaisissant, j'ai juste assez de temps pour fouiller mon cerveau à la recherche d'une réponse valable. Parce qu'il n'est pas possible, ici dans cette assemblée, que quelqu'un pose ce genre de question... Nous ne travaillons pas sur des patients morts : qu'est-ce que cela donnerait d'avoir un mort paralysé au Juphilaurium ? Le temps se charge par lui-même de paralyser le corps après la mort, par cette rigidité cadavérique inéluctable. Nous travaillons sur le vivant ; nous ne sommes pas thanatopracteurs. Comment quelqu'un pouvait-il savoir que j'avais effectivement procédé à cette recherche, à ce type de dosage sanguin chez des patients décédés, et ce, après avoir remarqué l'absence de trace du produit après mon assassinat des mitochondries cellulaires ? Personne, non absolument personne, ces données se trouvant dans le coffre-fort de ma salle de bain. Cette fraction de seconde durant laquelle j'ai cru apercevoir David Lemay provient-elle d'un message quelconque de mon cerveau ? Je me sens vraiment très mal, je sens un danger imminent, comme si le sol se dérobait sous mes pieds.

Le modérateur de l'assemblée est plus rapide que moi, peut-être a-t-il senti mon trouble, et il demande à mon interlocutrice :

— Votre nom et votre lieu de pratique ?

— Illes Van Murden, South Africa.

Cette petite pause arrive à point puisque j'ai le temps de remettre à l'écran le tableau des dosages sanguins du Juphilaurium et de ses métabolites.

— Comme vous pouvez le constater, il y a toujours des dosages enregistrés chez tous les patients et à tous les moments où il y a eu prélèvements sanguins. Ces dosages sont par ailleurs tous corroborés par une mesure de la réaction musculaire. Les métabolites se dosent, mais n'ont aucune activité clinique notable.

Pendant que j'explique à nouveau ce qui avait déjà été clairement énoncé précédemment, une dame responsable de l'enregistrement des participants au colloque prend le microphone et, une liasse de feuilles en mains, demande à nouveau le nom de mon interlocutrice. La dame fait une rapide vérification et lui dit qu'elle n'est pas inscrite sur la liste des participants.

— D^{re} Johnson, vous n'avez pas répondu à ma question.

Et là, j'ai failli perdre toute contenance, d'abord à cause de l'essence de sa question, puis à cause de son français impeccable, qui me fit soudainement penser à mon compagnon de la nuit dernière..

— Désolé, madame, vous devez quitter la salle s'il vous plaît. Seules les personnes inscrites ont le droit d'assister aux conférences.

Il y a un branle-bas de combat et trois membres de la sécurité viennent convaincre l'intruse de quitter l'amphithéâtre. Elle me jette un dernier regard et je suis troublée par son sourire habité de crocs, tel un fauve venant tout juste de perdre sa proie. Ouf! Il y avait maintenant une certaine confusion dans la salle; l'heure du lunch est cependant arrivée, cela permet aux gens de quitter l'amphithéâtre et de se diriger vers leur salle de repas respective, tout en parlant de ce qui venait de se passer. Il m'a été possible de saisir des propos tels : espionnage pharmacologique, vol de données de recherche et ainsi de suite.

L'organisateur en chef vient à ma rencontre, se confondant en excuses. Jamais les responsables de la sécurité n'avaient laissé passer qui que ce soit qui n'était pas inscrit, et jamais rien de tel ne s'était produit auparavant. Je le rassure, même si c'est moi qui aurais besoin de l'être, en lui disant que parfois des événements surviennent hors de notre contrôle. Bien qu'en disant ces mots, je pense vraiment qu'un certain laxisme de la sécurité avait fait en sorte que cette femme se retrouve ici. Bref, j'en profite pour lui dire que je dois retourner à ma chambre quelques instants, le remerciant chaudement de son intervention. Cela me procure l'alibi dont j'ai besoin pour m'esquiver en douce de la conférence, le départ de mon avion étant prévu pour 14 h. On interpréterait mon absence à la table des conférenciers à une indisposition à la suite de tous ces événements.

Sauf que moi, je sais maintenant pertinemment que David Lemay était dans la salle, sans y être physiquement.

17

En ce dimanche matin, 5 h au Québec, 21 h à Sydney, le
Dr Joseft ne peut trouver le sommeil : il aime travailler pour
l'organisation, certes, mais lorsque son ancienne vie de
médecin en vient à côtoyer ou, encore plus, à déstabiliser
sa deuxième carrière, il en arrive à regretter son choix.
Lemay lui a ordonné de se procurer le médicament en
timbre sur lequel travaille la D^{re} Johnson. Il a été entraîné
à exécuter les ordres, pas à les comprendre ou à les discuter.
Mais cette fois, un conflit éthique l'habite et il se doit de
mener sa mission à bien. S'il a bien compris, remettre un
exemplaire du produit conclurait son travail. En ce moment
précis, il se dit que mieux vaut se pointer à l'hôpital à une
heure où pratiquement personne ne s'y trouve, particulièrement dans un laboratoire de recherche.

Il s'habille donc en hâte, n'omettant pas de prendre au
passage son sarrau blanc d'ancien chirurgien. Il fait noir
comme l'encre ; seules les lumières des lampadaires éclairent
la route. Il ne croise aucun véhicule jusqu'au boulevard
principal. Il gare sa voiture à quelques rues du centre hospitalier, rues qui, durant la semaine, devaient être encom-
brées pas les véhicules des patients venant pour des examens
ou des soins. Y penser provoque chez lui une certaine
nostalgie. Son esprit avait fui le sommeil toute la nuit

durant; il avait donc décidé de meubler son insomnie par l'échafaudage d'un plan qui lui paraissait maintenant sans fissure. Il retournerait d'abord au laboratoire et s'il ne trouvait pas ce qu'il convoitait, il était résolu à prendre un tout petit morceau d'un timbre appliqué sur un patient sous protocole de recherche, à l'unité des soins intensifs, se disant qu'une dose manquante ne devrait pas mettre la vie du patient en péril.

À cette heure de la nuit, il y avait peu de chance que des visiteurs soient admis auprès des malades hospitalisés à l'unité des soins intensifs. De même, il y avait peu de chance que ce Patel se trouve à faire des calculs, assis sur son tabouret métallique, au laboratoire du D^{re} Johnson. Moins de gens, moins de soucis et sûrement moins de dégâts.

Le Dr Joseft entre par l'entrée du personnel; un jeu d'enfant. Son sarrau blanc attire l'attention du gardien qui s'empresse de lui ouvrir la porte à code numérique. Une fois à l'intérieur, il se dirige aisément vers le laboratoire de recherche; il a maintes fois arpenté ces corridors et aurait pu s'y rendre les yeux fermés. Le département de pathologie, avec sa morgue en annexe, ne trompait aucun nez aux capacités olfactives normales. Le formol, aussi déplaisant qu'il puisse être, a son odeur caractéristique et le laboratoire de recherche se trouve juste à côté.

Des néons semblent avoir été oubliés, puisqu'une lumière irisée filtre sous la porte d'entrée qui mène au corridor principal. D'abord inquiet devant le fait que quelqu'un puisse s'y trouver, il prend le temps de regarder et de jauger la luminosité qui émane de sous les portes voisines. Elles semblent toutes les mêmes : des lumières de veille, sûrement, puisque les gens ne travaillent pas dans ces départements de médecine de laboratoire la nuit. La porte du laboratoire du D^{re} Johnson n'est pas verrouillée. Il en est surpris, puisque lors de sa dernière intrusion, il avait dû crocheter la serrure d'habile façon, ne laissant aucun dommage visible ou fonctionnel. On avait certainement oublié de fermer à clé, un avantage pour lui. Il pénètre tout de même avec d'immenses précautions afin de n'alerter personne.

Alors que le Dr Joseft avance à pas de voleur – ce qu'il est, de fait –, Sanjay Patel, penché sur ses cartables de travail, se retourne, écouteurs sur les oreilles, un regard ébahi sur son visage soudainement pâle. Ses mains ne sont pas assez rapides pour compléter le geste qu'il a entrepris ; retirer ses écouteurs et sonner la cloche d'urgence. Il reçoit un violent coup de crosse de Glock sur la tempe gauche. Son long corps inanimé s'affale au sol, avec un bruit sourd. Le plancher beige se colore lentement du sang qui s'écoule de sa blessure. Sanjay détestait travailler la nuit, mais il n'avait pas eu le choix, les indices des derniers jours lui indiquaient que quelqu'un s'était introduit dans le laboratoire, quelqu'un avait manipulé ses documents de travail, les traces d'une fouille méticuleuse ne lui avaient pas échappé, lui qui était d'un ordre sans pareil. Cela ne pouvait aucunement être la D^{re} Johnson ; elle ne touchait jamais les documents de recherche sans qu'il soit à ses côtés.

Le Dr Joseft, sans scrupules quant à la tournure des choses, ne vérifie même pas si sa victime est encore en vie ; il est au travail et cet individu le dérangeait particulièrement dans sa fouille du laboratoire. Une entrave de moins à la conclusion de sa mission, qui n'était pas sa préférée, doit-il bien se l'avouer. Il referme la porte, enjambe le corps au sol et fouille de fond en comble le laboratoire : rien, pas de trace d'un seul timbre de Juphilaurium. Le produit n'est pas conservé au laboratoire, il en est maintenant convaincu. Reste l'option de prendre une portion de timbre d'un malade des soins intensifs faisant partie du protocole de recherche d'Élaine Johnson. Il ne s'est pas donné la peine de se pencher, de scruter le dessous des comptoirs ; il aurait certainement noté la présence de cette petite armoire à clé, sous le lavabo, là où sont conservés les timbres transder-miques, depuis que la pharmacie centrale ne contrôle plus les outils de recherche. L'ancien médecin avait échafaudé un plan tout à fait simple pour s'emparer d'une portion de timbre de Juphilaurium au cas où ses recherches dans le local abritant le laboratoire demeuraient à nouveau vaines : repé-rer un malade sous protocole et découper un coin du timbre. Simple comme bonjour, sauf si une infirmière ou un autre membre du personnel soignant le voit. Il se dirige donc vers l'unité des soins intensifs, faisant mine de venir y accomplir un acte professionnel. Plus il aurait l'air naturel, moins on s'occuperait de lui. Il repère un patient sous ventilation mécanique : facile, ces machines sont de grande taille et leur soufflet au bruit régulier émet un son caractéristique. Il ne découvre cependant pas le carton rouge, suspendu à côté du nom du patient, indiquant que ce patient bénéficie d'un médicament expérimental, tel qu'il l'avait appris lors de sa dernière visite, un peu orageuse, de cette unité. Il se hâte donc vers la chambre voisine, souhaitant ardemment ne pas croiser à nouveau cette infirmière qui lui rappelait un pit-bull. Il n'y avait personne en vue : à croire que les patients sont laissés à eux-mêmes, à cette heure de la nuit qui s'achève. Tous les éléments étaient enfin réunis : un malade ventilé mécaniquement, un carton rouge signifiant sa participation au protocole et, surtout, personne à proximité. Le Dr Joseft sort des ciseaux de la poche de son sarrau blanc, soulève la couverture qui recouvre le patient. Le timbre a été placé sur sa cuisse droite ; un morceau de plastique transparent le protège. Il soulève le plastique et n'hésite pas un instant avant d'amputer le timbre de son coin inférieur droit. Pas question de tergiverser pour savoir quel site sur le timbre serait le plus propice à fournir les informations que Lemay cherche. Il veut un morceau de timbre, il recevra un morceau de timbre. Il vérifie que le timbre contient toujours le médicament ; il aurait été imbécile de prendre une section de timbre sans produit actif. C'était un mécanisme simple et ingénieux. Une membrane recouvrait chacune des doses : il l'avait bien lu dans les documents consultés au laboratoire. Il s'empresse de tout replacer dans l'état où il l'avait trouvé, se demandant tout de même ce qu'allait produire l'absence de cette dose de médicaments dans le traitement de ce malade. Il ne s'agit que d'une seule dose : cela ne devrait pas modifier quoi que ce soit, puisqu'il a remarqué que des tranquillisants étaient administrés par voie intraveineuse en continu, indispensables à cet état de coma médical imposé et contrôlé, pour le bien du patient. Il quitte cette unité de soins, après avoir pris soin de déposer le morceau de timbre dans un sachet plastique et sans avoir vu aucun des membres du personnel soignant y travaillant. Bien qu'il sache très bien que la surveillance des patients est la plupart du temps centralisée sur des moniteurs regroupés dans un îlot attenant au poste de travail du personnel soignant, il trouve étrange de n'avoir aperçu personne. Tant mieux pour lui ; pourquoi tenter le diable ? Il repart comme il est venu, sans regarder en arrière.

Quelques heures plus tard, il remet, en mains propres l'objet tant convoité par Lemay. Celui-ci semble déçu par la taille de l'échantillon. Le Dr Joseft lui explique que cette parcelle contient une dose de Juphilaurium, mais qu'il lui est impossible de savoir à quel moment se ferait son action, le timbre complet contenant quarante doses de ce curare, à action séquentielle. Lemay se dit qu'au fond, une seule dose suffirait pour répondre à sa question : s'agit-il bel et bien du produit qui ne laisse pas de trace dans le sang après la mort ?

Élise n'en pouvait plus d'attendre Sanjay Patel à la cafétéria de l'hôpital, où ils s'étaient donné rendez-vous pour le petit-déjeuner. L'attitude de Sanjay des derniers jours la laissait songeuse : il était anxieux et distrait. Certes, il lui avait confié ses tourments, mais elle avait une impression bizarre, particulièrement depuis hier soir, alors qu'il avait décidé de passer la nuit à surveiller le laboratoire. Elle avait d'abord cru à un problème dans leur couple naissant, mais avait rapidement mis cette idée de côté ; puis, elle avait pensé que le projet de recherche, qui tirait maintenant à sa fin, ne lui avait pas apporté les résultats escomptés. Ce n'était pas cela, non plus. Elle avait par la suite pensé qu'il exagérait un peu, qu'il s'inventait un petit scénario pour apporter à la recherche de la D^{re} Johnson une importance qu'elle n'avait pas. Sanjay était convaincu que quelqu'un

l'espionnait, qu'on avait fouillé le laboratoire et que tout
son matériel de travail avait été consulté. Il était extrêmement ordonné et avait placé des petits signets jaunes de
rappel dans certains dossiers, afin d'insister sur ce qui avait
une importance majeure dans le protocole de recherche,
comme le fait que la courbe d'utilisation du médicament
était constante dans tous les dossiers. Quelques-uns de ces
petits post-its s'étaient envolés, c'était le cas de le dire,
puisqu'il les avait retrouvés par terre, sous le lavabo, juste
à côté de l'armoire dissimulée qui abritait les timbres de
Juphilaurium.

Il avait tout d'abord pensé le signaler au D^{re} Johnson,
mais elle partait dès le lendemain pour le congrès de Sydney
et cela lui aurait imposé un stress non nécessaire, avait-il
pensé. Garder le laboratoire lui semblait plus correct, dans
ces circonstances. Durant la journée, le va-et-vient des
différents employés rendait moins propice la présence d'un
visiteur indésirable, sans sarrau et sans badge. Il avait donc
décidé d'y passer les nuits, cette zone de l'hôpital étant
déserte. Sanjay avait émis l'hypothèse d'un espionnage
pharmacologique; cela s'était déjà produit dans d'autres
milieux. Mais pourquoi? La molécule de Juphilaurium était
déjà sur le marché sous forme intraveineuse et faisait partie
de l'arsenal thérapeutique de plusieurs pays depuis les dernières semaines. L'objectif poursuivi ici était de montrer les
avantages d'une forme transdermique pour faciliter l'utilisation de la ventilation mécanique chez des patients devant
recevoir un support respiratoire plus ou moins long. Il ne
s'agissait que d'une autre forme de quelque chose qui exis-
tait déjà. Devait-il en parler au Dr Lati? Il était déjà bien

assez tracassé par la grossesse de sa femme qui risquait de mettre au monde un grand prématuré. Il avait donc choisi de gérer la situation lui-même. Typique de plusieurs médecins… Élise l'avait, en quelque sorte, encouragé dans sa démarche, mais elle était tout de même inquiète.

Elle commence vraiment à trouver le temps long et se décide à aller voir si Sanjay ne s'est tout simplement pas endormi au laboratoire, la tête sur ses monceaux de papier. Lorsqu'elle arrive dans le corridor principal donnant accès aux différents laboratoires, elle remarque que la porte du laboratoire de recherche est toute grande ouverte, ce qui est totalement inhabituel. Prise de panique, elle se met à courir les quelques mètres qui la séparent de la porte et aperçoit Sanjay gisant au sol, la tête dans une mare de sang. Elle se penche rapidement sur lui et constate qu'il respire. Elle appuie de toutes ses forces sur la cloche d'urgence, croyant presque l'avoir détruite. Cette alarme avisait la sécurité de l'hôpital. Elle prend le pouls de Sanjay : un peu trop lent. L'état de Sanjay ne lui dit rien qui vaille ; elle contacte le service d'urgence de l'hôpital et rapidement, on entend retentir l'appel signalant un état d'urgence majeur au laboratoire. Elle s'installe au sol, la tête blessée de son amoureux sur ses genoux, et se met à pleurer, tout en lui murmurant des paroles rassurantes. Elle caresse ses cheveux noirs de jais, ignorant le sang poisseux qui colle sur ses doigts. La situation est grave, elle le sait, même si elle est encore étudiante : des signes ne trompent pas. Le pouls lent, le teint blafard, cet état d'inconscience qu'elle n'arrive pas à vaincre, malgré ses paroles et la stimulation qu'elle lui répète.

Les équipes d'urgence sont bien rodées : quelques minutes seulement passent et toute l'équipe de réanimation arrive sur place. Mais cela a semblé pour Élise aussi long qu'une éternité. On l'éloigne de Sanjay, qui est placé sur une planche de réanimation ; on prend ses signes vitaux et on constate le trauma crânien dont il a été victime : une fracture du crâne par trauma direct. Impossible qu'une chute ait pu produire de tels dommages ; Sanjay a été froidement frappé à la tête, avec une force importante. Il est transporté à l'urgence et pris en charge par le médecin.

Les images du scanneur révèlent la présence de dommages importants au cerveau, à cause de l'enfoncement des os du crâne, au niveau du traumatisme. Le neurochirurgien est appelé et indique d'emblée que le pronostic est sombre : aucune chirurgie possible dans un tel cas. Il prescrit une observation des signes vitaux et neurologiques et les médicaments nécessaires pour le maintenir en vie tout en visant à réduire l'œdème dans le tissu cérébral. Le temps seul pourrait dire ce qu'il adviendrait du cerveau de Sanjay. Élise ne le quitte pas et personne ne lui demande de se retirer ; elle a du cran, et ses quelques années de formation dictent une conduite qu'elle s'employait à être irréprochable.

Vingt-quatre heures se sont écoulées depuis cette agression encore inexpliquée ; l'état de Sanjay Patel s'aggrave d'heure en heure. L'expression qu'Élise lit sur le visage des différents intervenants médicaux lui confirme ce qu'elle croyait. La vie de son amoureux ne tenait plus qu'à un fil. Et personne n'a réussi à joindre la D^re Élaine Johnson.

Les services de sécurité de l'hôpital entreprennent une enquête interne, à commencer par la révision des entrées et sorties enregistrées dans les fichiers. Le laboratoire est placé sous scellé, les enquêteurs officiels des services de police font leur travail, prélevant poussière, cheveux, empreintes. Pourquoi s'était-on attaqué au stagiaire de recherche de la D^{re} Johnson?

* * *

Je me suis rendue à l'aéroport de Sydney tout de suite après les conférences du matin. Je suis bouleversée, troublée, même anéantie par l'intrusion soudaine et inattendue de cette femme, durant la période de questions après mon exposé. La dernière question autorisée par le chronomètre... Tout de même assez directe comme question, du style Lemay à l'état pur. Je me demande vraiment si je suis devenue paranoïaque. J'ai tout d'abord eu une hallucination, croyant vraiment avoir vu David Lemay assis en première rangée de la salle de conférence, pour me rendre compte que mon esprit m'avait joué un tour. Par contre, il s'agissait peut-être d'un avertissement de mon subconscient, un danger imminent à affronter, qui sait? Cette Illes Van quelque chose que je n'ai pas retenu, tant j'étais énervée par sa question, me rappelle vaguement un personnage d'un film de James Bond, ou alors la description d'un personnage tiré d'un SAS savoureux: une femme d'allure masculine, les cheveux en brosse, figés par un gel, avec une voix à faire fuir un revenant. Une espionne, oui c'est cela, elle me fait penser à une espionne. Elle a réussi à dégonfler ma balloune! Alors que j'étais super satisfaite de ma performance, après cette première présentation à l'étranger et surtout si heureuse de faire honneur à mon mentor, cette folle a jailli de nulle part avec sa question assassine. J'ai senti que la foule scientifique avait apprécié ma présentation ; sauf que maintenant, après ce coup d'éclat, j'ose encore espérer que le public présent, de futurs utilisateurs et promoteurs de l'emploi du Juphilaurium, ne sera pas déstabilisé autant que je le suis, et que ce malencontreux événement ne viendra pas foutre en l'air ma crédibilité. Je souhaite que personne n'ait ressenti ma déconfiture.

Je suis tellement préoccupée par mes cogitations sur les événements récents que je ne me suis pas tout de suite rendu compte que j'attendais dans le mauvais terminal de l'aéroport, zut ! Mon vol décolle dans trente minutes ; j'empoigne mon bagage et me mets à courir, comme si ma vie en dépendait. J'arrive juste à temps, alors que la porte donnant accès à l'avion allait être fermée. On me prie de me rendre à mon siège et, quelques secondes plus tard, les portes de l'avion sont fermées ; pour un instant je me sens prisonnière d'un sarcophage. Les moteurs tournent déjà depuis longtemps. Je m'installe, la tête appuyée sur le hublot, le regard tourné vers le terminal, le souffle court et la sueur me perlant sur le front et au-dessus de la lèvre supérieure. Un brouhaha dans la salle que je viens tout juste de traverser attire mon attention. En fait, l'avion était si proche du bâtiment, qu'à travers mon hublot, j'aurais presque pu toucher la baie vitrée encadrant la salle d'embarquement. Je voyais clairement deux personnes, un homme et une femme, chacun à une extrémité de cette grande fenêtre, d'où on pouvait observer les avions au décollage. Me demandant si j'étais à nouveau victime d'hallucinations, je me frotte vigoureusement les yeux, ce qui n'améliore en rien la situation, ma vue étant devenue un peu brouillée. Oui, ils étaient bien là ! J'ai un soudain et violent mouvement de recul, comme si le fait de m'éloigner du hublot effacerait le mirage dont je crois être victime, si brusque en fait, que je me frappe la tête sur celle de mon voisin. Alors que je me confonds en excuses, simulant une crampe dans la cuisse responsable de mon sursaut, je scrute leurs visages, si près du mien que je pense avoir ressenti leur souffle sur mon front et humé leur haleine de prédateurs, lui d'abord, un bras appuyé sur la vitre, l'air déçu : Travis Ngate. Enfin, je pense qu'il arbore un air déçu, qui sait ? L'autre, la femme de la salle de conférence, l'air aussi arrogant que ce matin, en pleine discussion avec une personne en tenue officielle, probablement le responsable de la porte. Je ne sais plus quoi penser au juste. Mon esprit fourmille de suppositions. Surtout après ma soirée et ma nuit avec monsieur Ngate.

Oui, il s'est passé quelque chose entre cet homme et moi. Quelque chose d'exaltant, dont je garderai un souvenir impérissable. Il avait probablement planifié savamment le tout : il me voyait déjà dans son lit depuis mon arrivée au restaurant ! Probablement aussi dès le moment où il m'avait aperçue, à l'aéroport de Los Angeles. Je revois cette magnifique soirée, des attentions comme je n'en ai jamais eu en public. Nous avons pris un repas de poissons et de légumes frais et, en raison de l'heure tardive, je n'ai pris qu'un verre de chardonnay, pour commencer. Mon compagnon m'a fait la meilleure démonstration de galanterie qu'il m'ait été donné de voir dans ma vie. C'était un peu trop à mon goût. Pourquoi avoir embarrassé notre serveur parce qu'il avait servi le vin de monsieur en premier? De nous deux, c'était lui le connaisseur et, ici comme au bar dansant où nous sommes allés par la suite, tous les gens le traitaient avec la plus grande courtoisie, le plus grand respect. J'ai compris qu'il devait être très riche et puissant, lui ou sa famille, ou même les deux. D'abord, des jeunes filles, aux allures de top-modèles, sont venues lui faire signer un autographe; pas en tant que viticulteur, mais en tant que joueur de rugby. Il devait être vraiment bon à l'époque où il jouait, pour être encore aussi populaire. À en croire l'état de ses oreilles, je pense qu'il se les est fait tirer, écraser ou même mordre!

Un mouvement de l'appareil m'éloigne de mes réminiscences. Ouf! Nous avançons sur la piste de décollage et les personnages de la baie vitrée rapetissent à vue d'œil. Cette scène ne dure qu'une très brève période pendant laquelle je reste figée sur mon siège, le regard ahuri, perdue dans mes souvenirs de ma soirée d'hier. Je n'aime pas beaucoup les gens qui attirent l'attention partout où ils passent et il me semble que c'est le cas de ce monsieur Travis. Par ailleurs, je me sens un peu jalouse de ces jeunes femmes de mon âge, qui sont d'une beauté à couper le souffle, bien qu'un peu trop artificielles à mon goût, avec leur maquillage outrageux, leurs bijoux énormes et voyants et leur tenue vestimentaire proche du vêtement de nuit, tant ils laissent voir de peau. Elles étaient vraiment des exemples de beauté parfaite, celle que plusieurs convoitent, au détriment de la simplicité naturelle. Je devais avoir l'air d'une religieuse défroquée avec mon tailleur noir, seul vêtement convenable pour ce souper. Je me voyais mal en bermuda et t-shirt auprès de ce monsieur. Conclusion : je fais probablement trop madame pour l'époque actuelle. Je verrai à tout cela au retour à la maison. Mon cerveau me semble fonctionner au ralenti, ce qui est rare, moi qui suis toujours comme dans un tourbillon. J'ai une petite panne d'imagination en ce qui concerne le renouvellement de ma garde-robe.

L'avion continue de se positionner sur la piste de décollage. Nous partirons. Je pars ou je fuis ? Certain que je m'esquive d'une situation qui n'aurait pas été nécessairement des plus plaisantes, en regard de cette folle de la conférence. Pas si folle au fond... Je vais réfléchir à tout cela avec une tête froide. Mon voisin se penche gentiment vers moi, me demandant si je vais mieux. Je me retourne vers lui, très lentement, comme une automate, détachant mes yeux de ces deux points toujours visibles au travers de la baie vitrée. Je remarque l'ecchymose naissante sur son front, résultat de mon mouvement brusque, en réponse au choc que je venais d'avoir. Je prends une très grande inspiration, comme si je voulais battre un record de capacité vitale, et je lui affirme que ça va aller, en m'excusant à nouveau de mon agression à son endroit. Il m'assure à nouveau que ce n'était rien, que cela lui ferait une anecdote à raconter à qui voudra bien le questionner au sujet de la bosse sur son front.

Je me cale au fond de mon siège, fermant les yeux sur cette anicroche à mon beau voyage, anicroche qui aurait pu devenir catastrophique, me félicitant de mon étourderie qui m'avait amenée dans la mauvaise salle d'attente. Par une chance inouïe, je venais de traverser la salle attenante à la porte d'embarquement de mon vol à la vitesse turbo,

faisant en sorte que j'étais devenue insaisissable, momen-
tanément. Aussi vite arrivée à la porte d'embarquement,
aussi vite installée dans mon siège, les portes de l'avion se
sont fermées pour le décollage. Mais, au fond, pourquoi
est-ce que je me sens comme une fugitive? Je me cache de
quoi exactement, ou de qui?

L'avion s'est immobilisé. Ce trac, caché aux tréfonds de
mes entrailles, refait surface, alors que je commençais tout
juste à me calmer. Je vois dehors deux petits camions nous
tourner autour. Je prie intérieurement pour ne pas qu'on
ouvre les portes, qu'aucune de ces deux personnes ne monte
à bord. Je crains la folle, mais je ne sais pourquoi, je me
surprends à craindre aussi Travis Ngate. Car, comment se
fait-il qu'il fût au même moment, au même endroit que
cette Illes Van machin? Il y a quelque chose de pas net, c'est
évident. Mon crâne, cette zone meurtrie à de nombreuses
reprises dans ma vie, palpite comme un cœur qui bat, en
désespoir de survie. Non, s'il vous plaît, n'ouvrez pas les
portes! Mais je me sens totalement impuissante, comme
lorsque j'étais victime de mes cauchemars, l'automne dernier. Non, je ne veux pas! Mon cri reste coincé dans ma
gorge, ce cri qui aurait intimé au commandant de décoller,
quoi qu'on lui ordonne d'autre. Je veux être sa tour de
contrôle, la seule. Je me concentre et je prie à m'en fendre
l'âme, afin que la procédure de décollage se poursuive.

Je sens un mouvement, ouf! Nous avançons enfin.
Comme je commençais à me sentir un peu rassurée, je
constate à mon grand désarroi que nous retournons vers
l'aérogare. Une crise de panique me guette, c'est certain,
une vraie. Une crise comme je n'en ai jamais refait depuis

que je suis adulte. Ces crises de mon enfance, que je devais calmer en bougeant, dansant, en faisant du sport. Mais là, je n'aurai pas d'exutoire. Je suis si épuisée, en panne d'énergie, que je reste plutôt stoïque.

Un message du commandant de bord nous avise qu'un bagage a été rangé en soute et que son propriétaire n'est pas monté dans l'avion. Ce bagage doit donc être retiré. D'accord pour cela, mais je me demande tout de même si les portes d'embarquement seront ouvertes… Le commandant poursuit en mentionnant que la procédure prendra au plus une vingtaine de minutes et nous prie de bien vouloir patienter dans la cabine.

Tant mieux! Mais les portes seront-elles ouvertes? J'interpelle l'agent de bord qui circule dans l'allée pour offrir de l'eau et je lui pose cette question qui me tue, cette question garante de l'explosion de ma crise. Eh bien non, les portes ne s'ouvriront pas. Oui, oui, oui! Je me sens dans un terrible état. Je saisis mon sac à main pour y prendre mon petit miroir, question d'évaluer à quoi je ressemble en ce moment. En fait, je me surprends moi-même, puisque j'ai l'air passablement bien. Mon problème est donc à l'intérieur de moi… Je me sens comme si j'avais été victime d'un naufrage, étrange puisque nous sommes dans un avion, et que mon ultime effort pour garder la tête hors de l'eau assurera ma survie. Je pense que je deviens folle…

J'ai tout de même vécu un stress important, bien pire que le stress apporté par ces cas majeurs pour lesquels je dois donner des soins médicaux en salle d'opération, ces patients qui ont des conditions précaires, qui, sans notre intervention, mourraient. Je repense à cette petite fille avec

l'épiglotte grosse comme une cerise cultivée avec des sté-
roïdes et à ce patient avec l'aorte rompue. J'étais sur le
qui-vive, évidemment, lors de ces cas, mais ce n'est rien en
comparaison du tourment que je ressens encore à l'intérieur
de moi, ces émotions qui me brûlent jusqu'à l'âme, me
contractent l'estomac et me font trembler les mains. Si je
parlais là, maintenant, je pense que ma voix serait chevro-
tante, tant je me sens énervée. Ce qui contribue à m'éner-
ver encore plus, c'est que je ne vois pas comment reprendre
le contrôle, cette fois. C'est de mauvais augure.

Nous ressentons des mouvements venant du ventre de
l'appareil ; le tri des bagages, pour évacuer l'orphelin coupable de tous ces événements. Il s'agit d'une procédure de
sécurité, évidemment ; il est assez probable qu'un terroriste
n'occupera pas son siège dans l'avion s'il sait que son bagage
contient une arme destructrice, à moins d'être un kamikaze.
Ah non ! Voilà que j'ai trouvé un autre sujet pour m'inquié-
ter à outrance… Décidément ! Je ferme les yeux, je n'ai rien
d'autre pour me réconforter que de me plonger dans mon
cerveau et de tenter d'y ouvrir une case plus plaisante que
celle que je ressasse. Voilà, mais c'est malheureusement un
événement des plus tristes qui se projette sur la rétine de
mon cerveau : les événements des tours jumelles… Heureusement que je dérive vers l'image des tours que je
contemple très souvent sur le dos de mon Simon. Tiens ! Je
n'ai pensé à lui que très brièvement ces derniers jours. Ah
zut ! En plus d'être énervée, craintive, je me sens coupable
envers mon chéri, en plus ! Puis, je pense à ma soirée d'hier
et je comprends, maintenant seulement, que ce que j'ai fait
pourrait très bien compromettre la confiance de Simon

envers moi : je me sens encore plus coupable de m'être accordé quelques heures de détente avec un inconnu.

Je regarde autour de moi, comme si je cherchais quelque chose, ce qui inquiète à nouveau mon voisin de cabine. C'est que je dois lui sembler dans un état d'agitation terrible, ce qui n'est pas loin de la réalité.

Nous sommes tous prisonniers de ce décor, assis dans des fauteuils relativement confortables, malgré leur étroitesse et, par ricochet, leur proximité. Il fait chaud dans l'habitacle, malgré la climatisation qui nous envoie son air directement sur la tête. Cela n'arrive tout de même pas à me rafraîchir les idées. Je ne peux rien faire. Il y a foule dans l'allée, en attente pour aller aux toilettes. Une agente de bord nous offre de l'eau, à nouveau ; je saisis le verre qu'elle me tend, me demandant tout de même si je devrais boire ou non. Je me dis que si nous restons ainsi, des heures durant, comme ça s'est déjà vu durant d'autres vols qui ont fait les manchettes des journaux, les toilettes vont finir par déborder, il n'y aura plus de papier à mains, ni même de savon… Donc, si je bois mon eau, je devrai tôt ou tard aller aux toilettes. Merde ! Rien ne va. Je pense que finalement, je réfléchis trop.

J'appuie ma joue contre le hublot ; le contact du verre, froid et lisse, me réconforte. Je reste ainsi, les yeux fermés, les mains jointes sur mes genoux serrés l'un contre l'autre, à penser. Encore. Pendant combien de temps ? Mon tourbillon cérébral commence à ralentir, comme si je sortais, le cœur au bord des lèvres, d'un tour de manège virevoltant, au plaisir de ses occupants. Une douce accalmie semble vouloir s'installer en moi, finalement bienvenue.

Mes neurones se réalignent suffisamment pour me permettre d'organiser mes pensées de façon plus rationnelle. Je dois profiter de ce moment d'immobilité pour repasser en rafale les événements des derniers jours : il y a quelque chose que je ne saisis pas parfaitement, le chaînon manquant.

D'abord, monsieur le soi-disant employé des services secrets internationaux, David Lemay, pense que je me suis débarrassée des Brousseau en utilisant une arme qui lui serait utile. Je suis certaine qu'il a lu tous les rapports post mortem et qu'il a, à son grand dam, constaté que rien n'avait pu être mis en cause pour expliquer ces décès. Il découvre que je suis à Sydney. Comment ? Aucune idée ! Il m'envoie cette grande Illes Van machin me demander, en pleine réunion scientifique internationale, si le Juphilaurium laisse des traces dans le sang des patients, après la mort. Clic ! L'engrenage a fait un quart de tour et mon cerveau encode ce détail et le classe dans la section « danger ». J'y associe une tête de mort, comme celle qu'on retrouve sur les produits dangereux. Poison. Danger de mort. Lemay ne m'a-t-il pas dit : « Je gagne toujours, vous savez, et j'aurai votre peau après vous avoir vidée de votre sang, comme un trophée de chasse » ? Aoutch ! C'est un peu violent comme façon de faire.

Durant le vol de Los Angeles jusqu'à Sydney, un type sympa et même plus, dois-je bien l'admettre, me déclare avoir eu un coup de foudre en me voyant, me fait passer une super soirée et se précipite à l'aéroport pour me revoir, alors que je ne lui ai pas dit à quelle heure était mon vol. Mais… comment a-t-il pu savoir ? Prostrée sur moi-même et dans mes pensées, un frisson m'empoigne la nuque, descend dans mon dos puis dans tous mes membres, malgré la chaleur croissante de l'habitacle maintenant déserté des bienfaits de la climatisation. Une bile amère remonte le long de mon œsophage, brûlant au passager quelques cellules, pour terminer sa course contre ma luette et enflammer ma gorge au point de provoquer une toux tenace, proche de l'étouffement. Non, non, non!

Oui, ce type est aussi un envoyé de Lemay. Il a donc tenté de m'amadouer, de me prendre dans ses filets. Oui, exactement comme ma toute première impression hier: un vampire! Il veut mon sang, comme la menace prononcée à la fin de mon entretien avec Lemay. Conne! Je suis une conne de première classe! Je me suis laissée entraîner par sa personnalité, sa prestance, et les émotions suaves qu'il a suscitées en moi. Un appât. Il est l'appât, moi, le poisson, et j'ai mordu à l'hameçon. Et qu'arrive-t-il au poisson quand il a la gueule bien accrochée à cet hameçon? Soit il trouve la mort d'une façon ou d'une autre, soit il frétille, tellement vigoureusement, qu'il arrive à briser la ligne à pêche, et il s'échappe, se sauve et disparaît.

Je me sauve, d'accord. Je disparais comment? Je trouverai bien. Je sais frétiller. J'ai été victime, autrefois, de l'oncle Albert, des Brousseau; serai-je à nouveau victime, mais d'une tout autre façon?

Une manière facile de m'en sortir serait de dévoiler ma trouvaille scientifique, dont les seules preuves reposent au fond de mon grand coffre-fort, derrière le miroir de la salle de bain. Après, on me foutrait la paix et je continuerais ma vie comme si de rien n'était. Non, jamais au grand jamais je ne laisserai le fruit du travail de longues années, de toute une vie même, celle de mon mentor, Don Lati, aboutir entre les mains d'un cinglé brutal, malhonnête, dangereux et menteur. Il y a tout de même une limite à respecter quant à la divulgation d'informations médicales pas vraiment utiles à tous!

J'ai dû m'endormir sur cette pensée puisque je ne me suis pas rendu compte que nous avions décollé. C'est mon voisin qui, me secouant l'épaule, m'a tirée de mes pensées oniriques. On me sert un magnifique plateau-repas, que j'accepte avec plaisir. Le service en vol était des plus courtois et le confort de la cabine, sans pareil. Une fois débarrassée de mon plateau, auquel j'ai fait honneur, j'ai regardé un film néo-zélandais, *River Red,* que j'ai adoré.

L'aéroport d'Auckland accueille ses visiteurs avec un exemple de l'art ancestral du pays : une magnifique arche de style maori, faite de bois sculpté et représentant des divinités. Les chiens renifleurs m'ont fait un petit coucou, mais rien du contenu de mon bagage à main ne semblait les intéresser.

J'ai attendu trente minutes pour mon vol vers Queenstown.

18

Sanjay Patel rendit l'âme dans la matinée du lundi ; il était 10 h à Montréal, 2 h du matin mardi, à Sydney. Il n'y eut aucune réponse aux nombreux appels faits à la D^re Johnson. L'œdème cérébral provoqué par le coup reçu à la tempe, en plus de l'hémorragie pour laquelle le chirurgien ne pouvait rien tenter, avaient eu raison des fonctions vitales du stagiaire de recherche. Le cerveau n'avait pu supporter tous ces changements soudains, toutes ces pressions anormales.

Élise était restée à son chevet pendant tout ce temps ; toutes ses prières ne purent renverser la situation. Elle était épuisée, mais ne cessait de se demander qui avait bien pu s'en prendre à son Sanjay. Un agent de police était passé en soirée ; il y aurait enquête pour homicide. La situation n'était pas claire, puisque la victime n'était pas un citoyen du pays, mais détenait un statut d'étudiant étranger. Certain que les règles pour s'établir au pays, pour une durée de plus de trois mois, avaient été passées au crible ; on ne savait tout de même pas grand-chose de ce Sanjay Patel. La théorie d'un espion, d'un terroriste pharmaceutique, avait même été évoquée, au grand dam d'Élise, qui savait pertinemment que Sanjay était une honnête personne, hormis le fait qu'il menait une double vie sur le plan matrimonial ; être promis à une femme dans son pays d'origine équivalait à être marié.

Un espion : cela plaisait aux autorités, déjà quelques heures seulement après l'agression. Comme si quelqu'un avait dicté cette filière d'investigation aux policiers enquêteurs. Comment Sanjay pouvait-il être un espion pharmaceutique ? Cela n'avait pas de sens, pas après tous ses efforts auprès de la D^re Johnson. Non, Élise pensait plutôt qu'il avait été victime d'un complot d'espionnage pharmaceutique externe. Elle avait révélé aux autorités les inquiétudes récentes de Sanjay, au sujet d'une possible intrusion dans son laboratoire.

Non, il n'en avait pas averti la D^re Johnson.

Cela était moins bon selon les enquêteurs, qui avaient tenté de faire croire à Élise que Sanjay s'était servi d'elle et l'avait leurré dans ses confidences.

Toutes les tentatives pour rejoindre Élaine Johnson avaient échoué : elle ne répondait pas à son téléphone portable, sa boîte vocale s'animant à chaque appel. Un seul message lui fut laissé. Elle ne répondait pas non plus aux messages textes acheminés par Élise et les policiers.

Félix fut informé des événements qui avaient dévasté le laboratoire de son Élaine alors qu'il commençait son tour de garde à l'urgence, le lundi matin. Son collègue avait donné les premiers soins à Sanjay Patel et tous les membres présents étaient consternés par l'événement. Personne ne se sentait vraiment en sécurité, malgré les nombreux agents de police en faction de surveillance dans tout l'hôpital. Il tenta à son tour de joindre Élaine, sans succès. Elle n'avait pas laissé de numéro de contact à l'étranger. Il n'était pas retourné à son appartement depuis samedi ; il y passerait en terminant son travail à l'urgence, en fin de journée.

Quelqu'un cherchait quelque chose au laboratoire, c'était maintenant la théorie des enquêteurs. Après avoir épluché tous les renseignements sur Sanjay Patel d'Amked Najar, Gujurat en Inde, Interpol avait bel et bien diffusé un communiqué qui blanchissait l'étudiant indien de tout dossier litigieux. Il s'était donc vraisemblablement trouvé au mauvais endroit, au mauvais moment.

Les caméras de sécurité n'avaient rien révélé de particulier sur les entrées et sorties de l'hôpital dans les heures précédant l'incident du laboratoire. Le Dr Lati n'en croyait pas ses oreilles : son laboratoire, sa création, victime de vandalisme ! Mais dans quel but ? Il avait tenté d'expliquer aux enquêteurs que les travaux de la D^{re} Johnson, maintenant responsable du laboratoire, n'étaient que la continuité d'une recherche qui avait permis la mise en marché du Juphilaurium en forme injectable. Les travaux actuels concernaient une forme transdermique du même médicament. Identique en tous points, sauf pour la voie d'administration. Il ne pouvait imaginer ce qui pouvait bien avoir déclenché cette violence gratuite à l'égard du stagiaire qu'il avait lui-même recruté pour assister sa consœur. Don Lati était déjà fort préoccupé par le travail avant terme de sa femme, qui menaçait de donner naissance à une enfant prématurée, sa seule fille. Il informa les enquêteurs sur ce qu'il savait du voyage d'Élaine : elle donnait une conférence à sa place à Sydney, et comptait faire du tourisme en Nouvelle-Zélande, en compagnie d'un anesthésiologiste qui avait fait une année complète de formation dans leur service. Il leur donna les coordonnées de Liam Tucker, soit celles de l'époque où il avait rempli le formulaire d'acception de tutorat de cet étudiant étranger.

Un branle-bas de combat s'installa dans les esprits des membres du département d'anesthésiologie ; un peu comme si tous devaient s'atteler à la tâche pour sauver les victimes d'un accident d'avion. Don Lati était perplexe.

Quelqu'un convoitait quelque chose, dont il ignorait l'existence. Cela le dérange. Il a une entière confiance en Élaine : il la connaît depuis son adolescence. Elle ne l'a jamais déçu et il est convaincu qu'elle ne le fera jamais. Elle est ce genre de personne d'une intégrité à toute épreuve. Une personne parfois trop intense, certes, mais de façon positive. Non, Élaine Johnson ne peut être responsable de l'incident du laboratoire. Il est tout de même troublé : nous sommes lundi midi, mais il est déjà mardi 7 h dans le Pacifique et Élaine ne lui a pas donné de nouvelles de sa présentation qui a eu lieu la veille. Elle lui avait promis qu'elle le ferait. Il pense au pire : peut-être lui est-il arrivé quelque chose ? Elle ne répond pas aux appels ; cela n'est pas dans ses habitudes.

* * *

Illes Van Murden avait avisé Lemay qu'elle n'avait pas réussi à obtenir l'information demandée et qu'elle avait perdu sa cible, en partance pour la Nouvelle-Zélande. Sans plus. Lemay fulminait. D'autant plus que sa source à Los Angeles n'avait donné aucun signe de vie. Il avait fait un rappel ; on lui avait répondu d'être patient. Il se sentait en déconfiture absolue. Peut-être un peu moins, cependant, depuis que le Dr Joseft lui avait remis une portion de timbre.

D'abord déçu par la petitesse de l'échantillon, il s'était rallié à la position du médecin défroqué qui conservait une alliance avec les patients : ne pas nuire aux soins médicaux. Le Dr Joseft avait réussi à persuader Lemay que, même si la pièce était petite, il arriverait à démontrer ce qu'il cherchait : des analyses sanguines faites après la mort de sa cible répondraient à sa question. Mais le plus important pour l'ancien praticien était qu'il n'avait pas porté préjudice au patient à qui il avait amputé une dose de médicaments. La dose suivante de Juphilaurium prendrait le relais. Le patient recevait d'autres médicaments, avec des effets sédatifs et analgésiques ; il n'entrevoyait pas de temps de découverture de traitement pouvant nuire à la thérapie en cours. Lemay, de son côté, d'abord embêté par ce petit morceau de papier couronné d'un point qui ressemblait à du plastique, se dit qu'au fond, il avait obtenu une partie de la réponse à son hypothèse.

Le Dr Joseft ne pouvait cependant pas lui indiquer à quel moment le médicament paralysant ferait son effet, le timbre contenant des doses efficaces sur une période de quatre heures, chacune commençant son effet à un moment bien déterminé. Un autre écueil pour Lemay, mais peut-être une surprise pour la personne à qui il le destinait.

* * *

Gélinas a fait des pieds et des mains pour obtenir l'adresse du nouveau domicile d'Élaine Johnson. Rien dans les façons de faire habituelles n'a fonctionné. À croire que les mécanismes de sécurité et de confidentialité ont été resserrés sur le plan des télécommunications. C'est par l'hôpital qu'il a obtenu l'information convoitée. Quand il s'est fait passer pour un représentant pharmaceutique, la secrétaire du département s'est empressée de lui donner l'adresse, tout en insistant sur le fait qu'elle demeurait disponible pour toute information complémentaire. Son employeur devrait revoir les normes de sécurité avec elle !

L'immeuble était difficile d'accès pour un non-initié. Il doit, en ce lundi matin, crocheter la serrure de la porte principale, donnant accès dans cet édifice comptant plusieurs propriétaires. Puis, il doit besogner fort pour vaincre la serrure de l'appartement, puisque sa propriétaire a installé une serrure des plus sophistiquées, presque invincible. Mais il a été entraîné pour ce genre de travail. Les compagnies innovaient en technologie, les formations pour venir à bout des serrures rebelles se multipliaient aussi.

Muni de ses gants de latex, il avait minutieusement fait le tour de l'appartement. Tout était tellement ordonné qu'un seul faux pas laisserait des traces, c'était évident. Il scrute tout, partout. Le leurre de la bibliothèque, cachant le caisson du coffre-fort, fonctionne à merveille. Le subterfuge d'Élaine avait été fort ingénieux : les livres avaient été accolés les uns aux autres. Gélinas ne les déplace pas, puisque d'après ce qu'il voit, il s'agit de livres d'art. Par contre, il fouille tous les livres de science qui lui semblent potentiellement gardiens de l'information qu'il cherche. Il fait le tour de la cuisine, de la chambre à coucher et inspecte la garde-robe de la doctoresse ; pas trop d'originalité dans le choix de ses vêtements, pense-t-il, puisqu'il ne voit que du noir et du blanc. Il ne trouve rien, rien du genre de ce que son patron lui a demandé : aucun document de recherche ne se trouve dans cet appartement. Il se dit qu'il prendra le temps de réfléchir et repassera dans les prochains jours. David Lemay est parti en mission à New York et ne compte pas revenir avant le week-end, ce qui lui donne le temps d'envisager les fouilles autrement. Il ira plutôt dans la région de Saint-Claude, afin d'en apprendre plus sur cette famille Brousseau, et il étudiera de près les documents de recherche subtilisés dans la maison de famille de la doctoresse.

Une envie d'uriner l'agace depuis qu'il est entré dans l'appartement. Ne pouvant se retenir davantage, il se décide à utiliser les toilettes. Tout en regardant son image que lui renvoie la glace de la salle de bain, il retire son gant droit, au-dessus du comptoir impeccablement astiqué, et le met dans la poche de son pantalon. Ses fouilles étant terminées pour aujourd'hui, il préfère dégrafer son pantalon avec une main non protégée ; il se sent plus à l'aise pour procéder à son petit besoin naturel. Il active la poignée de la cuvette avec sa main gantée et quitte l'appartement, tout en prenant bien soin de n'utiliser que sa main gauche, dont il retire le gant une fois dans l'entrée commune. Il en profite pour enregistrer un court vidéo du quartier, qu'il transmet immédiatement à David Lemay, question de lui démontrer qu'il s'efforce de faire le travail demandé.

* * *

Félix termine son quart de garde à l'urgence de l'hôpital vers 17 h 30. Mais plusieurs blessés mineurs, à cause d'un accident de la route, arrivent alors qu'il est sur le point de partir. Son collègue semble dépassé par cet afflux de nouveaux cas, alors il décide de lui prêter main-forte. Examens de blessures, vérifications de radiographies, points de suture, auscultations et revues d'électrocardiogrammes l'occupent pour une bonne heure et demie. Il quitte la dernière salle de traitement en se disant qu'il passerait chez lui prendre une douche, manger et prendre quelques objets personnels afin de passer la nuit chez Élaine, dont le silence l'inquiète de plus en plus. Plusieurs collègues, dont le Dr Lati, n'ont pu la rejoindre, malgré de multiples essais. Les enquêteurs étaient arrivés à la retracer, grâce à son billet d'avion pour Queenstown, dans l'île du sud de la Nouvelle-Zélande. On savait ainsi que rien de grave ne lui était arrivé. Elle ne lui avait pas soufflé mot de son itinéraire, lors de leur brève discussion de corridor, jeudi dernier, mais il la connaissait suffisamment pour pouvoir extrapoler vers l'idée qu'elle allait prendre quelques jours de vacances avec son ami et ancien collègue, Liam Tucker. Élaine aimait beaucoup Liam, ce qui agaçait grandement Félix, puisque cette appréciation semblait réciproque, même si Hayden, le conjoint de Liam, était toujours avec eux. La jalousie de Félix l'avait conduit à surprotéger Élaine au fil de leurs années passées ensemble ; il l'avait ainsi perdue. Pour le moment... puisqu'il lui prouverait à quel point il pouvait changer. Elle lui avait promis un souper, à son retour de congrès. Il tenterait le tout pour le tout pour la regagner.

Il arrive chez Élaine vers 21 h. L'appartement est dans le même état que lorsqu'il l'a quitté, dimanche matin, c'est-à-dire impeccablement propre. Sauf que, sur le comptoir de la salle de bain, il y a une toute petite traînée de poudre blanchâtre. Il l'essuie avec sa main ouverte, la hume et ose y goûter : rien de vraiment particulier.

Mais la texture et le grain de cette poudre lui font penser à du latex. Oui, c'est ça, de la poudre de latex. Comment cette poudre s'est-elle retrouvée ici ? Élaine a une allergie grave au latex, encore plus à la poudre, surtout celle des gants, ce qui avait provoqué chez elle cette cascade de phénomènes allergiques, dont elle souffrait depuis quelques années. Si ce n'était pas une toux, elle avait de l'urticaire géante, des cloques même, parfois. Depuis qu'elle n'utilisait que des gants sans latex et qu'elle lisait consciencieusement la composition des sparadraps et tous les trucs du même genre, elle n'avait plus eu de problèmes. Les condoms l'avaient aussi indisposée, ce qui avait dérangé leurs relations amoureuses pendant un bon moment, jusqu'à ce qu'elle en déniche une « cuvée » sans latex.

Félix se sent angoissé par cette découverte : quelqu'un est venu dans l'appartement. Ce ne pouvait être un employé de ménage, Élaine n'en avait pas. Il se dit qu'elle aurait critiqué son travail, de toute façon, puisqu'elle était une obsédée de la propreté et du ménage. Personne n'avait la clé, hormis lui. Et ça, elle le lui avait bien dit : « Veux-tu être le gardien de ma clé ? » Il regarde tout autour et note des gouttelettes jaunâtres sur le rebord de la cuvette : quelqu'un a uriné dans cette salle de bain. Et ce n'était pas lui. Merde alors ! En plus de ce qui se passe au laboratoire de recherche, quelqu'un s'est introduit ici pour chercher quelque chose. Mais quoi ? Pour frapper quelqu'un à mort, il fallait que ce soit super important. Il tente à nouveau d'appeler le portable d'Élaine, sans succès : il tombe à nouveau sur sa boîte vocale, sans toutefois pouvoir lui laisser de message, puisqu'elle est pleine. Selon ce qui lui avait été répété, on avait tenté de joindre Élaine sur son portable, par téléphone et par messagerie texte. Pourquoi ne pas lui envoyer un courriel ? Peut-être avait-elle oublié de faire programmer son téléphone pour prendre des appels du bout du monde. Il met sous tension son ordinateur, mais impossible de l'ouvrir, elle en a changé le mot de passe. Il n'a pas apporté son ordinateur portable, puisqu'il venait ici pour y passer la nuit. Enfin, il venait pour y dormir, mais tous les événements des derniers jours réussiraient sûrement à perturber son sommeil. Dommage que son horaire de la semaine soit le quart de travail de 8 h à 16 h ; il ne pourra surveiller ce qui se passe ici de jour, mais il entend y passer toutes les soirées et nuits à venir. Jusqu'au retour d'Élaine. Demain, il apportera une épicerie, des vêtements et son ordinateur. Il s'installe dans le grand lit blanc qui sent l'eau de Javel et poursuit la lecture de la vie de Gabrielle Chanel, dit Coco. Il trouve le sommeil vers minuit et, contrairement à ce qu'il craignait, il ne se réveille pas avant que la sonnerie du réveil retentisse.

Le lendemain, Félix besogne sans repos, même pas de pause pour le lunch ; trop de cas en attente dans la salle d'urgence, sans compter l'encombrement des civières. Depuis quelques jours, l'organisation des soins d'urgence contrevient en tous points aux exigences ministérielles. Il se doit de faire ce qu'il peut pour aider à régler cet état de fait. Cependant, les patients ne montent pas sur les étages, même les lits supplémentaires sont tous pris, la situation stagne donc. Plus tôt dans la journée, il a fait admettre aux soins intensifs un patient souffrant d'un infarctus aigu. Il passe voir son état avant de quitter l'hôpital. Il y a beaucoup d'animation dans cette unité habituellement d'un calme mortuaire, sauf lorsqu'un patient est victime d'un arrêt cardiaque et que toute l'équipe de réanimation se trouve sur place. Quelque chose d'inhabituel est en train de se passer; il y a des agents de police en pleine discussion avec le personnel soignant. Ne voulant pas se mêler des bavardages en cours, il prend le dossier de son patient du matin et constate que son état s'est amélioré après avoir reçu la médication et les traitements de support nécessaires à son état. Comme il franchit la porte de l'unité des soins intensifs, il croise un collègue intensiviste.

— Salut! Ton patient a très bien répondu au traitement. Une chance qu'il avait été initié avant son transfert ici; ç'a été plutôt long. Nous avons un sérieux problème de disponibilité de lits.

— Ah bon! Et pourquoi?

— Parce que certains d'entre nous admettent des patients sans mesure de réanimation cardio-respiratoire et que la moyenne d'âge actuelle des patients séjournant dans l'unité est de quatre-vingt-neuf ans!

— Ah bon. Une chance que vous avez pu prendre monsieur Jacob, il n'a que cinquante-deux ans.

— Oui, et il réduit la moyenne d'âge de nos occupants. C'est le bordel ici aujourd'hui depuis qu'une infirmière a dévoilé qu'elle avait trouvé un timbre de Juphilaurium amputé d'un coin.

— Quoi?

— Tu sais, le médicament expérimental que Dr Johnson étudie chez les patients sous ventilation mécanique prolongée, le curare en timbre transdermique…

— Oui, absolument.

— Et bien, le même matin que son stagiaire de recherche a été admis ici avec un trauma crânien majeur, une infirmière a constaté qu'il manquait un bout de timbre sur un patient, lors du changement de médicament.

— C'est donc pour ça qu'il y a autant de monde autour du poste central.

En disant ces derniers mots, Félix se sent de plus en plus mal. Doit-il révéler aux policiers qu'il a découvert des indices que quelqu'un était entré dans l'appartement d'Élaine? Qu'aurait-elle voulu qu'il fasse, elle qui est si secrète?

— Oui. C'est certain qu'il y a un truc pas net dans cette histoire de recherche.

Félix tente d'avaler sa salive, mais il n'en a pas. Sa bouche est sèche comme s'il avait couru un marathon complet sans avaler une goutte d'eau. Son cœur bat très fort dans sa poitrine. Il pense pendant quelques secondes à expliquer ce qu'il sait à son collègue, mais préfère répéter ce qu'il a entendu la veille. Il ne veut pas donner l'impression de défendre Élaine, mais il sait qu'elle n'a aucune responsabilité dans ces tragiques événements.

— Il semblerait que c'est de l'espionnage pharmacologique.

— J'ai entendu la même chose. Mais, comme médecin en soins intensifs, je pense qu'il y a plus que ça. La personne qui a amputé le bout du timbre savait pertinemment ce qu'elle faisait : la coupure a été faite avec des ciseaux. En plus, il s'agissait de la dernière dose à s'activer, celle qui chevauche l'installation d'un nouveau timbre. Le patient n'a donc pas eu d'arrêt de médication, par chance. Je pense que tout avait été prévu.

— Tu penses à quoi, alors ?

— Je pense qu'un cinglé veut savoir quelque chose que nous ignorons.

— Je ne vois pas quoi. Ce médicament est déjà sous forme intraveineuse et son profil pharmacologique est très bien connu. Je l'utilise personnellement depuis sa mise en marché ; il est devenu notre médicament de choix lors des intubations à l'urgence.

— C'est aussi notre premier choix en soins intensifs. Là n'est pas la question. Avoue que c'est tout de même étrange que tout cela arrive pendant que la protagoniste est absente et que personne ne peut la rejoindre !

— Je sais seulement qu'elle est partie en congrès en Australie, en remplacement du Dr Lati.

— Je ne la blâme aucunement, elle, comprends-moi bien. La D^{re} Johnson est une soie. Tous l'apprécient ; elle est très dévouée pour ses patients. Mais tout se passe alors qu'elle est absente. Comme si les auteurs de ces actes attendaient ce moment-ci.

— Ce n'est peut-être qu'un hasard.

En disant ces derniers mots qu'il ne pensait absolument pas, Félix ressent encore plus l'urgence de se rendre chez Élaine.

— On verra bien. Mais pour le moment, notre unité est gardée vingt-quatre heures sur vingt-quatre par des policiers. Je ne pense pas que quelqu'un arrivera à s'emparer à nouveau d'un timbre, puisque nous avons dû cesser de les utiliser. Personne ne sait où la D^{re} Johnson et son stagiaire les entreposaient.

— Ah bon! Eh bien, courage et bonne soirée!

Félix passe au vestiaire des médecins, y prend son courrier et gagne le stationnement afin d'arriver au plus tôt chez Élaine. Il ne fait qu'un saut à son appartement pour y prendre le strict nécessaire, arrête à l'épicerie et reprend sa route, tel qu'il l'avait planifié. En chemin, il signale le numéro de téléphone central de l'hôpital pour rejoindre les médecins; il faut qu'il parle à Anne, la meilleure amie d'Élaine; peut-être avait-elle reçu des nouvelles?

À son grand désarroi, ni Anne ni Simon n'avaient eu de nouvelles d'Élaine, hormis les messages texte de l'aéroport. Même si cela le décevait, il ressentait une certaine jouissance que Simon n'ait eu aucun contact avec Élaine depuis son départ. Comme lui.

19

Mon périple dans ce pays magnifique commence d'étrange façon, je dois l'avouer. Je me suis tout d'abord questionnée sérieusement, à m'en torturer les méninges, à savoir si je n'avais tout simplement pas imaginé la scène de l'aéroport de Sydney. Malheureusement, la réponse qui me revient, inlassablement, me conduit à la même conclusion : on me suit.

Que Travis Ngate ait voulu me revoir ne me turlupinait pas vraiment. Il avait probablement dit vrai, je lui plaisais. Il me plaisait aussi, et ça, c'était très embêtant. Mais je sens qu'il y a quelque chose d'autre, quelque chose de subtilement sous-entendu, dans cette rencontre. Quelque chose d'arrangé d'avance, pourrait-on même penser. Ma soirée avec lui avait été des plus agréables, malgré son empressement à trop vouloir bien faire, ou à trop vouloir me plaire. Ma nuit avec lui avait été la plus torride de ma vie. J'en ressens une certaine culpabilité, mais les vacances ne sont-elles pas une occasion privilégiée pour s'évader ? La nouveauté et la fantaisie apportées par l'inconnu m'étaient offertes sur un plateau d'argent ; je les ai donc saisies, sans arrière-pensées. Peut-être aurais-je dû me méfier davantage ? Le fait d'avoir accepté tout ce qui s'est passé entre nous lui a sans doute laissé un faux espoir de relations futures, puisqu'il est venu au terminal pour le départ de mon vol. Je ne comprends toujours pas comment il a eu les informations quant à mes déplacements, mes billets d'avion étant passés de mon sac à main au coffre de sûreté de la chambre d'hôtel. Bref, j'accorde à monsieur Ngate le bénéfice du doute…

Mais que cette Illes Van machin truc ait été aussi au terminal de mon vol vers Auckland, ça, c'est extrêmement dérangeant, troublant même. Surtout après sa sortie inopinée lors de ma conférence. Je peux longuement réfléchir à tout cela, un peu trop d'ailleurs de l'avis de mes deux amis. La route que nous empruntons pour nous rendre vers le nord de l'île est des plus désertes – nous avons croisé deux voitures roulant en sens inverse, en deux heures de trajet –, j'utilise donc ce calme et cette solitude impromptus pour mettre mes idées en ordre. J'en suis arrivée à cette conclusion : il y a une relation entre ces deux personnages et la demande de David Lemay, et on m'a suivie.

Sur cette route qui laisse l'impression qu'il n'y a pas âme qui vive, je pense avoir finalement échappé à mes poursuivants. Il faut dire que je vis dans une ville très peuplée, alors le contraste est des plus majeurs. Quoi qu'il en soit, dès le début de notre voyage, je me suis sentie un peu plus en paix. Et maintenant, lorsque je fais le bilan de tout cela, je m'en veux terriblement de m'être laissé anéantir par des événements revêtant une importance encore imprécise. Parce que j'ai vécu mes vacances sans être totalement présente.

Dès la descente d'avion, j'ai été subjuguée par ces paysages de carte postale, ces sommets perpétuellement enneigés : des images à couper le souffle. L'air était chaud comme il le faut, pas trop, mais juste assez pour me faire oublier les rigueurs de notre hiver québécois. Au-delà de la balustrade, je devinais les visages enjoués de mes amis : Liam et son conjoint, Hayden. Plus je me rapprochais de l'aire d'arrivée, où ils m'attendaient, plus j'étais fascinée par Hayden, radicalement transformé, depuis la dernière fois où je l'avais vu. Il me ressemblait ! Des cheveux roux, plus courts que les miens, avaient remplacé sa tignasse châtain clair. Il portait un t-shirt blanc sur un jean noir : mes couleurs. Arrivée à leur hauteur, Liam me prit la main, alors qu'Hayden se jeta littéralement à mon cou, minaudant, laissant exploser sa joie de me revoir. Eh bien, quel accueil !

Nous sommes partis en voiture faire un tour au centre-ville de Queenstown. Je tentais de ne pas laisser paraître ma fascination pour cet homme, que j'avais côtoyé, pendant près de deux ans, maintenant transformé en un individu à mi-chemin entre lui, avant, et moi, maintenant. Bizarre ! Lorsque j'étais adolescente, je me souviens avoir ressenti ce besoin, cette pulsion, qui porte à vouloir ressembler à la vedette que l'on vénère, vêtements, coiffure et maquillage. Mais avec Hayden, c'était plus : il avait la même allure que moi. Je décidai de faire fi de mon trouble, et d'en glisser un mot à Liam, ultérieurement, lorsque nous serions en tête-à-tête. Je savais que le moment opportun se présenterait, dans les prochains jours. Ce trouble était finalement bien-venu, mes pensées étant moins canalisées vers David Lemay. Devant un chocolat chaud, nous avons renoué, en discutant de travail hospitalier et, finalement, de tout et de rien.

Nous avons pris la route vers le nord, laissant les Remarquables, ces montagnes aux sommets éternellement enneigés, derrière nous. Notre itinéraire était fort chargé : nous devions rejoindre Auckland samedi. Ce qui impliquait qu'il fallait parcourir la presque totalité de l'île du sud pour se rendre jusqu'au traversier, puis continuer vers le nord jusqu'à Auckland, au milieu de l'île du nord. Je n'avais eu que quelques minutes pour évaluer l'ampleur de ce périple, sur la carte touristique. C'était un peu cinglé de s'imposer un voyage aussi chargé en si peu de temps, mais je ne savais pas quand viendrait le moment où je pourrais revenir ici, à l'autre bout du monde. Il nous semblait à tous que ce serait un survol convenable pour une touriste comme moi. Nous avons suivi la côte ouest, plus pittoresque et moins habitée que le versant est de l'île. Je somnolais par intermittence, la tête appuyée sur mon avant-bras, assise à l'arrière de la voiture. Mes moments d'éveil me laissaient apercevoir la grandeur et le silence de l'endroit : une douce solitude dans la nature. Nous avons fait un arrêt dans un village datant de l'époque de la ruée vers l'or. Ses édifices historiques avaient été joliment conservés, et nous décidâmes d'y prendre un repas avant notre destination de la journée, la région du glacier Fox, où nous passerions la nuit. Fidèle à mes goûts en matière de vin, je commandai une bouteille de pinot noir, un Roaring Meg : quel délice ! Liam me raconta l'épopée de cette femme appelée Meg, prostituée au service des mineurs, qui criait comme une perdue quand les hommes l'amenaient à bord de leur chaloupe. D'où l'appellation de ce vin exquis.

Arrivée à ma chambre de motel, le sommeil m'a trouvée bien avant que je n'aie le temps de poser ma tête sur l'oreiller. J'ai fait l'amour presque toute la nuit avec Travis Ngate. En fait, je me suis réveillée pantelante et tout en sueur, après avoir revécu chacun des moments de cette nuit exaltante…

Travis m'avait fait danser comme je ne l'avais pas fait depuis de nombreuses années. Nous étions rentrés à notre hôtel. Il m'avait raccompagnée à ma chambre et j'ai profité du moment pour le remercier pour le superbe arrangement floral. Comme il souhaitait le voir et m'expliquer sa composition, je l'ai laissé entrer dans ma chambre. Était-ce une erreur?

Plusieurs variétés différentes de fleurs composaient le bouquet déposé sur la table qui occupait le centre de la pièce.

— Chaque fleur est un emblème d'une des régions de l'Australie. J'ai pensé que vous aimeriez savoir leur nom.

— Bien sûr.

Je n'en avais aucune envie. Je voulais juste me reposer un peu, avant ma présentation du lendemain. Je me devais d'être parfaite, pour représenter mon mentor. Il me défila le nom des fleurs, comme moi je l'aurais fait avec différents médicaments anesthésiques. Je n'ai rien retenu. Je n'ai pas pu. Parce qu'il a commencé par me retirer mon veston. Était-ce l'effet de la climatisation ou autre chose? Mes petits mamelons se sont dressés et pointaient de façon fort insolente sous ma camisole noire. J'étais fichue. Je l'étais à moitié, déjà, après ce slow, le plus lascif que j'aie dansé de ma vie. Mais je ne voyais pas comment j'aurais pu revenir en arrière, ou arrêter ce qui se préparait. En fait, je ne souhaitais pas que ça s'arrête. Surtout lorsqu'il se pencha et commença à m'embrasser dans le cou, en descendant, puis remontant savamment le long de ma mandibule. Il ne négligea pas mon oreille, provoquant un frisson solennel, d'un seul côté de mon corps, de la tête aux orteils, faisant hérisser mes petits poils, déjà pas mal énervés. Et que dire de la moiteur qui envahissait mon sexe, depuis qu'il m'avait embrassée, sur la piste de danse, devant les yeux ébahis des jeunes filles qui avaient gardé un certain espoir d'être remarquées?

C'était on ne peut plus clair, j'étais vraiment fichue. Il dégrafa ma jupe, qu'il laissa glisser au sol. Tiens, pensai-je, le premier homme de ma vie à s'intéresser plus au bas de mon corps qu'à mes seins! Il inséra ses doigts habiles dans ma petite culotte; je tentai de faire fi de mes scrupules et le laissai faire. Je me sentais aussi accueillante qu'une huître bien en chair. Il retira sa main, me souleva en me saisissant les fesses, pour m'asseoir sur la table où reposaient les fleurs emblématiques, seuls témoins de nos ébats. Je ne me suis pas rendu compte qu'il avait retiré ma culotte, encore moins son pantalon. Alors qu'il ouvrait un petit sachet, je revins un peu plus sur terre: un condom. Ah non! Je suis super allergique au latex! En une fraction de seconde, j'ai porté mon doigt blessé à mes lèvres, me rappelant ma soirée de garde un peu folle qui m'avait laissé cette blessure, alors que je sauvais la vie de cette petite fille à l'épiglotte malade. Je lui dis qu'on ne pouvait pas utiliser celui-là. J'avais toujours dans mon sac à main une petite boîte de trois condoms, au cas où. Ce léger intermède n'avait aucunement diminué notre fougue. Il ouvrit le sachet et me le mit dans la main, probablement pour que je lui enfile. Mais une inspiration différente me surprit moi-même : il méritait bien quelques petites caresses. Ce qui l'enflamma davantage. Nous fîmes l'amour, d'abord avec fougue, comme si un démon bien-veillant nous guidait avec ardeur, puis avec douceur et passion. Wow ! Il m'amena au paradis, plusieurs fois. Mais il fallait bien que, tôt ou tard, je remette les pieds sur terre : les conférences commençaient à 8 h, soit dans moins de quatre heures. Je devais dormir. Seulement un petit roupillon d'une heure, ou deux, ferait l'affaire. L'entraînement que j'avais eu, au fil des années, à dormir peu et à devoir être d'attaque en toute circonstance, devenait utile en ce moment. Je m'assoupis la tête sur son épaule. Je pense fina-lement qu'il n'a pas dormi ; parce que même si je sommeil-lais, je sentais qu'il m'observait. Il reprit ses caresses irrésis-tibles et, malgré l'interdiction que je tentais de m'imposer, mon corps se rebella et décida qu'il remporterait la partie, laissant mon cerveau en grande discussion avec lui-même.

À mon retour des conférences, Travis Ngate n'était plus dans ma chambre ; il n'avait pas laissé de note non plus. J'étais déçue. Même si j'étais encore sous le choc de la question imprévue de cette Illes Van machin, j'eus assez d'esprit pour noter qu'il restait encore deux préservatifs dans la boîte.

Je décide de laisser toute l'euphorie de cette nuit de côté afin de vivre plus à fond le moment présent. De l'avis de mes deux amis, j'ai un air fatigué au petit-déjeuner. Ils me proposent même de reporter les deux longues randonnées prévues : la première sur le glacier Fox, la seconde sur le Franz Joseph. Mais je les rassure en leur disant qu'une marche dans cette grande nature me sera salutaire.

* * *

Jean Gélinas vient de finir d'éplucher le cartable de documents de recherche trouvé dans les cartons de la maison familiale où avait grandi Élaine Johnson. Une annotation, en marge d'une page, a attiré son attention. C'est un rapport datant d'il y a plusieurs années, alors qu'Élaine était étudiante, et qu'elle avait procédé à des expériences sur les mitochondries, ces petites organelles respiratoires de la cellule. Elle avait trouvé quelque chose. Elle n'avait cependant pas inscrit de quoi il s'agissait, mais avait renvoyé à un « document perso ». Il a relu le contenu des cartables de multiples fois, mais n'a pu trouver autre chose. Il en a conclu qu'elle devait conserver des notes personnelles ailleurs. Mais où ? Selon son patron, l'information qu'il convoitait ne se trouvait pas dans les documents hospitaliers. Ça ne pouvait être que chez elle. Il avait pourtant fait le tour de son appartement, sans rien trouver. Il se dit qu'il doit revoir chacun des bouquins impeccablement rangés dans la bibliothèque du salon, à côté de multiples trophées. Quoi de plus facile que de cacher un document dans un autre document ?

Il doit s'occuper maintenant des décédés de Saint-Claude. Les fouilles livresques n'étant pas son dada, il décide de reporter à samedi sa prochaine visite de l'appartement de la doctoresse.

Deux jours plus tard, Gélinas arrive à Saint-Claude. Il farfouille dans les rues et repère le salon d'esthétique de France Brousseau. Fenêtres et portes sont placardées. La bâtisse est à vendre. Il ne servirait à rien d'y pénétrer clandestinement ; tout le contenu a dû être vidé en vue de cette transaction à venir. La propriété est à vendre par son propriétaire, un dénommé Pierre Brousseau. Il se dit qu'il devait être de la famille. Il compose le numéro inscrit sur l'affiche.

— Monsieur Pierre Brousseau ?

— Ouais !

— Jean Gélinas. Je suis à Saint-Claude et souhaiterais visiter l'immeuble en vente.

Le ton de son interlocuteur devient soudainement très poli.

— Ah oui ! Très bien. Donnez-moi une quinzaine de minutes et j'arrive.

Gélinas ne croit pas vraiment pouvoir tirer plus d'informations qu'il ne faut de cette visite, l'immeuble étant peu engageant, vu de l'extérieur. Alors qu'il attend, il fait le tour de la propriété : c'est un taudis qui tombe littéralement en décrépitude. Il doit cependant jouer le rôle de l'acheteur potentiel, c'est la seule façon d'obtenir des informations sur les propriétaires précédents.

— Cet immeuble a du potentiel.

— Ah oui ?

Bien qu'il a l'air étonné, Brousseau se reprend rapidement.

— Moi aussi, je trouve. Mais je n'ai pas les fonds pour l'exploiter.

— Voulez-vous qu'on s'assoie au café d'à côté pour en discuter ?

— Parfait.

Ils entrent dans le café, là où Élaine avait, quelques mois plus tôt, préparé sa petite visite à France Brousseau. Devant une tasse de café bien tassée, Pierre Brousseau se lance.

— Vous voulez faire quoi de ce bâtiment?

— Le retaper d'abord; je verrai par la suite.

— Parce que j'ai hâte que ça se vende. J'ai pris toute une chance en acceptant l'héritage de mes neveux et de ma nièce. Ils n'avaient pas de famille et pas de testament.

— Cet immeuble appartenait à qui?

— À mon neveu Paul, l'avocat. Le seul de la famille qui ait réussi.

Il arborait un sourire narquois.

— J'ai eu peur de m'être mis dans le trouble: les papiers légaux n'étaient pas clairs. Mais après que le notaire a fini ses recherches, j'ai hérité d'un centre de conditionnement physique au centre-ville et de cette bâtisse. Finalement, à cause de l'entreprise en ville, c'était un «bon *deal*».

— Sans être indiscret, comment sont-ils morts?

— Un empoisonnement alimentaire. On est tous allés aux funérailles de Billy, mon frère, leur père. En fait, toute la famille était là. Ils ont servi du café et des boissons gazeuses au salon funéraire. Faut croire qu'on a bien fait de ne pas aller manger avec eux après.

Il se met à rire, de façon complètement inappropriée, ses épaules secouées par son rire gras.

— Ah bon! À part Paul dont vous m'avez parlé, les autres faisaient quoi dans la vie?

— Ben, France, la plus jeune, elle faisait de l'esthétique. Alexandre, c'était un bon à rien; on pense que sa sœur le faisait vivre.

Gélinas écoute Pierre Brousseau révéler ce qu'il sait de ses neveux et nièce. Rien, cependant, ne semble avoir d'importance pour résoudre la question de David Lemay, son patron. Il quitte Saint-Claude en promettant à monsieur Brousseau de lui faire connaître sa décision au cours des prochains jours. Il reprend la route vers la ville en faisant un crochet vers le centre-ville, question de voir où était le centre de conditionnement physique dont il avait été question.

* * *

David Lemay s'est installé au Waldorf Astoria pour la semaine. Il a approché une première fois les gens concernés par sa mission ; le processus d'intimidation, savamment échafaudé durant le week-end précédent, ferait son chemin. Il y mettrait le temps et l'énergie nécessaires, puisqu'il était question ici de plusieurs millions de dollars et que le cachet qu'il toucherait serait de 15 % du total de l'héritage. Il ne devait pas foirer. Son employeur l'avait bien mis en garde : pas de geste violent. Il ne lui restait donc qu'à parlementer, ce qui était son atout. Un atout qui le démarquait ; sauf qu'il avait récemment découvert qu'on pouvait l'intimider, lui aussi. L'image d'Élaine Johnson lui revenait constamment, lorsque son esprit n'était pas occupé à autre chose. Il comptait bien être de retour au pays samedi, en soirée. Elle devait rentrer de son congrès en Australie dimanche, et il devait régler ce dossier une fois pour toutes. À moins que Jean Gélinas découvre la réponse à sa question. Car une question le turlupine : qu'est-il arrivé à son contact de Los Angeles ?

* * *

Félix travaille de jour jusqu'à jeudi. Depuis la découverte de la poudre de latex sur le comptoir de la salle de bain d'Élaine, il est venu dormir chez elle, prenant soin de laisser de petits pièges pour d'éventuels visiteurs non désirés. Le soir, il note que rien n'a bougé dans l'appartement et qu'il n'y a aucun indice de visiteur inattendu. Il se méfiera quand même. Il a congé toute la journée vendredi, pour reprendre un quart de travail à minuit, jusqu'au matin. Il compte faire des courses au marché couvert et en profitera pour passer chez le coiffeur ; il a laissé aller sa tignasse depuis des semaines. Les heures passées chez Élaine, dans son décor, son odeur, l'ont ressourcé ; il se sent moins déprimé. Lui qui déteste faire sa lessive planifie même de laver les draps dans lesquels il a dormi, sans négliger l'utilisation du javellisant qu'elle préfère. En début de soirée, il arrête dans un café qui a abrité de nombreuses et agréables rencontres avec Élaine. Après un excellent repas, il retourne chez lui prendre quelques heures de repos. Son sac à dos et le sac de lessive sont prêts pour retourner dormir chez Élaine samedi matin, après sa nuit à l'urgence.

20

Après avoir convenu de gagner Westport, une ville côtière aéroportuaire, en fin de soirée, pour y dormir, nous allons marcher sur les glaciers. La route de la côte ouest de l'île est, selon mes amis, plus pittoresque, avec la mer de Tasman dont les eaux puissantes, aux teintes d'émeraude, érodent la ligne terrestre où se mêlent de majestueux sommets, appelés les Alpes du Sud. Les glaciers Fox et Franz Joseph sont impressionnants : immenses langues de minéraux, usées par des centaines, des milliers d'années. La présence de mes amis m'apaise. J'en arrive presque à oublier les événements des derniers jours. Très cool et relax, tels que je les ai connus, mes amis sont d'agréables compagnons de voyage. Pas de jugement, pas de question, être ensemble nous suffit. Vivre le moment présent est leur devise. Assez difficile, en ce qui me concerne, moi qui ai toujours une longueur d'avance ! Tout, dans ce pays, ressemble à mes amis ; ici, on ne vit pas à 300 kilomètres à l'heure. Malgré ce calme qui m'est imposé et que j'essaie d'intégrer dans ma façon d'être, je n'arrive pas à profiter pleinement de mon séjour. Mon esprit part à la dérive, même lorsque nous nous sommes arrêtés sur un site qui vous projette en arrière dans le temps, par ses rochers plats et empilés à la façon de crêpes. Les panoramas nous en mettent plein la vue.

Nos randonnées du matin m'ont tiré presque toute mon énergie. De sorte qu'après un excellent repas de poisson et fruits de mer, une certaine insouciance s'est emparée de moi, me rendant totalement sans gêne. Comme Hayden est parti se coucher, j'en profite pour discuter avec Liam, me risquant à aborder la question qui me turlupine depuis mon arrivée.

— Hayden a bien changé. Physiquement, je veux dire.

— Ce n'est pas fini.

— Comment ça?

— Il parle de se faire opérer.

— De quoi souffre-t-il?

Il pouffe de rire.

— De rien. Il veut changer de sexe.

Je comprends mieux, maintenant, cette transformation extérieure. Mais je ne saisis pas la dynamique de leur couple.

— Je sais ce que tu penses. Ne t'en fais pas, c'est un peu compliqué. J'aime Hayden, quelles que soient les décisions qu'il prend.

Nous changeons de sujet et bavardons devant une tisane à la camomille : je compte bien dormir cette nuit. Ce qui arrive, je dors d'un sommeil exempt de tout dérangement. Aujourd'hui, nous rejoignons Picton pour y prendre le traversier vers l'île du nord. Comme j'adore les moules, mes amis veulent m'impressionner en faisant un petit détour par Havelock, le paradis de la moule verte. Pas de petites moules d'une bouchée comme chez nous, mais d'immenses, tendres et moelleuses moules dont mon palais se régale. Nous arrivons dans la capitale, Wellington, en soirée. À nouveau, repas et motel. Je me détends de plus en plus au fil de cette semaine de repos mental. Puis, au petit matin, nous reprenons la route vers Hawkes Bay, région viticole ; on peut observer des moutons à perte de vue, ce qui me confirme le commentaire qu'il y a plus de moutons que d'habitants dans ce coin de pays. Nous faisons quelques arrêts, afin de déguster les produits locaux. Je me demande où se trouve la propriété de monsieur Ngate, si ce qu'il m'a raconté est vrai. J'ai toujours ce petit doute au fond de moi : ai-je été bernée ? Ce soir, à nouveau, repas et motel. Nous sommes fatigués physiquement, de sorte que le sommeil vient rapidement. Je suis fascinée de constater que l'eau des toilettes tourne en sens contraire de chez nous. Je ne m'étais jamais arrêtée à observer comment s'évacue l'eau des toilettes, mais la cuvette de ma salle de bain attire mon attention, alors que je constate qu'il y a quelque chose de différent. Je me dis que le fait d'être de l'autre côté de l'Équateur devait être responsable de ce fait ; je me couche en me disant que j'ai appris quelque chose de nouveau.

Aujourd'hui, nous nous rendons vers le centre de l'île, là où se situe un immense lac de cratère, laissé par une éruption volcanique majeure. Très jolie région, le lac Taupo, avec ses sommets enneigés en arrière-plan. Mais mes amis veulent surtout que nous visitions la région de Rotorua, là où on peut connaître mieux la culture maori. Dès que nous arrivons à proximité de la ville, nous sommes agressés par une forte odeur de soufre ; on m'explique que ce sont les volcans qui sont responsables de produire cette odeur déplaisante, mais à laquelle on s'habitue. Nous allons prendre un bain de boue volcanique, puis faire trempette dans une piscine d'eau fortement minéralisée. Tout autour de la ville, des fumerolles malodorantes s'échappent du sol, témoins de l'activité volcanique de la région. En soirée, nous rejoignons une foule enthousiaste de touristes, afin de participer à une soirée culturelle : traditions maories, danse, folklore et repas traditionnel. Lorsque nous gagnons notre motel, je suis plus exténuée que si j'avais fait deux gardes de 24 heures sans repos. Liam m'explique que c'est l'effet relaxant des bains que nous avons pris plus tôt dans la journée. Bref, cette journée a été remplie de tout plein de nouveautés pour moi. Je me sens bien. Mais toute cette belle aventure, qui m'a permis de décrocher partiellement de ce qui se passe dans ma vie personnelle, doit avoir une fin. Demain, nous devrons gagner Auckland ; je prendrai l'avion en soirée vers Los Angeles, mes amis partiront en sens inverse, pour retourner vers Invercargill, là où ils habitent.

Cela me fait tout drôle de penser qu'il est 19 h samedi soir ici et que je serai à Los Angeles le même jour, les fuseaux horaires faisant leur travail en sens contraire cette fois. Je gagne donc la journée que j'ai perdue à l'aller. Étrange phénomène.

* * *

Sa mission à New York terminée, David Lemay informe Jean Gélinas de son retour, samedi en début de soirée. Il lui donne rendez-vous dans un restaurant de l'aéroport.

* * *

Félix finit son quart de travail à 10 h du matin. À nouveau, il a accepté de rester en renfort pour aider son collègue, dépassé par l'arrivée de nombreux patients. Arrivé chez Élaine, il prend une douche et fait le lit avec grand soin, comme elle aime. Elle lui manque ; penser à son retour, demain, le remplit de bonheur. Il enfile sa robe de chambre, imprégnée de l'odeur envoûtante de sa crème pour le corps Coco et se glisse sous les draps, qui fleurent bon le propre. Puis il s'endort du sommeil du juste.

* * *

Jean Gélinas quitte son domicile pour fouiller à nouveau l'appartement d'Élaine Johnson. Il doit livrer ses conclusions à David Lemay, ce soir même. Il est déterminé à trouver ce qu'il cherche. Dans la mesure où cette information, dont l'existence lui était maintenant confirmée par la note trouvée dans le cahier, se trouve chez elle. Facile de pénétrer dans l'immeuble, puisqu'un résident qui en sort lui maintient la porte ouverte, afin qu'il puisse entrer librement. Il ne lui reste qu'à traficoter la serrure de l'appartement, à nouveau. L'appartement est plongé dans l'obscurité ; quelqu'un avait dû y venir, puisque, lorsqu'il l'avait quitté, toutes les persiennes étaient ouvertes. Pendant qu'il s'avance dans le salon, se réconfortant à l'idée que la doctoresse puisse avoir une femme de ménage, Félix, alerté par le bruit de la porte, s'assoit d'un bond. Dans la pénombre,

Gélinas perçoit un mouvement provenant du lit. Il sort précipitamment le Glock de sa poche et, sans plus réfléchir, tire vers l'origine du bruit. Félix reçoit la balle en plein cœur et s'écroule sur les draps blancs, qui commencent rapidement à être inondés d'un flot de sang.

— Merde!

Pendant quelques secondes, Gélinas est complètement dépassé par la situation. Il ne trouve rien de mieux que d'envoyer un texto à David Lemay, pour l'informer de ce qui vient de se produire. Il reçoit un bref message, sans équivoque: «Faites le ménage.» Mais il en a marre de ce boulot et, depuis un certain temps, il trouve toutes ces tâches de plus en plus laborieuses à exécuter et les conséquences de ses actes commandés difficiles à porter... il prend une allumette et met le feu au journal dans le bac de recyclage. Il met quelques instants à se décider, puis dans un geste lent et précis, retourne l'arme contre lui.

* * *

David Lemay se demande comment Gélinas a réparé sa bévue. Il lui a demandé de faire le ménage, ce qui signifie dans leur jargon d'effacer toute trace d'incident ou d'accident pouvant relier leur organisation à de malencontreux événements. Assis dans son siège de la classe affaires à bord de l'avion qui le ramène au pays, il tente de se détendre. Le commandant attend, en bout de piste, à la file indienne, l'autorisation à décoller. Il y a du retard et cela indispose David Lemay, puisqu'il a rendez-vous avec son collaborateur vers 20 h 30 dans un restaurant. Il ne se sent pas vraiment confortable ; sa mission à New York s'était conclue de justesse. Il avait laissé derrière lui un peu plus de dégâts qu'il ne l'espérait, mais son employeur n'avait fait aucun commentaire ; il aurait son argent. Alors qu'il regarde distraitement le bulletin de nouvelles, son attention est soudain totalement captée par l'annonce d'un incendie majeur, probablement d'origine criminelle, en train de faire rage dans un édifice à appartements de la rue Darling, dans le centre ouest de la ville. *Darling…* cela lui sonne une cloche. Il regarde sur son portable l'adresse transmise par Gélinas. Oui, c'était bien cela. Élaine Johnson habite dans la rue Darling. Et pendant qu'il visionne le vidéo du quartier transmis par son collaborateur, il est stupéfait de constater que les images sont sans équivoque : c'est le quartier où il y a l'incendie. Trois alertes, plusieurs corps de pompiers ont été appelés en renfort. Il enregistre la télédiffusion de la scène ; on y voit des pompiers s'affairer à retirer des objets des décombres. Cela pourrait lui être utile un jour, qui sait ? Il tente de joindre Gélinas sur son portable, sans succès ; il tombe sur la messagerie vocale, ce qui est inhabituel. Il tentera à nouveau un peu plus tard.

* * *

J'aurai à nouveau plusieurs heures à tuer à Los Angeles avant mon vol de retour. Pourquoi ne pas aller au même hôtel que la semaine dernière ? Je me dis que cette fois, je n'aurai certainement pas de problème d'ouverture de porte ou de plomberie! Je souris intérieurement à cette pensée; il faut bien se moquer de soi-même, parfois. Je n'ai pas envie de regarder un film et j'ai terminé mon roman. Alors je pense à l'étrange dynamique amoureuse qui lie Liam et Hayden. Cela ne me regarde absolument pas qu'ils soient gais. Mais qu'Hayden fasse des démarches pour devenir entièrement femme, grâce à la chirurgie, m'intrigue. Non pas parce que j'ai des préjugés à ce sujet, chacun est bien libre de faire ce qu'il veut de sa vie, mais je ne comprends pas comment Liam, qui aimait au départ un homme, peut aimer une femme. Il m'a bien dit que c'est la personne en Hayden qu'il aime. Je suis tout de même un peu mêlée. Je n'ai pas osé poursuivre la discussion avec Liam; cela leur appartient entièrement. J'ai tout de même eu une surprise totale. Au fond, notre cœur est né pour aimer et être aimé d'un autre cœur, quels que soient l'âge, l'origine, le sexe et tout ce qui pourrait s'ajouter à la liste. J'appuie ma tête sur le dos de mon siège, mais je n'ose fermer les yeux. Je choisis d'observer les passagers qui s'affairent à prendre place pour ce vol de près de treize heures. Je note le professionnalisme des agents de bord. J'aime leur uniforme, nettement plus joli que celui d'autres compagnies. Ce mélange de lilas et de marine est même réconfortant. Aucun énergumène d'allure bizarre, comme à l'aller, en vue; les deux sièges à côté de moi sont encore inoccupés. J'ose espérer qu'ils resteront vacants; le seul fait d'y penser fera-t-il en sorte que le destin s'acharnera à nouveau sur moi, pour m'imposer un hurluberlu? Travis Ngate a, en quelque sorte, changé le cours de mon mauvais karma, même si je ne suis pas encore certaine de son affiliation avec David Lemay. Tout de même étrange, tout ce qui est arrivé. J'ai presque envie de pleurer, tant mon esprit est fatigué de penser. J'aurais besoin d'un grand nettoyage de cerveau, du style nettoyage après sinistre. Les procédures de décollage débutent et je n'ai toujours pas de voisin. Tant mieux, je serai plus confortable pour dormir. Je vérifie que les appuis-bras se lèvent pour me permettre de m'étendre ; pas comme les sièges de l'aéroport. Ça y est, nous sommes partis. Je somnole jusqu'à ce qu'on nous serve un repas. Puis, je complète tous les sudokus du magazine déposé dans la pochette du siège devant moi. Je finis par m'endormir, affalée sur les trois bancs de ma section, jusqu'à ce qu'on nous serve le petit-déjeuner. Arrivée à Los Angeles, je repère facilement l'autocar qui mène à l'hôtel où j'ai prévu retourner. Tout se passe de la même façon que la semaine dernière, hormis l'hôtesse qui, cette fois, ne parle pas français. J'en profite pour aller faire des longueurs de piscine et, comme il n'y a qu'une autre personne à part moi, le sauveteur en poste accepte de surveiller mon exercice d'apnée. Ce qui me fait le plus grand bien. Je retourne manger des mets mexicains avec, à nouveau, un guacamole bien frais. Je regagne le terminal pour mon vol vers la maison, retour que j'appréhendais. À la fois à cause de David Lemay, et parce que je ne sais pas si je devrais informer Simon de ma petite aventure de vacances.

Installée dans un espace plutôt restreint pour le vol vers ma destination finale, je ne sais trop quoi faire. Je n'ai toujours pas envie de regarder un film… Heureusement, je me souviens tout à coup du document sur le syndrome de stress posttraumatique que j'avais placé dans la pochette avant de mon bagage à mains. Il s'agit d'un assemblage de feuilles manuscrites, reliées par un trombone métallique : des notes médicales. Ce n'est pas du tout ce à quoi je m'attendais, puisque je me sentais d'attaque pour refaire le plein de connaissances scientifiques sur ce syndrome, que nous avions vu en toute hâte alors que j'étais en quatrième année de médecine. Des notes médicales, écrites d'une main inconnue. Ces notes parlent de moi, avant ; enfin, de moi, après mon accident, lorsque j'étais enfant. Un compte rendu des consultations avec le neuropsychiatre ; si je m'attendais à cela !

« Enfant de sexe féminin, prénommée Rose et âgée de 6 ans, ayant subi un traumatisme crânien majeur, avec coma de plusieurs jours. A séjourné en réadaptation jusqu'en décembre. Prise en charge en foyer d'accueil par un couple sans enfant, dont la femme est infirmière. Procédure d'adoption en cours. Suivi obligatoire par nous, afin d'assurer le meilleur avenir pour cet enfant. Aucune parenté vivante. Josée et Hugues Johnson sont présents lors de la première rencontre. L'enfant, prénommée Élaine, s'est spontanément installée à la table à dessin. Échanges constructifs avec le couple à propos de notre intervention dans le dossier de l'enfant. Les Johnson semblent adéquats. L'enfant est complètement amnésique depuis l'accident. RV dans une semaine avec le couple Johnson. » Alfred Tremblay, M.D.

Je relis, comme si je voulais tout mémoriser. Je ne savais pas que j'avais séjourné chez mes parents en foyer d'accueil et que nous avions dû être évalués en tant que famille en devenir. Mon souvenir de cette période est que j'avais été adoptée dès ma sortie de l'hôpital. Je pressens que je vais

apprendre des choses que je ne veux pas vraiment savoir!
Mais les lettres qui forment les mots inscrits dans ce rapport
m'attirent comme un aimant. Je dois continuer ma lecture.

«Suivi préadoption. Josée et Hugues Johnson vus seuls.
Enfant affectée d'un syndrome de stress posttraumatique;
amnésique. Aux dires des parents, la fillette s'adapte tranquillement à sa nouvelle vie. Quelques crises de panique, dont
une majeure qui a entraîné un changement de décor de la
chambre de l'enfant. Il semblerait qu'elle ne supporte pas la
couleur turquoise. (VOIR AVEC L'ENFANT) Alimentation
normale, comportement exemplaire à l'école.» Alfred Tremblay, M.D.

«Procédures d'adoption complétées. L'enfant, dont le nom a
été changé pour Élaine, est rencontrée pour évaluer les crises
de panique. Technique de dessin utilisée. Turquoise testé. Crise
de panique destructrice dès qu'elle a vu que tous les crayons
étaient turquoise. A brisé la fenêtre du bureau avec le manche
du balai qui était dans le coin de la pièce et a mordu ma secrétaire, qui tentait de la contrôler. Avons dû lancer le code
d'urgence. Les parents refusent que l'enfant soit médicamen-
tée. Devrons considérer une prise en charge serrée. Hospitalisation en psychiatrie?» Alfred Tremblay, M.D.

«Rencontre avec les parents Johnson. Avons discuté à nouveau de la dangerosité du comportement de leur fille adoptive. Explication des signes et symptômes du syndrome de
stress posttraumatique. Les parents refusent la médication.
Disent qu'ils vont lui faire faire du sport pour canaliser son
surplus d'énergie. Explications données à nouveau. La mère,
Josée, se trompe et mentionne le nom Rose Flint. Les parents
mentionnent que c'était son nom, avant que le Tribunal de

la jeunesse ordonne un changement de nom pour la protection de victime d'acte criminel. Discussion avec la mère au sujet de l'époque où elle était infirmière à l'hôpital pour enfants. L'enfant avait été transférée de l'hôpital régional Saint-Claude. Malgré mon trouble après avoir entendu ces informations, je termine l'entrevue. Insistons pour la médication. Refus des parents.» Alfred Tremblay, M.D.

«Note de suivi. Je dois me retirer du dossier de la petite Élaine Johnson. Nos recherches sur ses parents m'interdisent pour des raisons éthiques de continuer la relation thérapeutique. En effet, Amanda Flint est la mère biologique de la petite Élaine, prénommée auparavant Rose. Mon fils adoptif, Martin, âgé de 13 ans, originaire de Saint-Claude, est aussi le fils d'Amanda Flint. Ce premier fils lui avait été retiré dès sa naissance et placé en foyer. Nous avons pu l'adopter rapidement, grâce à des contacts dans le milieu. Ces explications ont été données aux parents Johnson. Je confie le dossier d'Élaine à un collègue. Nous avons expliqué aux parents que la complexité du syndrome dont souffre leur fille adoptive doit bénéficier d'un suivi serré afin de lui assurer un développement psychologique sain. Nous avons utilisé les mots : *impulsivité, imprédictibilité, violence latente*, afin que les parents comprennent bien dans quoi ils se sont engagés.» Alfred Tremblay, M.D.

Je relis cette dernière note. Ce premier fils… Ma maman, Amanda, a probablement eu d'autres fils, puisque c'est écrit comme cela. Un peu litigieux ce texte. Je suis perplexe. J'ai un frère ou un demi-frère quelque part : son nom est Martin Tremblay. Et j'en ai peut-être d'autres. Mes mains tremblent, mon esprit tourbillonne. Mes parents ne m'ont jamais amenée voir le deuxième neuropsychiatre. Ils ont préféré me faire suivre des cours de natation, puis d'escrime. Je me souviens qu'Hugues me disait de me dépenser dans le sport, pour canaliser mon énergie excessive. D'après ce que je viens de lire, je n'avais pas trop d'énergie, je souffrais d'un syndrome pouvant avoir de graves conséquences. Toute ma vie. Mes parents n'ont pas suivi les consignes du médecin, comme quand mon père a eu son cancer du testicule : ils ont alors refusé la chimiothérapie. Ils ont donc décidé pour eux-mêmes, et pour moi aussi, selon leurs propres convictions. Déni psychologique. C'est de la négligence. Ce manque de suivi médical aurait-il engendré chez moi des troubles de santé mentale ? Je suis presque en état de choc.

* * *

L'accès à la rue Darling est fermé par des banderoles de sécurité. On lui en refuse l'accès : scène de crime.

— L'incendie est criminel ? se risque Lemay à l'agent en faction.

— Information confidentielle. Veuillez circuler, pour votre sécurité.

Le fourgon de la morgue judiciaire tourne le coin de la rue.

— Il y a des victimes ?

— Monsieur, veuillez circuler.

Il y a quelque chose de sérieux dans ce second avertissement. Lemay se retire de l'espace réservé aux secours, tout en observant les édifices érigés de l'autre côté de la rue. Il a la brillante idée d'emprunter la rue transversale pour accéder à l'arrière de l'un des bâtiments faisant face à l'immeuble où le feu sévit encore... Il se fait passer pour un enquêteur, et les portes s'ouvrent pour lui. Il s'installe donc sur un confortable sofa, et il observe par la fenêtre ce qui se passe à l'extérieur.

Ses petites jumelles lui permettent de voir parfaitement ce qui est extrait des décombres : deux corps, probablement amochés par les flammes, recouverts de draps blancs. Et là, il a la confirmation de ce qu'il craignait le plus... le policier transporte un sac de plastique transparent contenant une arme à feu. Il agrandit l'image, elle devient aussi nette que s'il avait lui-même tenu ce sac. Un Glock. L'arme de Gélinas. Merde!

Il retire ses jumelles ; il y a beaucoup de mouvement dehors. Il enregistre ces images sur son portable.

21

Tout va mal : Gélinas est mort avec ses informations, Illes Van Murden a échoué à sa tâche et le mystérieux collaborateur de Los Angeles ne s'est pas encore manifesté. Par chance que le Dr Joseft a réussi à lui procurer un morceau de timbre. Mais ce qu'il voulait savoir n'y était pas inscrit. Il lui semble de plus en plus qu'il poursuit une chimère, que ce Juphilaurium n'est qu'un médicament comme un autre. Mais, la D^{re} Johnson n'avait pas nié être responsable de la mort des Brousseau. Comment avait-elle fait ? Il bout de l'intérieur. Il se sent comme une marmite sous pression, dont le couvercle est sur le point d'exploser. La pensée de laisser tout tomber lui effleure l'esprit à nouveau, mais pendant un dixième de seconde seulement. Non, il ne laissera pas tomber, il doit savoir.

Comme il ressent un besoin impérieux de faire quelque chose, il se dit qu'il va attendre la doctoresse à sa sortie d'avion. Bien qu'il ait une propension à faire exécuter les sales besognes par d'autres, il lui réserverait une petite surprise, de son cru.

* * *

Un froid terrible m'accueille, comparativement au temps clément que j'ai eu ces derniers jours. Ma Cooper est au stationnement depuis une semaine déjà; il me faudra la dégivrer pendant un bon moment. Ma batterie est neuve, je ne crains pas le démarrage. Je suis dans ma bulle, je pense à ma voiture, au frère dont j'ignorais jusqu'ici l'existence, au fait que mon état psychologique pouvait engendrer des événements hors de mon contrôle. Je songe aussi à mon doux Simon que je reverrai demain, à Travis Ngate, un démon sexuel selon mes critères personnels, mais pour qui j'avais encore des sentiments ambivalents, malgré mes nombreuses heures de réflexion. Travaille-t-il pour David Lemay, ou bien cette rencontre est-elle strictement le fruit d'un heureux hasard? Je pense à mes amis avec qui j'ai fait un excellent voyage, qui aurait pu être encore mieux si je n'avais pas été autant troublée.

Occupée par toutes ces réminiscences, je présente mon passeport à l'agent d'immigration. On me pose les questions habituelles: où êtes-vous allée, pour quelle raison, rapportez-vous des biens qui excèdent l'exemption inscrite sur le formulaire? Et pendant tout ce temps, il pianote sur le clavier de son ordinateur. Il me regarde, puis retourne à son clavier. C'est anormalement long.

— C'est la bonne adresse?

— Oui, c'est mon nouvel appartement.

— Un instant.

Il quitte son box, me laissant en plan. Les gens qui attendent dans la même file que moi s'impatientent. On chuchote dans mon dos, m'attribuant un mauvais rôle, probablement une passeuse de drogue ou une personne indésirable. Le douanier revient, accompagné d'un policier. Mon cœur se serre très fort, comme un citron pressé dont on essaie d'obtenir la dernière goutte. Les murmures des gens dans mon dos augmentent.

— Madame Johnson, vous devez venir avec nous.

— Pourquoi? Qu'est-ce que j'ai fait?

— Nous en discuterons dans un local prévu pour cela. Venez par ici.

Il n'est ni poli, ni arrogant. On me fait entrer dans une petite pièce qui ressemble fortement à une salle d'interrogatoire.

* * *

David Lemay, posté à l'arrivée des passagers, voit qu'on amène Élaine Johnson dans les locaux de la police. Son plan sera encore plus facile à exécuter qu'il ne l'avait imaginé, puisqu'une porte donne sur l'extérieur, exactement dans la zone où il a garé sa voiture. Il se dit qu'il vaut mieux laisser l'agent de police faire son travail durant quelques minutes, question de déstabiliser sa proie, puis il interviendra.

* * *

— Assoyez-vous.

— Qu'est-ce qui se passe?

Il sort un document d'une grande enveloppe.

— Votre appartement est bien dans la rue Darling?

— Oui, au 37.

— Il y a eu un incendie, hier.

— Ah oui?

— Oui, perte totale de tout l'immeuble et dommages importants à l'immeuble voisin.

— Ah…

Je ne sais pas quoi dire, quoi penser. Mon réflexe de médecin refait soudain surface.

— Il n'y a pas eu de blessés, j'espère?

— En fait, oui. Et c'est pour cela que nous devons vous interroger.

— Ah bon.

— C'est un peu embêtant à dire, mais deux cadavres partiellement calcinés ont été retirés de votre appartement.

— Quoi?

Je me mets à penser à 200 kilomètres à l'heure. La seule personne qui avait un double de la clé était Félix. Non, non! Je ressens une sorte d'étourdissement, proche de l'évanouissement, mais je me reprends en entendant le reste de ses propos.

— Nous ne connaissons pas encore leur identité. Avez-vous une idée de qui pouvait se trouver chez vous?

— La seule personne à avoir un double de ma clé est mon ex-conjoint, Félix Coutu.

Il note son nom, puis son numéro de téléphone. J'ai les yeux embués de larmes.

— Il fait quoi dans la vie?

Je considère cette question complètement déplacée, mais je me dis qu'il avait sûrement une raison de la poser.

— Il est médecin.

— Où travaille-t-il ?

— Au même hôpital que moi, le Centre universitaire, pavillon Centre-ville.

On frappe à la porte, alors que mon cœur cogne dans ma poitrine, comme si je venais de passer le fil d'arrivée d'un marathon auquel je n'étais pas préparée. L'agent de police, agacé par cet intermède, entrouvre la porte et échange quelques mots avec la personne venue nous interrompre. Je comprends que l'agent cède sa place au nouvel intervenant, à contrecœur. J'ai les yeux rivés sur les documents tirés de l'enveloppe : des photographies de mon immeuble, un tas de ruines calcinées. Ma seule possession. Je pense soudainement à mon coffre-fort…

— Bonjour !

Je relève la tête au son de cette voix nasillarde que je déteste, et reste bouche bée, complètement paralysée par son sourire arrogant.

— On se retrouve enfin !

Je me lève d'un bond, comme une proie tentant de fuir son prédateur, amorçant un geste vers la porte. Juste au moment où mon larynx tente de faire remonter l'air de mes poumons pour hurler ma vie, il me met un mouchoir sur la bouche et je m'évanouis.

* * *

Lemay avait tout prévu. Il évacue sa victime par la porte donnant sur l'aire de stationnement où attend sa voiture, laissant derrière lui son sac à main et sa petite valise sur roulettes. Il prend la route vers l'est, jusqu'à l'autoroute qui mène à la campagne, là où il passait ses étés, à l'époque où ses grands-parents vivaient encore. Il avait conservé un souvenir des plus exacts des bâtiments de ferme avoisinants. C'est là qu'il laisserait Élaine Johnson affronter sa propre invention, le Juphilaurium, à moins qu'elle se décide à parler. Elle dormait depuis plus longtemps qu'il ne l'avait prévu ; elle devait être fatiguée du décalage horaire. Tant mieux, cette petite faiblesse l'aidera à lui faire baisser sa garde.

Elle commence à remuer. Il a pris soin de lui nouer les mains aux chevilles. Il la laisse tomber sur un vieux tas de paille. Il fait froid et humide dehors, moins à l'intérieur de ces murs aux planches marquées par les ans, puisqu'ils sont à l'abri du vent du nord qui soufflait depuis les trois derniers jours. Il l'observe : en cet instant, il la trouve tout sauf jolie. Elle n'est qu'une impertinente, une trouble-fête et elle l'exaspère encore davantage que lors de leur rencontre, dans le parc. Elle s'agite maintenant.

— Hum… hum…

Elle tente de parler, mais le bâillon de ruban adhésif l'en empêche. Il ne veut pas qu'elle parle, il veut qu'elle l'écoute.

* * *

Je reviens à moi tout doucement. J'ai mal un peu partout, comme si j'étais au lendemain d'un championnat d'escrime. Cet endroit m'est inconnu ; il y règne une vieille odeur d'excréments d'animaux de ferme. Un morceau de paille pend de mes cheveux ; je tente de l'enlever, mais je constate que mes mains sont entravées par des cordes bien ajustées et reliées à mes chevilles. Je ne suis pas dans la position la plus confortable au monde. Je sens une présence derrière moi et, en me retournant à demi, j'aperçois David Lemay qui me regarde avec son éternel sourire narquois.

— Je vois que vous avez fini votre petit repos.

— Hum…

— Maintenant, vous allez m'écouter.

Je tente de bouger en tous sens, mais ma situation ne s'améliore guère, puisque mes liens se resserrent davantage.

— Vous avez tué les trois Brousseau. Vos frères et votre sœur.

— Hum… heu…

— Cessez de gémir et écoutez-moi bien. Leur père, Billy, était votre père. Génial, n'est-ce pas ?

J'écarquille les yeux. Il continue.

— Si mes hypothèses sont justes, vous vous êtes vengée de quelque chose qu'ils vous ont fait. Je ne sais trop quoi, mais je sais maintenant que votre propre frère, Alexandre, vous a violée.

Il continue son histoire, avec moult détails, en me parlant de ma vie d'avant.

— Vous entreteniez une relation incestueuse avec votre oncle Albert DeViller…

J'étais sa victime. Comment peut-il me dire cela ? Je n'entretenais pas de relation… Il était pédophile. Je veux mourir, ici, maintenant. Je veux que ça finisse. Mes frères, ma sœur, mon père ?

— … Bref, maintenant que vous avez les informations justes, je voudrais clore toute cette histoire. Vous me dites comment vous les avez tués sans qu'aucune trace ne soit retrouvée et pour que la science classe cette affaire comme une intoxication alimentaire.

— Heu…

— Je vous laisse deux minutes de réflexion et j'enlèverai vote bâillon.

Non, ce n'est pas possible. Comment a-t-il fait? Tout finit par se savoir un jour ou l'autre. Non, je ne briserai pas la carrière du Dr Lati. J'imagine déjà les grands titres des journaux, condamnant le Juphilaurium, l'œuvre d'une vie. Mais pourquoi veut-il savoir? Probablement pour l'utiliser à mauvais escient.

— Je sais exactement ce à quoi vous pensez. Vous vous demandez ce que je ferai de cette information. Et bien, je la garderai pour moi, pour mon usage personnel. Et vous n'entendrez plus jamais parler de moi. Ni des Brousseau.

Il veut une information sur une forme de médicament dont l'usage peut avoir des conséquences épouvantables. Je réfléchis à toute allure. Je ne le lui dirai pas. Non. Jamais. Personne ne doit savoir. Je hoche la tête, dans un mouvement d'assentiment. Il s'avance vers moi et dégage mon bâillon. Il n'a pas suffisamment de temps pour éloigner sa main de mon visage: je le mords le plus fort que je peux, comme un chien enragé. Il hurle comme une bête prise au piège, et me frappe de sa main valide. Je retombe dans le tas de pailles, le cerveau rempli d'étoiles filantes. Il replace maladroitement le bâillon sur ma bouche encore engourdie par le choc.

— Parfait! Cette réponse, je l'aurai de toute façon. Vous allez me la donner, mais vous ne le saurez jamais.

Il extirpe un petit sachet de sa poche et le met en plein milieu de mon champ de vision : une pastille de Juphilaurium, une parcelle subtilisée d'un timbre, une dose unique de médicament paralysant. Comment avait-il pu l'obtenir? Je me sens en danger de mort, certes, mais je suis, par-dessus tout, scandalisée par ce vol de médicament.

Il a un rictus malsain, un air de taré. Il me fait basculer avec rudesse sur le côté et remonte mon pull-over. Il applique maladroitement la pastille au milieu de mon dos, entre mes omoplates, et la fixe solidement avec je ne sais quoi qui me brûle instantanément. Sa main traumatisée par la morsure de mes dents semble le faire souffrir. J'espère avoir réussi à le rendre invalide.

— Heu…

Je tente de lui dire que je suis allergique au latex et que le sparadrap me conduirait à la mort avant l'effet du Juphilaurium, mais il me repousse brusquement du pied.

— Idiote! Lorsque vous serez morte, par votre propre faute, par les effets de votre propre invention, je vous viderai de votre sang, comme une bête, et je ferai les analyses qu'il faut pour trouver ma réponse. Si rien ne peut expliquer votre mort, vous m'aurez donné la réponse que je cherchais. J'espère que vous irez pourrir en enfer!

Il quitte la grange. J'entends des bruits de pneus d'une voiture qui s'éloigne, puis, plus rien que le souffle du vent.

Je ressens une intense brûlure au dos : le latex. Un poison pour moi. Il se répand dans ma peau et tente de se frayer un chemin dans tout mon corps. Pendant que j'endure ce supplice, plusieurs souvenirs de ma vie, qui allait inéluctablement se terminer, affluent comme le ressac d'un tsunami. J'ai un frère quelque part, les Brousseau étaient mes frères et sœur, mon père était Billy Brousseau, ce patient mort après une procédure cardiaque de sauvetage. Le syndrome de stress posttraumatique dont j'ai souffert dans mon enfance a fait de moi un monstre. Rose Flint est un danger public. Mais je suis maintenant Élaine Johnson. J'ai de la difficulté à mettre en ordre ces pensées incessantes. Ça brûle dans mon dos. J'ai aussi une pastille de Juphilaurium sur la peau. Elle fera effet à un moment donné, entre maintenant et les quatre prochaines heures. Quand ? Je sais que ma vie est menacée. J'ai un frère, quelque part. Cette pensée me réconforte. Je ne sais pas trop pourquoi, puisque je vais mourir. Le timbre de Juphilaurium… Je ferme les yeux et revois la pastille que David Lemay m'a mise sous les yeux : un coin. Oui, un coin de timbre. Un coin carré. Je dois réfléchir. Je connais la configuration de chacune des pastilles du timbre. Je serre les yeux, plus fort, croyant que ce geste réussira à me remettre l'image du timbre en mémoire. Oui, c'est ça, il s'agit de la première ou de la dernière dose du timbre, puisque les deux autres extrémités sont arrondies. Il ne s'agit pas de la dose du début, puisqu'elle ferait déjà effet. C'est la dernière dose du timbre ; celle qui fera effet dans un peu moins de quatre heures. Je dois trouver un moyen de sortir de ce pétrin. Je revois les magnifiques fleurs offertes par Travis Ngate. Puis les dix-huit roses blanches. Puis, plus rien. Le timbre… Oui, le timbre… Comment en a-t-il eu un morceau ? Sanjay Patel ? Je pense à mon assistant de recherche ; il a dû accumuler assez de cas pour conclure notre étude. Juphilaurium. J'ai une pastille dans le dos. Ça me brûle terriblement. Tellement que je me dis que je ne le sens plus. C'est pire, c'est devenu indolore. Ma peau doit être complètement nécrosée. J'essaie de bouger, impossible. Je crie, en sachant très bien que mon appel au secours se perdra dans la nuit. Attendre, penser. Lemay m'a enlevée. Il a bien leurré l'agent de police. Je le trouvais plutôt sympa. Deux morts dans mon appartement. Je souhaite de tout cœur que ce ne soit pas Félix. Qui était l'autre personne? Le feu. Je n'ai plus d'appartement. Mon coffre-fort. Je revois les montagnes aux sommets enneigés. Une statue maorie, la langue sortie en une grimace menaçante, les yeux exorbités. Josée, Hugues, mes parents adoptifs. Mon épée. Mes trophées. Qui a pris mon coffre-fort? Le feu dans mon appartement. Juphilaurium.

Et, à ce moment, la vérité m'apparaît, réelle, impitoyable: je suis en mauvaise posture. Je vais mourir. Je n'ai plus la notion du temps... il a adopté une très étrange façon de s'exprimer, s'énervant follement par instant, s'étirant à n'en plus finir par d'autres. Le début d'action de la pastille ne devrait pas tarder.

Je pense que je perds la boule dans cet espace fermé. Mon dos, mon pauvre dos qui brûle. J'imagine les feux de l'enfer moins intenses que ma douleur. Mes orteils sont gelés; mes doigts aussi. Température. Inflammation. Limites d'action du médicament. Il fait si froid. Ah! Le timbre ne fonctionnera peut-être pas, il fait si froid. Mais mon dos est si chaud, ma peau doit être écarlate. Inflammation. Température de la peau qui augmente. Action plus précoce du contenu du timbre. Chaleur. Simon. J'ai trompé Simon.

C'est sur cette pensée que la paralysie s'empare de moi. J'ai de plus en plus de mal à respirer. C'est maintenant devenu impossible. Mes paupières ne clignent plus.

Je sais exactement ce qui se passe dans mon corps. Et l'espoir que le cerveau humain puisse se rappeler un fait oublié, alors que la mort est imminente, devient mon calvaire.

Mais je comprends par-dessus tout qu'une seconde de souffrance peut durer une éternité.

FIN

À suivre

JUPHILAURIUM, TOME 3: VERDICT

Les deux vies d'Élaine Johnson recèlent de terribles secrets. Mais nul ne peut se faire vengeance et la D^{re} Johnson devra répondre de ses actes devant les tribunaux. Malgré le désordre et la confusion, deux verdicts seront prononcés.

MARQUIS

Québec, Canada

FSC
www.fsc.org

MIXTE
Papier issu de
sources responsables
FSC® C103567